CME

3rd Edition

Textbook 課本

繁體版

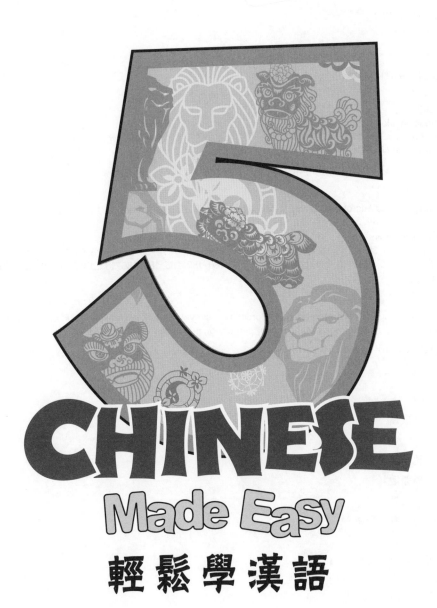

CHINESE
Made Easy
輕鬆學漢語

Yamin Ma

Xinying Li

Joint Publishing (H.K.) Co., Ltd.

三聯書店（香港）有限公司

Chinese Made Easy (*Textbook 5*) *(Traditional Character Version)*
Yamin Ma, Xinying Li

Editor   Shang Xiaomeng, Zhao Jiang, Zheng Haibin
Art design   Arthur Y. Wang, Yamin Ma
Cover design   Arthur Y. Wang, Zhong Wenjun
Graphic design Arthur Y. Wang, Zhong Wenjun, Wu Guanman
Typeset   Chen Xianying

Published by
JOINT PUBLISHING (H.K.) CO., LTD.
20/F., North Point Industrial Building,
499 King's Road, North Point, Hong Kong

Distributed by
SUP PUBLISHING LOGISTICS (H.K.) LTD.
16/F., 220-248 Texaco Road, Tsuen Wan, N.T., Hong Kong

First published January 2004
Second edition, first impression, March 2007
Third edition, first impression, December 2016
Third edition, fifth impression, March 2024

Copyright ©2004, 2007, 2016 Joint Publishing (H.K.) Co., Ltd.

Photo credits
p.208: (top to bottom, left to right) © Microfotos, © 1tu, © Microfotos; p.212: (top to bottom) © 1tu, © Microfotos; p.214: (top to bottom, left to right) © Microfotos, © Microfotos, © 1tu.
Below photos only © 2016 Microfotos:
pp. 4, 5, 10, 14, 18, 22, 32, 33, 35, 36, 38, 42, 49, 52, 54, 58, 62, 63, 64, 66, 68, 72, 77, 78, 80, 82, 85, 86, 94, 96, 101, 102, 106, 107, 108, 110, 112, 115, 116, 120, 122, 124, 126, 129, 130, 140, 151, 160, 164, 165, 166, 168, 170, 180, 182, 183, 184, 186, 189, 194, 196, 198, 203, 210, 218.
Below photos only © 2016 1tu:
pp. 76, 92, 121, 204.

E-mail: publish@jointpublishing.com

輕鬆學漢語 (課本五) (繁體版)

編　　著　　馬亞敏　李欣穎

責任編輯　　尚小萌　趙　江　鄭海檳
美術策劃　　王　宇　馬亞敏
封面設計　　王　宇　鍾文君
版式設計　　王　宇　鍾文君　吳冠曼
排　　版　　陳先英
出　　版　　三聯書店（香港）有限公司
　　　　　　香港北角英皇道 499 號北角工業大廈 20 樓
發　　行　　香港聯合書刊物流有限公司
　　　　　　香港新界荃灣德士古道 220-248 號 16 樓
印　　刷　　中華商務彩色印刷有限公司
　　　　　　香港新界大埔汀麗路 36 號 14 字樓
版　　次　　2004 年 1 月香港第一版第一次印刷
　　　　　　2007 年 3 月香港第二版第一次印刷
　　　　　　2016 年 12 月香港第三版第一次印刷
　　　　　　2024 年 3 月香港第三版第五次印刷
規　　格　　大 16 開（210×280mm）240 面
國際書號　　ISBN 978-962-04-3702-1

© 2004, 2007, 2016 三聯書店（香港）有限公司
本書部分照片 © 2016 微圖 © 2016 壹圖

簡介

- 《輕鬆學漢語》系列（第三版）是一套專門為漢語作為外語／第二語言學習者編寫的國際漢語教材，主要適合小學高年級學生、中學生使用，同時也適合大學生使用。

- 本套教材旨在幫助學生奠定扎實的漢語基礎；培養學生在現實生活中運用準確、得體的語言，有邏輯、有條理地表達思想和觀點。這個目標是通過語言、話題和文化的自然結合，從詞彙、語法等漢語知識的學習及聽、說、讀、寫四項語言交際技能的訓練兩個方面來達到的。

- 本套教材遵循漢語的內在規律。其教學體系的設計是開放式的，教師可以採用多種教學方法，包括交際法和任務教學法。

- 本套教材共七冊，分為兩個階段：第一冊至第四冊是第一階段，第五冊至第七冊是第二階段。第一冊至第四冊課本和練習冊是分開的，而第五冊至第七冊課本和練習冊合併為一本。

- 本套教材包括：課本、練習冊、教師用書、詞卡、圖卡、補充練習、閱讀材料和電子教學資源。

課程設計

教材內容

- 課本綜合培養學生的聽、說、讀、寫技能，提高他們的漢語表達能力和學習興趣。

- 練習冊是配合課本編寫的，側重學生閱讀和寫作能力的培養。其中的閱讀短文也可以用作寫作範文。

- 教師用書為教師提供了具體的教學建議、課本和練習冊的練習答案以及單元測試卷。

- 閱讀材料題材豐富、原汁原味，旨在培養學生的語感，加深學生對中國社會和中國文化的瞭解。

INTRODUCTION

- The third edition of "Chinese Made Easy" is written for primary 5 or 6 students and secondary school and university students who are learning Chinese as a foreign/second language.

- The primary goal of the 3rd edition is to help students establish a solid foundation of vocabulary, grammar, knowledge of Chinese and communication skills through natural and graduate integration of language, content and culture. The simultaneous development of listening, speaking, reading and writing is especially emphasized. The aim is to help students develop skills to communicate in Chinese in authentic contexts and express their viewpoints appropriately, precisely, logically and coherently.

- The unique characteristic of the 3rd edition is that the programme allows the teacher to use a combination of various effective teaching approaches, including the Communicative Approach and the task-based approach, while taking into account the Chinese language system.

- The 3rd edition consists of seven books and in two stages. The first stage consists of books 1 through 4 (the textbook and the workbook are separate), and the second stage consists of books 5 through 7 (the textbook and the workbook are combined).

- The "Chinese Made Easy" series includes Textbook, Workbook, Teacher's book, word cards, picture cards, additional exercises, reading materials and digital resources.

DESIGN OF THE SERIES

The series includes

- The textbook is designed to help students develop the four language skills simultaneously: listening, speaking, reading and writing. The textbook plays an important role in helping students develop their communication skills and enhance their interest in learning Chinese.

- In order to support the textbook, the workbook is designed to help the students develop their reading and writing skills. Engaging reading passages also serve as exemplar essays.

- The Teacher's Book provides suggestions on how to use the series, answers to exercises and end of unit tests.

- Authentic reading materials that cover a wide range of subjects help the students develop a feel for Chinese, while deepening their understanding of contemporary China and the Chinese culture.

教材特色

- 考慮到社會的發展、漢語學習者的需求以及教學方法的變化,本套教材對第二版內容做了更新和優化。

◇ 課文的主題是參考 IGCSE 考試、AP 考試、IB 考試等最新考試大綱的相關要求而定的。課文題材更加貼近學生生活。課文體裁更加豐富多樣。

◇ 生詞的選擇參考了 IGCSE 考試、IB 考試及 HSK 等考試大綱的詞彙表。所選生詞使用頻率高、組詞能力強,且更符合學生的交際及應試需求。此外還吸收了部分由社會的發展而產生的新詞。

- 語音、詞彙、語法、漢字教學都遵循了漢語的內在規律和語言的學習規律。

◇ 語音練習貫穿始終。每課的生詞、課文、韻律詩、聽力練習都配有錄音,學生可以聆聽、模仿。拼音在初級階段伴隨漢字一起出現。隨着學生漢語水平的提高,拼音逐漸減少。

◇ 通過實際情景教授常用的口語和書面語詞彙。兼顧字義解釋生詞意思,利用固定搭配講解生詞用法,方便學生理解、使用。生詞在課本中多次復現,以鞏固、提高學習效果。

◇ 強調系統學習語法的重要性。語法講解簡明直觀。語法練習配有大量圖片,讓學生在模擬真實的情景中理解和掌握語法。

◇ 注重基本筆劃、筆順、漢字結構、偏旁部首的教學,讓學生循序漸進地瞭解漢字構成。練習冊中有漢字練習,幫學生鞏固所學。

- 全面培養聽、說、讀、寫技能,特別是口語和書面表達能力。

◇ 由聽力入手導入課文。

◇ 設計了多樣有趣的口語練習,如問答、會話、採訪、調查、報告等。

The characteristics of the series

- Since the 2nd edition, "Chinese Made Easy" has evolved to take into account social development needs, learning needs and advances in foreign language teaching methodology.

◇ Varied and relevant topics have been chosen with reference to the latest syllabus requirements of: IGCSE Chinese examinations in the UK, AP Chinese exams in the US, and Language B Chinese exams from the IBO. The content of the texts are varied and relevant to students and different styles of texts are used in this series.

◇ In order to meet the needs of students' communication in Chinese and prepare them for the exams, the vocabulary chosen for this series is not only frequently used but also has the capacity to form new phrases. The core vocabulary of the syllabus of IGCSE Chinese exams, IB Chinese exams and the prescribed vocabulary list for HSK exams has been carefully considered. New vocabulary and expressions that have appeared recently due to language evolution have also been included.

- The teaching of pronunciation, vocabulary, grammar and characters respects the unique Chinese language system and the way Chinese is learned.

◇ Audio recordings of new words, texts, rhymes and listening exercises are available for students to listen and imitate with a view to improving pronunciation. Pinyin appears on top of characters at an early stage and is gradually removed as the student gains confidence.

◇ Vocabulary used in practical situations in both oral and written form is taught within authentic contexts. In order for the students to better understand and correctly apply new words, the relevant meaning of each character is introduced. The fixed phrases and idioms are learned through sample sentences. Vocabulary that appears in earlier books is repeated in later books to reinforce and consolidate learning.

◇ The importance of learning grammar systematically is emphasized. Grammatical rules are explained in a simple manner, followed by practice exercises with the help of ample illustrations. In order for the students to have a better understanding of and achieve mastery over grammatical rules, authentic situations are provided.

◇ In order for the students to understand the formation of characters, this series stresses the importance of teaching basic strokes, stroke order, character structures and radicals. To consolidate the learning of characters, character-specific exercises are provided in the workbook.

- The development of four language skills, especially productive skills (i.e. speaking and writing) is emphasized.

◇ Each text is introduced through a listening exercise.

◇ Varied and engaging oral tasks, such as questions and answers, conversations, interviews, surveys and oral presentations are designed.

◇提供了大量閱讀材料，內容涵蓋日常生活、社會交往、熱門話題等方面。

◇安排了電郵、書信、日記等不同文體的寫作訓練。

• 重視文化教學，形成多元文化意識。

◇隨着學生漢語水平的提高，逐步引入更多對中國社會、文化的介紹。

◇練習冊中有較多文化閱讀及相關練習，使文化認識和語言學習相結合。

• 在培養漢語表達能力的同時，鼓勵學生獨立思考和批判思維。

課堂教學建議

• 本套教材第一至第四冊，每冊分別要用大約 100 個課時完成。第五至第七冊，難度逐步加大，需要更多的教學時間。教師可以根據學生的漢語水平和學習能力靈活安排教學進度。

• 在使用本套教材時，建議教師：

◇帶領學生做第一冊課本中的語音練習。鼓勵學生自己讀出新的生詞。

◇強調偏旁部首的學習。啟發學生通過偏旁部首猜生字的意思。

◇講解生詞中單字的意思。遇到不認識的詞語，引導學生通過語境猜詞義。

◇藉助語境展示、講解語法。

◇把課文作為寫作範文。鼓勵學生背誦課文，培養語感。

◇根據學生的能力和水平，調整或擴展某些練習。課本和練習冊中的練習可以在課堂上用，也可以讓學生在家裏做。

◇展示學生作品，使學生獲得成就感，提高自信心。

◇創造機會，讓學生在真實的情景中使用漢語，提高交際能力。

馬亞敏

2014 年 6 月於香港

◇ Reading materials are chosen with the students in mind and cover relevant topics taken from daily life.

◇ Composition exercises ensure competence in different text types such as E-mails, letters, diary entries and etc.

• In order to foster the students' multi-cultural awareness, the teaching of Chinese cultural elements is emphasized.

◇ As students' Chinese language skills increase, an effort has been made to introduce more about contemporary China and Chinese culture.

◇ Plenty of reading materials and related exercises are available in the workbook, so that language learning can be interwoven with cultural awareness.

• While cultivating the ability of language use in Chinese, this series encourages students to think independently and critically.

HOW TO USE THIS SERIES

• Each of the books 1, 2, 3 and 4 covers approximately 100 hours of class time. The difficulty level of Books 5, 6 and 7 increases and thus the completion of each book will require more class time. Ultimately, the pace of teaching depends on the students' level and ability.

• Here are some suggestions as how to use this series. The teachers should:

◇ Go over with the students the phonetics exercises in Book 1, and at a later stage, the students should be encouraged to pronounce new pinyin on their own.

◇ Stress the importance of learning radicals, and encourage the students to guess the meaning of a new character by applying their understanding of radicals.

◇ Explain the meaning of each character, and guide the students to guess the meaning of a new phrase using contextual clues.

◇ Demonstrate and explain grammatical rules in context.

◇ Use the texts as sample essays and encourage the students to recite them with the intention of developing a feel for the language.

◇ Modify or extend some exercises according to the students' levels and ability. Exercises in both textbook and workbook can be used for class work or homework.

◇ Display the students' works with the intention of fostering a sense of success and achievement that would increase the students' confidence in learning Chinese.

◇ Provide opportunities for the students to practise Chinese in authentic situations in order to improve confidence and fluency.

Yamin Ma

June 2014, Hong Kong

Authors' acknowledgements

We are grateful to the following who have so graciously helped with the publication of this series:

- Our publisher, 侯明女士 who trusted our ability and expertise in the field of Chinese language teaching and learning.
- Editors, 尚小萌、趙江 and Annie Wang for their meticulous hard work and keen eye for detail.
- Graphic designers, 吳冠曼、陳先英、楊錄 for their artistic talent in the design of the series' appearance.
- 鄭海檳、郭楊、栗鐵英 who helped with proofreading and making improvements to the script.
- 于霆 for her creativity and imagination in her illustrations.
- The art consultant, Arthur Y. Wang, without whose guidance the books would not be so visually appealing.
- 胡廉軻、劉夢簫、郭楊 who recorded the voice tracks that accompany this series.
- And finally, to our family members who have always given us generous and unwavering support.

目錄

生詞

① 方 fāng side; party　② 消 xiāo remove　取消 qǔ xiāo cancel

③ 會 huì gather　會考 huì kǎo unified exams

④ 展 zhǎn open up　展開 zhǎn kāi carry out

⑤ 討 (讨) tǎo discuss　⑥ 論 lùn discuss　討論 tǎo lùn discuss

學校各方對該不該取消中學會考展開了討論。

⑦ 反對 fǎn duì oppose　⑧ 聲音 shēng yīn sound; voice

⑨ 個人 gè rén personal

我個人認為不應該取消中學會考。

⑩ 由 yóu reason　理由 lǐ yóu reason

⑪ 階 (阶) jiē rank　階段 jiē duàn phase　⑫ 基 jī foundation

⑬ 礎 (础) chǔ stone base of a pillar　基礎 jī chǔ foundation

⑭ 測試 cè shì test　⑮ 實際 shí jì real; actual

⑯ 掌 zhǎng control

⑰ 握 wò grasp　掌握 zhǎng wò grasp; master

測試可以讓學生瞭解自己對知識的實際掌握情況。

⑱ 動力 dòng lì driving force　⑲ 方式 fāng shì form

⑳ 方向 fāngxiàng orientation

㉑ 倍 bèi double　加倍 jiā bèi doubly

這樣，他們會加倍努力，爭取最好的成績。

㉒ 高考 gāo kǎo university entrance examination

㉓ 緊 (紧) jǐn pressing

㉔ 張 zhāng stretch　緊張 jǐn zhāng nervous

㉕ 真實 zhēn shí real

㉖ 揮 (挥) huī give out　發揮 fā huī bring into play

有了中學會考的經驗，學生高考時可以把真實水平發揮出來。

㉗ 壓力 yā lì pressure　㉘ 人生 rén shēng life

㉙ 本來 běn lái originally; at first

㉚ 挑 tiǎo stir up

㉛ 戰 (战) zhàn fight　挑戰 tiǎozhàn challenge

㉜ 抗 kàng resist

㉝ 必 bì must　必要 bì yào necessary

㉞ 否 fǒu no; not　㉟ 則 (则) zé then　否則 fǒu zé otherwise

㊱ 溫室 wēn shì green house　㊲ 花朵 huā duǒ flower

㊳ 嬌氣 jiāo qì delicate　㊴ 經 jīng stand; withstand

㊵ 風雨 fēng yǔ hardship

否則，他們長大後會像溫室裏的花朵一樣嬌氣，經不起風雨。

▲
> **Grammar: Sentence Pattern: Noun₁ + 像 + Noun₂ + 一樣 + Adjective**

㊶ 應 yìng deal with　應對 yìng duì respond　㊷ 變化 biàn huà change

㊸ 對於 duì yú toward(s)

㊹ 持 chí hold

對於取消中學會考，我持反對意見。

1 完成句子

1) <u>支持和反對</u>取消中學會考的聲音都有，<u>聽起來</u>都有道理。

支持和反對 ＿＿＿＿＿，聽起來 ＿＿＿＿＿。

2) 我<u>個人認為</u>不應該取消中學會考。

我個人認為 ＿＿＿＿＿。

3) <u>總的來說</u>，<u>雖然</u>中學會考會給學生的學習和生活帶來一些影響，<u>但是</u>我相信他們有能力應對這些變化。

總的來說，雖然 ＿＿＿＿＿，但是 ＿＿＿＿＿。

4) <u>有人說</u>中學生的壓力已經夠大了，<u>不要再</u>給他們增加壓力了。

有人說 ＿＿＿＿＿，不要再 ＿＿＿＿＿。

5) <u>其實</u>，人生本來就有很多壓力和挑戰。培養學生的抗壓能力<u>十分必要</u>。

其實，＿＿＿＿＿。＿＿＿＿＿十分必要。

6) <u>對於</u>取消中學會考，<u>我持</u>反對意見。

對於 ＿＿＿＿＿，我持 ＿＿＿＿＿。

2 聽課文錄音，做練習

A 回答問題

1) 對於取消中學會考，她持什麼態度？

2) 她提出了幾個理由？

3) 為什麼測試對初中生很重要？

B 選擇（答案不只一個）

1) 她認為 ＿＿＿＿＿。

a) 取消中學會考是不應該的
b) 高中階段學的知識最重要
c) 學生有了方向就會加倍努力
d) 中學生都是溫室裏的花朵
e) 學生應該培養抗壓能力

2) 中學會考 ＿＿＿＿＿。

a) 會使學生高考時更緊張
b) 可以變成學生學習的動力
c) 對學生的學習和生活有影響
d) 沒有什麼必要，應該取消
e) 很難測出學生掌握知識的情況

中學會考不應該取消

最近學校各方對該不該取消中學會考展開了討論。支持和反對的聲音都有，聽起來都有道理。我個人認為不應該取消中學會考，主要有以下幾個理由。

首先，初中階段是打基礎的階段。測試可以讓學生瞭解自己對知識的實際掌握情況。其次，考試也是學習的動力，是一種複習的方式。中學會考讓學生有努力的方向，使他們認識到每天的學習都是為了今後的會考做準備。這樣，他們會加倍努力，爭取最好的成績。

最後，有了中學會考的經驗，學生高考時不會那麼緊張，可以把真實水平發揮出來。

有人說中學生的壓力已經夠大了，不要再給他們增加壓力了。其實，人生本來就有很多壓力和挑戰。培養學生的抗壓能力十分必要。否則，他們長大後會像溫室裏的花朵一樣嬌氣，經不起風雨。

總的來說，雖然中學會考會給學生的學習和生活帶來一些影響，但是我相信他們有能力應對這些變化。對於取消中學會考，我持反對意見。中學會考對初中生來說很有必要，不應該取消。

3 用所給結構及詞語寫句子

1) 有了中學會考的經驗，學生高考時不會那麼緊張，可以把真實水平發揮出來。 → 把　心裏話

2) 首先，初中階段是打基礎的階段。其次，考試也是學習的動力。最後，有了中學會考的經驗，……。 → 首先，……。其次，……。最後，……。　健康

3) 培養學生的抗壓能力十分必要。否則，他們長大後會像溫室裏的花朵一樣嬌氣，經不起風雨。 → 像……一樣　流利

4 角色扮演

情景 1 你們認為應該取消中學會考。

例子：

你：　中學生平時有測驗，還有期中考試、期末考試，再加上會考和高考，好像學習只是為了參加考試。

同學：　對，中學生的考試已經夠多了。中學生的學習壓力已經夠大了，不要再給我們增加壓力了。

……

情景 2 你們認為不應該取消中學會考。

例子：

你：　初中階段是打基礎的階段。測試可以讓學生瞭解自己對知識的實際掌握情況。

同學：　中學會考是為以後的高考做準備。有了中學會考的經驗，學生高考時就不會那麼緊張了。

……

你 可以用

a) 高中畢業時學生還要參加高考。中學時期準備一次大的考試就夠了。

b) 學校不應該把學生變成考試機器。

c) 學生的主要任務不應該是應付考試，而應該是全面發展。

d) 如果經常考試，學生會慢慢習慣考試，大考的時候就不緊張了。

e) 有了考試，學生就有了努力的方向。他們會加倍努力，爭取更好的成績。

話題 1　在準備會考的過程中，初中生會有哪些壓力？

例子：

同學 1：老師給我們很大的壓力。老師希望每個學生都能在考試中得高分。

同學 2：漢語老師每次上課都給我們聽寫。我們每個月都有測驗，每個學期有好幾次考試。

……

話題 2　中學生應該怎樣應對學習壓力？

例子：

同學 1：學生有壓力是正常的，應該把壓力變成動力。學生應更努力學習，測驗和考試以前要認真複習。

同學 2：學生平時上課要認真聽講，有問題要及時問老師。如果等到考試前一天才開始學習，當然會有很大的壓力。

……

話題 3　除了學習、考試以外，初中生還要通過參加課外活動培養哪些能力？

例子：

同學 1：我今年參加了學校的籃球隊。通過跟同學一起打籃球，我不但提高了球技，還培養了與人溝通、合作的能力。

同學 2：我參加了奧林匹克數學競賽班。現在我的數學成績提高了不少。除此之外，……

你可以用

a) 我的朋友門門課都得高分。我父母要求我像他一樣，每門課都要過 90 分。這讓我有很大的壓力。

b) 有時候壓力也是動力。人如果沒有壓力就很難進步。

c) 培養學生的抗壓能力十分必要。

d) 跟同學聊天兒、週末出去看電影等，都是不錯的減壓方式。

e) 當天的作業要當天做完，考試要提前複習，不要臨時抱佛腳(lín shí bào fó jiǎo)。

f) 要學會管理時間，還應該多關心、幫助別人。

g) 要學會自己的事情自己做，不能靠別人。

h) 參加課外活動時，要學會跟他人商量，好好地溝通、交流、合作。

i) 不管遇到什麼事情、有什麼困難，我們都應該想辦法解決。

6 閱讀理解

家庭教育講座

　　家庭教育在孩子的成長過程中起着十分重要的作用。好的家庭教育可以培養孩子良好的習慣、美好的品德以及廣(guǎng)泛(fàn)的興趣。但是，很多時候家長不清楚怎樣才能把孩子培養成對社會有用、能為社會做貢獻的人。我們專門請教育專家張明教授舉辦兩次講座，回答大家想知道的有關家庭教育的問題。張教授將和大家討論：

- 如何給孩子擇(zé)校？
- 孩子沒有進理想的學校，該怎麼辦？
- 學校把輔(fǔ)導(dǎo)孩子學習的工作甩(shuǎi)給了家長，家長該怎麼辦？
- 孩子多大年(nián)齡(líng)出國讀書比較合適？
- 怎樣培養出積(jī)極(jí)向上的孩子？
- 怎樣培養孩子的創(chuàng)造(zào)力？
- 怎樣管教叛(pàn)逆(nì)期的孩子？
- 怎樣幫助孩子順(shùn)利(lì)度過青春期？
- 家長和孩子之間有代(dài)溝(gōu)，該怎麼辦？
- 什麼樣的家庭教育最有利於孩子的成長？

A 選擇（答案不只一個）

1) 青春期是指 ＿＿＿。
   a) 十幾歲這個年齡段
   b) 中學階段
   c) 小學階段

2) "把輔導孩子學習的工作甩給了家長" 的意思是 ＿＿＿。
   a) 學生自己學習
   b) 讓家長負責給孩子補習
   c) 學校安排老師給學生補習

3) 很多家長會去聽講座，因為他們的孩子 ＿＿＿。
   a) 不聽家長的話
   b) 缺乏創意
   c) 積極向上
   d) 將來不去國外上大學
   e) 很難與別人進行溝通
   f) 考上了理想的大學

B 回答問題

1) 家庭教育可以起什麼作用？

2) 家長希望把孩子培養成什麼樣的人？

吃 苦 教 育

　　中國有句古話說"有錢難買少年苦"。這句話的意思是：一個人在小時候吃點兒苦、受點兒累，對將來是有好處的。大部分的成功人士小時候都吃過苦，因此才知道要不斷努力、珍惜(zhēn xī)來之不易的一切。

　　現在的一些青少年從小嬌生慣養。有的青少年甚至(shèn zhì)還有傭人(yōng rén)照顧。除了做作業以外，他們什麼事情都不用做。別人為他們做的任何(rèn hé)事，他們都覺得是理所當然的。在這種環境下長大的孩子，不僅自理能力差，而且在生活、學習中遇到困難容易退卻(tuì què)，遇到挫折(cuò zhé)容易放棄(fàng qì)。他們將來到社會上怎麼會有競爭(jìng zhēng)力呢？

　　人的一生中一定會遇到困難和挫折。因此，從小讓孩子吃些苦是很有必要的。雖然現在的生活水平提高了，生活條件優越(yōu yuè)了，但學校和家庭仍然(réng rán)可以創造條件讓孩子經受磨煉(mó liàn)，比如讓孩子去露營、參加越野跑比賽、參與(cān yù)慈善活動、去貧困(pín kùn)地區做義工等。這樣孩子可以學會在困境(kùn jìng)中生存(shēng cún)，培養堅強(jiān qiáng)的意志(yì zhì)，將來離開(lí kāi)父母的保護傘後，才能更好地獨立生活。

A 寫意思

1) 珍惜：＿＿＿＿＿＿＿＿＿＿

2) 放棄：＿＿＿＿＿＿＿＿＿＿

3) 競爭：＿＿＿＿＿＿＿＿＿＿

4) 磨煉：＿＿＿＿＿＿＿＿＿＿

5) 參與：＿＿＿＿＿＿＿＿＿＿

6) 離開：＿＿＿＿＿＿＿＿＿＿

B 配對

☐ 1) 嬌生慣養 | a) 理當如此。

☐ 2) 理所當然 | b) 從小受到過多的嬌寵和溺愛。

　　　　　　　| c) 不以為然。

　　　　　　　| d) 從小吃盡了苦頭。

C 判斷正誤，並説明理由

1) 現在的一些青少年除了讀書以外，什麼都不用操心。　　　　　對　　錯

＿＿＿＿＿＿＿＿＿＿＿＿＿＿＿＿＿＿＿＿＿＿＿＿＿＿＿＿＿

2) 一些青少年覺得其他人都應該照顧他，為他服務。

＿＿＿＿＿＿＿＿＿＿＿＿＿＿＿＿＿＿＿＿＿＿＿＿＿＿＿＿＿

3) 因為在家嬌生慣養，所以一些青少年不會做家務，不能照顧自己。

＿＿＿＿＿＿＿＿＿＿＿＿＿＿＿＿＿＿＿＿＿＿＿＿＿＿＿＿＿

D 回答問題

1) 從小嬌生慣養的孩子遇到困難時會怎麼樣？

2) 為什麼從小讓孩子吃些苦是很有必要的？

3) 在經濟條件越來越好的情況下，家長可以怎樣創造條件讓孩子吃些苦？

E 學習反思

1) 中國有句古話説 "有錢難買少年苦"。你覺得這句古話在現代社會還適用嗎？
請説説你的看法。

2) 在其他文化中也有類似的觀點嗎？請介紹一下。

F 學習要求

學會表達一種觀點，掌握三個句子、五個詞語。

中西方教育理念的差異

學校教育

1) 中國教育注重知識的傳授^{chuánshòu}。教學內容的知識性比較強。

2) 在中國，學校裏競爭很激烈^{jī liè}。幼稚園升小學、小學升中學、中學考大學，一道道關卡^{guān qiǎ}都要過。

3) 中國學校的學生考試壓力大。考試內容大部分需要記憶^{jì yì}。

4) 中國學校重視主科的學習，比如語文、數學和外語，不太重視副^{fù}科和選修課^{kē xuǎn xiū}，比如歷史、音樂等。

家庭教育

1) 中國家長重視學習，看重成績，對孩子的要求比較高。

2) 很多中國家長不要求孩子做家務。孩子只要專心學習就可以了。

學校教育

1) 西方教育注重讓學生進行^{jìn xíng}體驗、實^{shí}踐，自己得出結論^{jié lùn}，積累^{jī lěi}經驗^{jīng yàn}。

2) 在西方，學校裏競爭不那麼激烈。學校的數量^{shù liàng}比較多，所以學生的升學壓力相對小一些。

3) 西方學校的考試不太頻繁^{pín fán}。考試時要求學生運用批判性思維^{pī pàn xìng sī wéi}，表達^{biǎo dá}個人觀點^{guāndiǎn}。

家庭教育

1) 西方家長重視培養孩子獨立生活的能力，不把考試分數看得過重。

2) 西方家長注重孩子自由、全面地發展^{fā zhǎn}。如果孩子對某^{mǒu}個事物有興趣，家長會支持孩子去學。

A 配對

☐ 1) 關卡　　a) 為了升學而補課。

☐ 2) 副科　　b) 指困難或阻礙。

　　　　　　c) 指體育課、歷史課等。

　　　　　　d) 指語言課程。

B 寫意思

1) 傳授：＿＿＿＿＿＿＿＿

2) 實踐：＿＿＿＿＿＿＿＿

3) 積累：＿＿＿＿＿＿＿＿

4) 頻繁：＿＿＿＿＿＿＿＿

5) 表達：＿＿＿＿＿＿＿＿

6) 發展：＿＿＿＿＿＿＿＿

C 判斷正誤，並說明理由

　　　　　　　　　　　　　　　　　　　　　　　　　對　　錯

1) 在中國，老師會教給學生很多知識。

＿＿＿＿＿＿＿＿＿＿＿＿＿＿＿＿＿＿＿＿＿＿＿＿　＿＿　＿＿

2) 為了應付考試，中國學生要記住很多內容。

＿＿＿＿＿＿＿＿＿＿＿＿＿＿＿＿＿＿＿＿＿＿＿＿　＿＿　＿＿

3) 在西方，高中生都能讀大學。

＿＿＿＿＿＿＿＿＿＿＿＿＿＿＿＿＿＿＿＿＿＿＿＿　＿＿　＿＿

D 回答問題

1) 在西方，考試有哪些要求？

2) 中國家長對孩子有哪些要求？

3) 西方家長怎麼培養孩子？

E 學習反思

在你眼裏，中國的學校教育有哪些優點？西方的家庭教育有哪些優點？

F 學習要求

學會表達一種觀點，掌握三個句子、五個詞語。

9 根據實際情況回答問題

1) 你們學校的初中生參加中學會考嗎？要考幾門課？

2) 你們學校平時有哪些測驗和考試？考試後排名次嗎？

3) 你平時考試能發揮出真實水平嗎？怎樣做才能在考試時發揮真實水平？

4) 漢語考試前你會緊張嗎？你會提前幾天開始複習？你一般怎麼複習？

5) 請你跟大家分享一些有效的複習方法。

6) 你管理時間的能力強嗎？你是如何管理時間的？

7) 你的壓力大嗎？這些壓力從哪裏來？

8) 你的抗壓能力強嗎？

9) 壓力給你的學習和生活帶來了哪些影響？

10) 有壓力的時候，你一般用什麼方法減壓？

11) 你學習的動力是什麼？

12) 到目前為止，你在學習和生活中遇到的最大的挑戰是什麼？

10 成語諺語

A 成語配對

☐ 1) 胸有成竹 (xiōng)　　a) 所見所聞都有一種新奇、清新的感覺。

☐ 2) 車水馬龍　　b) 形容專心努力工作或學習。

☐ 3) 耳目一新　　c) 從開始到結束。

☐ 4) 自始至終 (zhōng)　　d) 比喻做事之前已經拿定主意。(bǐ yù)

☐ 5) 廢寢忘食 (qǐn)　　e) 形容車輛來往不絕，熱鬧非凡。(xíngróng) (jué) (fēi fán)

B 中英諺語同步

1) 活到老，學到老。　　It is never too old to learn.

2) 少壯不努力，老大徒傷悲。(zhuàng) (tú bēi)　　An idle youth, a needy age.

3) 有志者事竟成。(jìng)　　Where there is a will, there is a way.

11 文體

議論文格式

標題（一般用論點作標題）

　　……該不該……，支持和反對的聲音都有。我個人認為……，主要有以下幾個理由。

　　首先／第一，……………………………………………………………………………

……………………………………………………………………………………………………

　　其次／第二，……………………………………………………………………………

……………………………………………………………………………………………………

　　最後，……………………………………………………………………………………

　　總的來說，……。我認為……，因此……。

12 寫作

題目 有人說"有壓力才能進步"。請談談你對這個觀點的看法。

以下是一些人的觀點：

- 沒有壓力，人會變得懶惰（lǎn duò），不思進取（jìn qǔ）。
- 壓力可以變成動力。
- 運動員有了壓力才能取得好成績。
- 學生面對考試的壓力才會努力學習。

你 可以用

a) 現實生活中人們總會面對方方面面的壓力。

b) 壓力時時刻刻都在我們周圍。

c) 有了壓力，人才能走出自己的舒適圈。

d) 壓力過大對健康不利。

e) 人的天性是懶惰的。沒有壓力，人會缺乏（quē fá）前進的動力。

f) 有了壓力，人才有努力的方向。

g) 為了通過鋼琴八級考試，我每天都練習。考試的壓力使我更加努力，不斷進步。

h) 如果能把壓力變成動力，就可以不斷進步。

漢 字 的 六 書

漢字是世界上使用時間最長、使用最廣泛的文字之一。最早的漢字是商朝(shāngcháo)的甲骨文(jiǎ gǔ wén)。漢字不是拼音文字，而是表意(biǎo yì)文字，是音、形、義的結合(jié hé)體。人們把漢字構成(gòu chéng)和使用的方法歸(guī)納(nà)成"六書"。六書是指：象形(xiàng xíng)、指(zhǐ)事、會意(huì yì)、形聲(xíngshēng)、轉注(zhuǎn zhù)和假借(jiǎ jiè)。

象形屬於"獨體造字法"。象形字是按照事物的大致(dà zhì)輪廓(lún kuò)或外形特徵(tè zhēng)描(miáo)成的字，比如"日""月""山""水""馬""魚"等。象形字和圖畫不同。象形字的字形相對(xiāng duì)固定(gù dìng)，象徵(xiàng zhēng)性比較強。

指事也屬於"獨體造字法"，是用抽象(chōu xiàng)的符號(fú hào)表示意思，比如"上""下"。再如在"木"下加一

橫(héng)，變成"本"，指樹根(gēn)。

會意屬於"合體造字法"，是用兩個或兩個以上的字組成一個新字。比如"休"是一個人靠在樹上，表示休息。再如"鳴"(míng)指鳥的叫聲，由"口"和"鳥"組成。

形聲也屬於"合體造字法"。形聲字由兩個部分構成，一半表意，一半表音。比如"蝴"，左邊是"虫"旁，表示意思，右邊是"胡"(hú)，表示發音。百分之九十以上的漢字是形聲字。

轉注和假借不是漢字的構造方法，而屬於用字法。這裏就不多講了。

A 寫意思

1) 結合：_____

2) 構成：_____

3) 指：_____

4) 特徵：_____

5) 象徵：_____

6) 抽象：_____

B 歸類

油 木 歌 月 字 人 羊 材 下 想 三 花		
象形字	指事字	形聲字

C 判斷正誤

□ 1) 會意是一種合體造字法，比如"休"字。

□ 2) 形聲也屬於合體造字法，比如"城"字。

□ 3) "鐘"是形聲字，左邊表示意思，右邊表示發音。

□ 4) 絕大部分漢字是形聲字。

□ 5) 漢字的構成主要有三種方法：象形、指事和形聲。

D 判斷正誤，並說明理由

1) 漢字是世界上最古老的，也是使用人口最多的文字之一。　　　對　　錯

_____　____　____

2) 漢字集音、形、義為一體，是一種表意文字。

_____

3) 象形是一種獨體造字法，造出來的字是可以拆開的。

_____

4) 根據事物的大致輪廓或外形特徵，古人創造出了象形字。

_____

E 回答問題

"會意字"一般由幾個部分組成？請舉一個例子。

F 查一查

商朝是什麼時候建立的？"日"和"月"的甲骨文什麼樣？

生詞 3

① yì 議 discuss　huì yì 會議 meeting

② shì fǒu 是否 whether

我們討論了明年我是否該去國外上寄宿學校的問題。

③ lí kāi 離開 leave

④ shě 捨 (舍) give up

你們捨不得我離開家。

▲
Grammar: a) "不得" serves as the complement of potential.
b) Pattern: Verb/Adjective + 不 + 得
Verb/Adjective + 得

⑤ lìng 令 make; cause

你們擔心讀寄宿學校會令我遠離家庭的溫暖。

⑥ wánquán 完全 completely

⑦ fēng 封 a measure word　⑧ mù dì 目的 purpose

⑨ kǎo 考 verify　⑩ lǜ 慮 (虑) consider　kǎo lǜ 考慮 consider

⑪ yuè 閱 experience　yuè lì 閱歷 experience

⑫ shèn zhì 甚至 even

⑬ yì xiǎng bú dào 意想不到 unexpected

讀寄宿學校可以豐富我的生活閱歷，甚至可能給我帶來意想不到的機會。

⑭ yǔ 與 (与) with　⑮ zì 自 from　lái zì 來自 come from

⑯ chǔ 處 get along with　xiāng chǔ 相處 get along with

⑰ chù 觸 (触) contact　jiē chù 接觸 come into contact with

⑱ rú hé 如何 how; what

⑲ jiāowǎng 交往 associate with　⑳ hé zuò 合作 cooperate

㉑ zì lǐ 自理 take care of oneself

㉒ lǜ 律 discipline　zì lǜ 自律 self-discipline

㉓ chéng shú 成熟 mature

㉔ xiù 秀 excellent　yōu xiù 優秀 excellent

讀寄宿學校可以培養我的自理能力和自律能力，讓我變得更獨立、更成熟、更優秀。

㉕ dāng dì 當地 local　㉖ chōng fèn 充分 sufficient

讀寄宿學校可以為我上當地大學做好充分的準備。

㉗ yě xǔ 也許 probably　㉘ shì yìng 適應 adapt

㉙ shēn xìn 深信 believe strongly　㉚ jīng lì 經歷 experience

㉛ jìng zhēng 競爭 compete

㉜ zhōng 終 (终) whole　zhōngshēng 終生 all one's life

我深信這段經歷一定能提高我在各個方面的競爭力，會讓我有很大收穫，終生難忘。

㉝ shī 失 fail to achieve　shī wàng 失望 disappointed

我向你們保證，我一定不會讓你們失望的。

㉞ kěn 懇 (恳) sincerely　kěn qiú 懇求 beg sincerely

㉟ guò dù 過度 excessive

我懇求你們不要過度擔心。

㊱ tóng yì 同意 agree

1 完成句子

1) 我今天寫這封電郵的<u>目的是</u>希望你們再考慮一下上寄宿學校的事情。

_____ 目的是 _____。

2) 我<u>懇求</u>你們不要過度擔心，同意我去上寄宿學校。

_____ 懇求 _____。

3) <u>也許開始時</u>我會不太適應寄宿學校的學習和生活。

也許開始時 _____。

4) <u>我深信</u>這段經歷一定能提高我在各個方面的競爭力。

我深信 _____。

5) <u>我向你們保證，</u>我會認真學習、照顧好自己，一定不會讓你們失望的。

我向你們保證，_____。

6) <u>我認為</u>上寄宿學校有很多<u>好處</u>。

我認為 _____ 好處。

2 聽課文錄音，做練習

A 回答問題

1) 父母為什麼不同意他去上寄宿學校？

2) 他寫這封電郵的目的是什麼？

3) 為什麼他覺得上寄宿學校可以擴大視野？

B 選擇（答案不只一個）

1) 父母不讓他上寄宿學校是因為 _____。

a) 不想讓他離開家

b) 在寄宿學校可能交到壞朋友

c) 他中學畢業後不容易進入當地的大學

d) 擔心他在學校沒有家人的關愛

e) 擔心他交不到新朋友

2) 他認為 _____。

a) 寄宿學校可能帶來意想不到的機會

b) 跟來自各地的同學相處能開闊視野

c) 在寄宿學校學習和生活會令他更成熟

d) 他現在的自理能力和自律能力非常強

e) 父母應該讓他出去經風雨、見世面

發件人：楊健 yangj1234@hotmail.com

收件人：楊樹 ys88@gmail.com, 孫美 sm24@yahoo.com

主　題：上寄宿學校

日　期：2016 年 8 月 6 日

親愛的爸爸、媽媽：

　　你們好！

　　在家庭會議上，我們討論了明年我是否該去國外上寄宿學校的問題。你們捨不得我離開家，擔心讀寄宿學校會令我遠離家庭的溫暖。我完全能理解你們的想法。

　　我今天寫這封電郵的目的是希望你們再考慮一下上寄宿學校的事情。我認為上寄宿學校有以下好處。

　　第一，讀寄宿學校可以豐富我的生活閱歷，甚至可能給我帶來意想不到的機會。

　　第二，我可以與來自各地的同學相處，接觸到不同的文化，擴大視野。

　　第三，我可以學會如何與同學交往，提高與人溝通、合作的能力。

　　第四，讀寄宿學校可以培養我的自理能力和自律能力，讓我變得更獨立、更成熟、更優秀。

　　第五，讀寄宿學校可以為我上當地大學做好充分的準備。

　　也許開始時我會不太適應寄宿學校的學習和生活，但是我深信這段經歷一定能提高我在各個方面的競爭力，會讓我有很大收穫，終生難忘。

　　我向你們保證，我會認真學習、照顧好自己，一定不會讓你們失望的。我懇求你們不要過度擔心，同意我去上寄宿學校。

　　祝好！

　　兒子

3 用所給結構及詞語寫句子

1) 在家庭會議上，我們討論了明年我是否該去國外上寄宿學校的問題。　→ 是否　取消

2) 你們捨不得我離開家。　→ 捨不得　外國

3) 讀寄宿學校可以豐富我的生活閱歷，甚至可能給我帶來意想不到的機會。　→ 甚至　壓力

4) 在寄宿學校的這段經歷一定會讓我有很大收穫。　→ 讓　認識

4 小組討論

話題1　讀寄宿學校可能遇到什麼困難？

例子：

同學1：遠離家庭的溫暖，我可能會感到孤單、無助。我從來都沒有離開過家，開始時一定會不適應，但是我應該慢慢就可以適應一個人生活了。

同學2：父母不在身邊，如果遇到困難，可能沒人幫助我。

同學3：你的朋友、同學不能幫助你嗎？

……

話題2　應該如何適應寄宿學校的生活？

例子：

同學1：去寄宿學校以前要學會獨立，學習做一些簡單的家務，比如洗衣服、整理房間等。

同學2：跟同學同住一間宿舍，要學會如何與人相處。如果有問題，要很好地與人溝通，要互相理解。

同學3：如果去英語國家留學，要先把英語學好。語言過關了，不但學習其他課程會容易一些，還能更好地適應新生活。

……

你 可以用

a) 我應該學會獨立生活，不能像以前一樣，什麼事情都靠父母。

b) 在寄宿學校，如果學習上遇到困難，可以找老師或同學幫忙。

c) 有電腦和智能手機，如果我想家了，可以很方便地跟家人聯絡。

d) 要提高自律能力，自己管好自己的學習。

e) 選課時，要多聽老師和同學的建議，之後再自己做決定。

f) 如果遇到困難，要自己想辦法解決。

5 完成句子

1) 我完全能理解_____。

2) 我希望你們_____。

3) 與來自各地的同學相處，我可以_____。

4) 我可以學會如何與同學交往，_____。

5) 讀寄宿學校可以讓我變得_____。

6) 讀寄宿學校可以為我_____。

6 角色扮演

情景 看了兒子的信以後，爸爸、媽媽和兒子又開了一次家庭會議，討論兒子的想法，並做出決定是否讓兒子去國外讀寄宿學校。

例子：

爸爸： 我和你媽媽看過你的信了。我們瞭解你的想法了。首先，我們，特別是你媽媽，很捨不得你離開家。

媽媽： 你從小到大從來都沒離開過家。我很擔心。如果你生病了，沒有人照顧，怎麼辦呢？如果學校食堂的飯菜不合你的口味，怎麼辦呢？你平時吃東西很挑剔^{tiāo tī}，很可能不習慣食堂的飯菜。

兒子： 我知道你們很愛我。你們不放心我一個人去國外讀書、生活，我完全能理解。但是我覺得你們過度擔心了。我已經長大了，有能力照顧好自己。在學習上，我也養成了自律的好習慣。我覺得你們應該讓我出去經風雨、見世面。

……

你 可以用

a) 你一個人在外面，如果遇到困難或者不開心的事，我們幫不了你。

b) 我們還擔心你交到不好的朋友，受到壞的影響。

c) 我不在你身邊，你要照顧好自己的飲食起居。

d) 別擔心，學校的老師會關心我們。他們對學生就像對自己的孩子一樣。

e) 有電腦和智能手機，我們可以隨時聯絡。

華中學校招生簡章 (zhāo shēng jiǎn zhāng)

華中學校位於西安市中心，是一所擁有二十五年歷史，有小學、初中和高中的一條龍私立寄宿學校。華中學校辦學條件優越，師資力量雄厚(shī zī lì liàng xióng hòu)，教學質量一流，現有近八百名在校學生。學校開設國際文憑課程(wén píng)，課程豐富，選擇多樣。除此之外，學校還提供多種課外活動，可以滿足(mǎn zú)學生的不同需求(xū qiú)。關於學校詳情(xiáng qíng)，請瀏覽學校網站：

www.huazhong.com.cn

招生範圍(fàn wéi)：面向全國招收小學、初中、高中各年級學生，不受地區、戶口限制(xiàn zhì)。

報名時間：三月一日即(jí)可報名。

招生對象(duì xiàng)：五歲以上適齡兒童及各年級插班生(chā)。

報名方式：

1 直接(zhí jiē)到學校報名。預約(yù yuē)電話：13959651359（周老師）。

2 登錄(dēng lù)學校網站下載、填寫並提交報名表格。郵箱：zhoukexin@gmail.com（周老師）。

3 所需材料：護照/身份證複印件一份、照片兩張、現就讀學校成績報告單以及個人陳述(chén shù)。

收費：報名費¥2000。如未錄取(lù qǔ)，不設退還(tuì huán)。

A 寫意思

1) 滿足：＿＿＿＿＿＿＿＿

2) 限制：＿＿＿＿＿＿＿＿

3) 預約：＿＿＿＿＿＿＿＿

4) 登錄：＿＿＿＿＿＿＿＿

B 選擇（答案不只一個）

華中學校＿＿＿＿＿。

a) 有三十多年歷史

b) 的老師都很年輕

c) 沒有幼稚園

d) 教授國際文憑課程

e) 為學生提供的課外活動不多

f) 也收插班生

g) 的老師都很優秀

h) 會退還未被錄取學生的報名費

C 回答問題

1) 北京市的孩子能報考這所學校嗎？

2) 報名方式有哪幾種？

D 學習反思

"個人陳述"一般包括哪些內容？

提前留學

近些年，出國留學的人數不斷增加，留學生的年齡還出現了低齡化趨勢。很多中學生的父母投資幾十萬甚至上百萬，送子女去國外留學。我個人非常支持中學生留學。

首先，中學生有自己的優勢。中學生的外語學習能力很強。人的外語學習能力隨年齡的增長而減弱。中學階段正是學外語的黃金時段。中學生適應周圍環境的能力也很強。尤其是語言不成問題時，他們更容易融入所處的新環境。

其次，國外的學校比較重視素質培養，注重全面發展，不以成績的高低來評定學生的能力。國內的學校，很多都過於重視學生的考試成績。

雖然中學生年齡還小，獨立生活的能力不強，但是出國留學可以給他們提供一個鍛煉的機會，使他們更獨立、更成熟，提高自理能力和自律能力。

總之，我贊成中學生提前出國留學。提前留學既能學好外語，又能瞭解不同的文化，還可以提高自理能力，一舉多得。

A 寫意思

1) 出現：＿＿＿＿＿＿＿＿

2) 投資：＿＿＿＿＿＿＿＿

3) 減弱：＿＿＿＿＿＿＿＿

4) 融入：＿＿＿＿＿＿＿＿

5) 評定：＿＿＿＿＿＿＿＿

6) 贊成：＿＿＿＿＿＿＿＿

B 配對

- ☐ 1) 近幾年，出國留學的人數
- ☐ 2) 很多父母願意花很多錢
- ☐ 3) 國外的學校比較注重
- ☐ 4) 出國留學對中學生來說

- a) 讓孩子去國外讀書。
- b) 一年比一年多。
- c) 是一種鍛煉。
- d) 很難融入當地的環境。
- e) 學生的全面發展。

C 判斷正誤，並說明理由

　　　　　　　　　　　　　　　　　　　　　　對　　錯

1) 現在留學生的年齡越來越小了。

_____ ___ ___

2) 國外的學校會從多方面評定學生。

_____ ___ ___

3) 中學生提前出國留學只有一個好處：能學好外語。

_____ ___ ___

D 回答問題

1) 為什麼中學生在外語學習方面有優勢？

2) 除了外語學習方面，中學生出國留學還有哪些優勢？

3) 為什麼一些學生考不上國內的大學，但可能被國外的大學錄取？

E 學習反思

假設父母現在讓你去國外提前留學，你會去嗎？為什麼？

F 學習要求

學會表達一種觀點，掌握三個句子、五個詞語。

美 國 遊 學 團

王：大家好！我是王月。近幾年，中學生去海外遊學越來越流行。今天，我們請
來了海外教育諮詢公司的劉小姐。她將為大家介紹一下美國的遊學團。

劉：現在美國遊學團很火爆。今年美國政府給中國增加了十萬個遊學名額。

王：請您給我們介紹一下熱門的遊學團。

劉：我們公司的"全美遊學團"最受歡迎。這個遊學團
的理念是：讀萬卷書、行萬里路。在暑假的兩個月
裏，遊學團的團員會去五所世界頂級大學學習、生
活。這些大學的師資和教學質量都非常有保證。這
種遊學也可以說是一個"微留學"。

王：這種遊學有什麼好處呢？

劉：參加這個遊學團，團員可以實地考察學校，看看真
實的美國大學生活。我們還會安排校方代表、美國學生與團員進行交流、互
動。這種體驗能幫助團員決定以後是否要去留學，也能激勵他們努力學習。

王：這個"全美遊學團"聽起來挺不錯的。

劉：是的。為了讓團員有更好的體
驗，每個遊學團的人數都不超
過四十人。每個遊學團都由三
到五位經驗豐富的老師陪同，
保障學生的安全。我們公司
包辦簽證，還負責安排團員在
美國的食宿和交通。

A 選擇

1) "火爆"的意思是 ＿＿＿。

    a) 很受歡迎　　b) 很不看好

    c) 沒人過問　　d) 奇缺

2) "頂級"的意思是 ＿＿＿。

    a) 初級　　b) 一流

    c) 重要　　d) 一條龍

3) "微留學" 的意思是 ＿＿＿。

    a) 在中國學美國課程　　b) 遠程課程

    c) 正式留學前的留學體驗　d) 在家自學

4) "真實"的意思是 ＿＿＿。

    a) 從雜誌上看來的　b) 別人介紹的

    c) 自己親眼看到的　d) 聽朋友說的

B 判斷正誤，並説明理由

	對	錯
1) 今年比去年多了十萬個去美國遊學的名額。		
2) 每個遊學團的人數都在四十個左右。		
3) 海外教育諮詢公司只為學生安排在美國的食宿。		

C 回答問題

1) 在暑假的兩個月裏，參加全美遊學團的學生會做些什麼？

2) 參加遊學團有什麼好處？

3) 遊學團怎樣保證學生的安全？

D 學習反思

你打算參加遊學團嗎？你想去哪裏遊學？為什麼？

E 學習要求

學會表達一種觀點，掌握三個句子、五個詞語。

10 根據實際情況回答問題

1) 你現在就讀的學校是國際學校還是本地學校？你在本地學校學習過嗎？

2) 你現在就讀的學校是走讀學校還是寄宿學校？你上過寄宿學校嗎？

3) 你想去國外讀寄宿學校嗎？為什麼？

4) 你打算在你住的城市或地區讀大學還是去別的地方讀大學？為什麼？

5) 你支持中學生提前留學嗎？為什麼？

6) 你們學校的同學來自哪些國家或地區？你能接觸到哪些不同的文化？

7) 你在假期裏參加過遊學團嗎？請介紹一下你的經歷。

8) 你瞭解別的國家的文化嗎？你對哪個國家的文化比較瞭解？

9) 你的自理能力和自律能力強嗎？請舉例說明。

10) 與同齡人相比，你在哪些方面比較有競爭力？

11) 你令父母或老師失望過嗎？請講一講發生了什麼事。

12) 你懇求父母為你做過什麼事？他們答應了嗎？

11 成語諺語

A 成語配對

□ 1) 揚(yáng)長避短　　a) 指要求的標準(biāo zhǔn)很高，但實際上自己也做不到。

□ 2) 對牛彈琴　　b) 發揚(fā yáng)優點長處，迴避(huí bì)缺點短處。

□ 3) 事倍(bèi)功半　　c) 事先有準備，就可以避免禍患(bì miǎn huò huàn)。

□ 4) 眼高手低　　d) 比喻對不懂道理的人講道理，白費力氣。

□ 5) 有備無患(huàn)　　e) 做事花費多而得到的效果小。

B 中英諺語同步

1) 不學無術。　　Learn not and know not.

2) 一分耕耘(gēng yún)，一分收穫(shōu huò)。　　No pains, no gains.

3) 種瓜得瓜，種豆得豆。　　As a man sows, so he shall reap.

12 文體

非正式電郵格式

發件人：xx ming.li@gmail.com

收件人：xxx jiawen.wang123@hotmail.com

主題：…………

日期：xx 年 xx 月 xx 日

親愛的 xxx：

□□你好！………………………………………………………………………………

□□………………………………………………………………………………………

祝好！

xx

13 寫作

題目 你聽說姨媽和表弟正在討論去國際學校還是去本地學校上中學的問題。請給姨媽寫一封電郵，談談你的觀點。

以下是一些人的觀點：

- 國際學校的課程比較豐富，可以根據自己的興趣選擇學習科目。
- 在國際學校學習可以擴大國際視野。
- 在國際學校可以跟來自不同地方的同學相處。
- 國際學校的課程比較輕鬆，不太重視基礎知識的學習。

你 可以用

a) 盡早接觸不同的文化可以擴大國際視野，為將來成為國際人才打好基礎。

b) 國際學校的學費比本地學校的高得多。

c) 去了國際學校，中文水平可能會受影響。

d) 國際學校的師生流動性較大，不穩定。 wěndìng

e) 在國際學校學習可以豐富人生閱歷，增加見聞。

f) 在國際學校學習和生活，你會變得更獨立，你的自理能力會更強。

g) 在國際學校，有些基礎知識要自學，或者請家教補習。

大書法家王羲之

中國的書法是一門古老的藝術。它是中華民族的文化瑰寶，在世界文化藝術寶庫中也是獨一無二的。中國的書法是漢字的獨特表現，因此被稱為"無言的詩、無形的舞、無圖的畫、無聲的樂"。也有人說中國的書法有表情、體態和靈性。

說到書法，很多人都會想到偉大的書法家、書聖——王羲之。王羲之（公元 303 年－361 年）出身於東晉時期的一個書法世家。他從小就刻苦練習書法。在他居住的地方，書房裏、院子裏，甚至廁所的外面，到處都擺放着筆、墨、紙、硯，方便他隨時練習。後來，他的書法取得了很高的成就，影響了世代的書法愛好者。

《蘭亭序》是王羲之的代表作。東晉時期有一個風俗：陰曆三月三日，人們要去河邊遊玩。公元 353 年，王羲之約了一些文人在蘭亭一邊喝酒一邊作詩。之後，大家把詩收集在一起，讓王羲之寫了一篇序言。王羲之為詩集寫的《蘭亭序》共 28 行，324 個字。據說《蘭亭序》中共有 20 個"之"字，每個"之"字的寫法都不同。

A 選擇

1) "瑰寶" 的意思是 _____。

   a) 金銀財寶   b) 寶石

   c) 貴重、美麗的寶物

2) "獨一無二" 的意思是 _____。

   a) 第二名   b) 唯一

   c) 其他

B 判斷正誤

☐ 1) 書法是中國，也是世界的文化瑰寶。

☐ 2) 王羲之是中國偉大的書法家，被稱為書聖。

☐ 3) 王羲之家是書法世家。

☐ 4) 王羲之的代表作《蘭亭序》對世代的書法愛好者產生了深刻的影響。

☐ 5) 每年陰曆三月三日王羲之都會邀請朋友一起喝酒、作詩。

☐ 6)《蘭亭序》共二十八行，近三百個字。

C 判斷正誤，並說明理由

1)《蘭亭序》是王羲之為詩集寫的序言。   對   錯

_____ ___ ___

2) 在《蘭亭序》中有二十個寫法不同的 "之" 字。

_____ ___ ___

D 回答問題

寫毛筆字要用什麼文具？

E 學習反思

1) 上網找王羲之的書法作品。從王羲之的書法作品中，你能看出它的表情、體態和靈性嗎？

2) 你覺得中國的書法美嗎？

F 學習要求

學會表達一種觀點，掌握三個句子、五個詞語。

生詞 🎧 5

① 尊 zūn respect　**②** 敬 jìng respect　尊敬 zūn jìng honorable

③ 得體 dé tǐ appropriate

我校有些學生穿得很不得體。我和一些同學都看不下去了。

▲
> Grammar: a) "不下去" serves as the complement of potential.
> b) Pattern: Verb + 得 / 不 + Complement of Direction

④ 此 cǐ now; here

⑤ 代 dài take the place of　代表 dài biǎo represent

在此,我代表大家向您提出讓學生穿校服的建議。

⑥ 挑 tiāo choose　挑選 tiāoxuǎn choose　**⑦** 根本 gēn běn entirely

學生根本就不用花時間考慮穿衣問題。

⑧ 身份 shēn fèn identity

⑨ 徵（征）zhēng evidence　象徵 xiàngzhēng symbol

校服是學生的身份象徵。

⑩ 歸（归）guī belong to　歸屬 guī shǔ belong to

穿校服能使學生有一種歸屬感。

⑪ 約 yuē restrict　**⑫** 束 shù restrict　約束 yuē shù restrain

穿校服對學生來說是一種約束。

⑬ 意識 yì shi consciousness　下意識 xià yì shi subconsciously

⑭ 留意 liú yì beware of　**⑮** 言行 yán xíng words and deeds

⑯ 舉 jǔ act; deed　舉止 jǔ zhǐ manner

穿校服時學生會下意識地留意自己的言行舉止。

⑰ 防止 fáng zhǐ prevent

⑱ 攀 pān climb　攀比 pān bǐ compare with and try to follow

穿校服可以防止學生互相攀比。

⑲ 平等 píngděng equal　**⑳** 分心 fēn xīn distract　**㉑** 展現 zhǎnxiàn display

㉒ 於 yú to; for

反對穿校服的人認為這樣不利於展現個性

㉓ 觀 guān view　觀點 guāndiǎn viewpoint　**㉔** 看 kàn consider　看法 kàn fǎ vie

㉕ 而 ér while

對於這個觀點,我的看法是學生星期一到星期五穿校服,而週末就可以穿自己喜愛的衣服了。

▲
> Grammar: a) "而" and "但" are different.
> b) "但" indicates transition. "而" indicates contras

㉖ 空間 kōng jiān space　**㉗** 自我 zì wǒ oneself

㉘ 審（审）shěn comprehend　審美 shěn měi appreciation of beauty

學生還是有足夠的空間展現自我、培養審美能力的。

㉙ 感謝 gǎn xiè be thankful　**㉚** 聽取 tīng qǔ listen to

非常感謝您聽取我們的建議。

㉛ 談（谈）tán talk　**㉜** 將 jiāng will

㉝ 勝 shèng bear　不勝 bú shèng extremely

㉞ 激 jī (feeling) stirred or moved　感激 gǎn jī feel grateful

如果有機會跟您細談,我將不勝感激。

㉟ 致 zhì extend　此致 cǐ zhì here I wish to convey

㊱ 敬禮 jìng lǐ salute

此致敬禮 cǐ zhì jìng lǐ with best wishes

1 完成句子

1) <u>最近一段時間</u>，我校有些學生穿得很不得體。

最近一段時間，＿＿＿＿＿。

2) <u>在此</u>，<u>我代表</u>大家向您提出讓學生穿校服的建議。

在此，我代表＿＿＿＿＿。

3) 穿校服能<u>使</u>學生有一種歸屬感。

＿＿＿＿使＿＿＿＿。

4) <u>如果</u>穿校服，學生<u>根本</u>就不用花時間考慮穿衣問題。

如果＿＿＿，＿＿＿根本＿＿＿。

5) 穿校服<u>對</u>學生<u>來說</u>是一種約束。

＿＿＿＿對＿＿＿＿來說＿＿＿＿。

6) 如果有機會跟您細談，<u>我將不勝感激</u>。

＿＿＿＿，我將不勝感激。

2 聽課文錄音，做練習

A 回答問題

1) 王清月在信中提出了什麼建議？

2) 為什麼穿校服可以防止學生互相攀比？

3) 王清月希望校長做什麼？

B 選擇（答案不只一個）

1) 王清月提出學生應該穿校服的理由有＿＿＿＿。
   a) 如果不穿校服，學生早上有大把時間挑衣服
   b) 穿校服能使學生有歸屬感
   c) 穿校服會讓學生更注意自己的行為舉止
   d) 穿校服讓學生不能集中精力學習
   e) 學生課外時間也不可以穿自己喜歡的衣服

2) 反對穿校服的人認為穿校服＿＿＿＿。
   a) 有利於培養學生的審美能力
   b) 使學生沒有足夠的空間展現自我
   c) 不利於學生展現個性
   d) 讓學生不能互相攀比了
   e) 讓學生不能挑選衣服了

尊敬^{zūn jìng}的王校長：

您好！

我是十一年級的學生王清月。我寫這封信是想向您建議讓我校學生穿校服。

最近一段時間，我校有些學生穿得很不得體^{dé tǐ}。我和一些同學都看不下去了。在此^{cǐ}，我代表^{dài biǎo}大家向您提出讓學生穿校服的建議，主要有以下五個理由。

第一，學生早上起牀後沒有太多時間挑選^{tiāo xuǎn}衣服。如果穿校服，學生根本^{gēn běn}就不用花時間考慮穿衣問題，既省時又方便。

第二，校服是學生的身份象徵^{shēn fèn xiàng zhēng}。穿校服能使學生有一種歸屬^{guī shǔ}感。

第三，穿校服對學生來說是一種約束^{yuē shù}。穿校服時學生會下意識^{xià yì shi}地留^{liú}意^{yì}自己的言行舉止^{yán xíng jǔ zhǐ}。

第四，穿校服可以防止^{fáng zhǐ}學生互相攀比^{pān bǐ}。每個人都穿一樣的衣服，是平等^{píng děng}的。

第五，穿校服可以讓學生少分心^{fēn xīn}，集中精力學習。

反對穿校服的人認為這樣不利於展現^{yú zhǎn xiàn}個性。對於這個觀點^{guān diǎn}，我的看^{kàn}法^{fǎ}是學生星期一到星期五穿校服，而^{ér}週末就可以穿自己喜愛的衣服了。學生還是有足夠的空間^{kōng jiān}展現自我^{zì wǒ}、培養審美^{shěn měi}能力的。

非常感謝^{gǎn xiè}您聽取^{tīng qǔ}我們的建議。如果有機會跟您細談^{tán}，我將不勝感激^{jiāng bú shèng gǎn jī}。

此致^{cǐ zhì}

敬禮^{jìng lǐ}！

學生：王清月

10 月 5 日

3 小組討論

話題1 穿校服有什麼好處？

例子：

同學1：學生上學前不用花時間挑選衣服。他們穿上校服就可以出門了，既省時又方便。

同學2：你說得對。校服還是學生的一種身份象徵。穿校服能令學生有歸屬感。

同學3：除此之外，穿校服對學生來說也是一種約束。穿校服的時候學生會下意識地留意自己的言行舉止。

⋯⋯

話題2 穿校服有什麼壞處？

例子：

同學1：每個學生都穿一樣的衣服，可能會影響學生審美能力的培養。

同學2：我也是這麼想的。另外，學生穿校服還不利於展現個性。每個人都有不同的個性，衣服可以幫人們展現自我。如果人人都穿校服，學校這個"小社會"就不精彩了。

同學3：校服的顏色一般都很單調、款式也不時尚，穿起來不太好看。

⋯⋯

你 可以用

a) 如果學校有集會，學生穿了校服看起來很整齊。

b) 每個人都穿一樣的衣服，學生之間就不會攀比了。那些經濟條件好的學生不會有優越感，經濟條件不太好的學生壓力也會小一些。

c) 學生穿校服也可以省一些錢，因為校服比一般的衣服便宜。

d) 有時候校服的尺寸不合身，所以很多學生都不喜歡穿校服。

e) 家長一般會給孩子買大一號的上衣和褲子。也就是說很多學生穿的校服都不合身，這讓他們更不喜歡穿校服了。

f) 長得比較高大的高年級學生還穿着校服，會讓人覺得有點兒幼稚。

1) 我校有些學生穿得很不得體。我和一些同學都看不下去了。　　→ 看不下去　言行

2) 反對穿校服的人認為這樣不利於展現個性。　　→ 不利於　合作

3) 對於這個觀點，我的看法是學生星期一到星期五穿校服，而週末就可以穿自己喜愛的衣服了。　　→ 而　中餐

4) 學生還是有足夠的空間展現自我、培養審美能力的。　　→ 還是　聯繫

5 角色扮演

情景　校長、家長代表王太太、老師代表李老師跟王清月一起開會，討論學生穿校服的建議。

例子：

校長：　謝謝大家來參加會議。我們今天要討論一下學生穿校服的建議。

王太太：我代表家長向你們表達對學生穿校服這個建議的看法。大部分家長都支持學生穿校服，但是也有一些高年級的學生家長反對。

李老師：作為老師，我覺得低年級的學生應該穿校服，高年級的學生不穿校服也可以。

王清月：我同意李老師的意見。

校長：　看來大家都認為我校的低年級學生應該穿校服。如果高年級的學生可以不穿校服，我們是不是對他們穿什麼衣服來上學也要有一些要求呢？他們不能喜歡穿什麼就穿什麼。

……

你 可以用

a) 校服的款式和顏色要適合不同年級的學生。

b) 校服的價錢也不貴，比自己買衣服便宜得多。

c) 如果允許（yǔn xǔ）高年級的同學穿自己喜愛的衣服來上學，學校要規定哪些衣服是不適合在校園裏穿的。

d) 穿來上學的衣服一定要得體。學生不能穿太短的裙子或者拖（tuō）鞋（xié）來學校。

e) 如果穿的衣服不得體，學生容易分心，很難集中精力學習。

6 閱讀理解

學校守則及校規
(shǒu zé / xiào guī)

1) 尊重老師、同學，對人有禮貌。
(zūn zhòng)

2) 禁止講粗話，禁止打罵、欺凌同學，禁止一切網絡欺凌。
(jìn zhǐ / cū huà / dǎ mà / qī líng)

3) 除非有特殊要求，在校期間要穿校服。

4) 禁止遲到、早退、曠課。
(chí dào / zǎo tuì / kuàng kè)

5) 因病、因事請假，需家長證明。
(zhèngmíng)

6) 禁止考試作弊。
(zuò bì)

7) 禁止抽煙、喝酒、吸毒。
(chōu yān / xī dú)

8) 禁止偷竊。
(tōu qiè)

對違反校規學生的處理方式
(wéi fǎn)

1) 第一時間報告班主任，給予口頭警告。
(jǐ yǔ / jǐng gào)

2) 中午留堂，或者星期五放學後留校。

3) 如果有必要，通知年級負責人，給予嚴重警告。
(yán zhòng)

4) 如果事情嚴重，聯繫家長，共同找學生談話。

5) 如果是特殊事件，校長可以直接介入處理。
(jiè / rù chǔ lǐ)

6) 屢教不改的學生將被留校查看。
(lǚ jiào bù gǎi)

7) 嚴重違反校規的學生將被勸退，或被勸轉學。
(quàn tuì)

8) 學校保留開除學生的權利。
(kāi chú / quán lì)

回答問題

假設你是班主任，以下違反校規的情況，你會怎樣處理？

1) 一個學生連續遲到三次。你第一次和第二次都口頭提醒他不能再遲到了。今天他又遲到了。

2) 一個學生在漢語單元測驗時作弊。

3) 一個男同學在網上欺凌班上的新生。

4) 一個女同學吸毒。

怎樣表揚孩子

中國的家長很少當面表揚孩子，因為他們擔心孩子受到表揚後會驕傲(jiāo ào)。實際上，孩子是需要當面表揚和鼓勵的。在何時何地、用什麼方式表揚孩子能收到更好的效果(xiào guǒ)呢？以下是幾位家長的建議。

家長1：表揚要及時。要當場肯定(kěn dìng)孩子的優點和成績。之後再表揚孩子，效果會大打折扣(zhé kòu)。

家長2：儘量(jǐn liàng)不要在同齡人面前表揚孩子，否則孩子容易形成驕傲自滿、愛出風頭的性格。

家長3：對不同年齡、性別、性格的孩子要用不同的方式表揚。除了口頭稱讚(chēng zàn)，還可以用其他方式，例如擁抱(yōng bào)、微笑(wēi xiào)、點頭等。

家長4：表揚要對事不對人。要肯定孩子做的事，這樣孩子今後還會這樣做。

家長5：要表揚孩子的努力而不是結果，這樣孩子下一次會繼續努力。

家長6：對孩子的每一點進步都要表揚。要鼓勵他們繼續朝着(cháo)好的方向努力。

總之，表揚孩子是一門藝術。適當的時間、適當的場合、適當的表揚方式有利於孩子的健康成長。

A 寫意思

1) 表揚：＿＿＿＿＿＿＿＿

2) 驕傲：＿＿＿＿＿＿＿＿

3) 效果：＿＿＿＿＿＿＿＿

4) 稱讚：＿＿＿＿＿＿＿＿

5) 擁抱：＿＿＿＿＿＿＿＿

6) 微笑：＿＿＿＿＿＿＿＿

B 選擇

1)"當場"的意思是 _____。

    a) 場景

    b) 場地

    c) 當天發生的人和事

    d) 在事情發生的地方、時候

2)"出風頭"的意思是 _____。

    a) 外向

    b) 愛説大話

    c) 跟着風向走

    d) 出頭露面顯示自己

C 選出四個正確的句子

家長表揚孩子的正確方式是 _____。

a) 在別的孩子的面前表揚自己的孩子

b) 孩子做對了事就馬上表揚

c) 不同性格的孩子用不同的方式表揚

d) 如果孩子考試成績有進步就馬上鼓勵、表揚

e) 即使孩子只取得了一點兒進步也要表揚

f) 如果孩子考試不及格，應該先責罵，然後再教育

g) 一定要口頭稱讚孩子

h) 如果孩子很努力，但還是沒成功，就不要表揚了

D 回答問題

1) 在同齡人面前表揚孩子可能會有什麼後果？

2) 除了口頭稱讚以外，還可以通過哪些方式表揚孩子？

3) 家長為什麼要重視表揚孩子的藝術？

E 學習反思

你父母一般用什麼方式表揚你？你喜歡他們的表揚方式嗎？

F 學習要求

學會表達一種觀點，掌握三個句子、五個詞語。

為學習國際文憑課程中文科做準備

各位同學：

大家好！

我是中文系主任田老師。你們將要讀國際文憑課程中文科。中文科的學習不容易，我先給大家打打預防針。

第一，學語言離不開記憶。大家可能不太擅長背誦，缺乏背誦的習慣。從現在起大家要加強對記憶力的訓練。

第二，國際文憑課程中文科的難度遠遠高於中學會考。每課都有大量的內容。雖然很辛苦，但是請相信，只要堅持每天都記漢字、生詞和句型，你的漢語水平一定會慢慢提高，達到中文科的要求。

第三，要做好吃苦的準備。大家要有思想準備，今後兩年的大部分時間都將用於學習。每天的功課、複習和各種活動都會排得滿滿的。只要挺過這一非常時期，到了大學，你會覺得大學一年級的課程簡直是小菜一碟。

第四，要把時間用在刀刃上。大家將慢慢認識到時間是世界上最寶貴的財富。你要犧牲一些社交生活，不能像以前一樣，花大量時間跟朋友閒聊、逛街、看電影了。

第五，現代社會的競爭越來越激烈。只有有了知識、本領，才能適應這個競爭激烈的世界。

我的話講完了。謝謝大家！

A 寫意思

1) 擅長：＿＿＿＿＿＿＿

2) 背誦：＿＿＿＿＿＿＿

3) 缺乏：＿＿＿＿＿＿＿

4) 加強：＿＿＿＿＿＿＿

5) 達到：＿＿＿＿＿＿＿

6) 犧牲：＿＿＿＿＿＿＿

B 選擇

1) "給大家打打預防針"的意思是 ＿＿＿ 。

    a) 讀了國際文憑中文科後就知道了   b) 關於中學會考的考試

    c) 上了高中後學生會經常生病   d) 事先提醒大家

2) "國際文憑課程中文科的難度遠遠高於中學會考"是說國際文憑課程中文科 ＿＿＿ 。

    a) 比中學會考難多了   b) 跟中學會考的難度差不多

    c) 不比中學會考難   d) 不能跟中學會考比

3) "簡直是小菜一碟"的意思是大學一年級的課程 ＿＿＿ 。

    a) 會很難   b) 跟國際文憑課程的難度一樣

    c) 很容易   d) 比國際文憑課程難得多

4) "把時間用在刀刃上"的意思是學生應該 ＿＿＿ 。

    a) 在學業上多花時間   b) 在社交生活上多花時間

    c) 犧牲學習時間   d) 花很多時間跟朋友閒聊、逛街

C 選出四個正確的句子

田老師告訴將要讀國際文憑課程中文科的學生 ＿＿＿ 。

a) 學語言不能不背誦，要多記生詞和句型

b) 要訓練、提高自己的記憶力

c) 中學會考的詞彙量和國際文憑課程的差不多

d) 語言水平的提高是日積月累的，只要堅持，就一定能達到中文科的要求

e) 他們需要花大量時間學習，而不用參加任何活動

f) 只有有知識、有本事的人才有競爭力

D 學習反思

1) 你同意"學語言離不開記憶"的觀點嗎？你有哪些學中文的好方法？

2) 你的時間是否都用在刀刃上了？你可以怎樣更好地管理時間？

E 學習要求

學會表達一種觀點，掌握三個句子、五個詞語。

9 根據實際情況回答問題

1) 你贊成中學生穿校服嗎？為什麼？

2) 你覺得家長支持子女穿校服嗎？為什麼？

3) 你父母希望你穿校服嗎？

4) 你們學校的學生要穿校服嗎？幾年級的學生不用穿校服？

5) 你們學校的學生喜不喜歡穿校服？為什麼？

6) 你們學校的體育課、戲劇課等科目有着裝要求嗎？

7) 你追求名牌衣服、鞋帽嗎？你喜歡哪些牌子的衣服、鞋帽？
<small>zhuī qiú</small>

8) 你的同學互相攀比嗎？他們攀比什麼？

9) 你的審美能力怎麼樣？你平時怎樣培養自己的審美能力？

10) 你在學校和家裏有足夠的空間展現自我嗎？你怎樣展現自己的個性？

11) 你平時留意自己的言行舉止嗎？請舉例説明。

12) 你給校長寫過信或電郵嗎？你跟校長談過話嗎？請講一講你的經歷。

10 成語諺語

A 成語配對

☐ 1) 眉開眼笑 <small>méi</small>　　a) 指大家説的都一樣。

☐ 2) 異口同聲　　b) 指想法不切實際，非常奇怪。

☐ 3) 包羅萬象　　c) 喜歡得捨不得放手。

☐ 4) 愛不釋手 <small>shì</small>　　d) 形容高興愉快的樣子。

☐ 5) 異想天開　　e) 內容豐富，應有盡有。

B 中英諺語同步

1) 光陰似箭，日月如梭。　Time flies.
<small>sì jiàn　　suō</small>

2) 歲月不待人。　Time and tide wait for no man.

3) 一寸光陰一寸金，寸金難買寸光陰。　Time is money.

11 文體

正式書信格式

尊敬的 xx 校長／老師：

□□您好！

□□我是……。我給您寫這封信是想……………………………………………

□□……………………………………………………………………………………

□□非常感謝您………………………。……………………，我將不勝感激。

□□此致

敬禮！

學生：xx

xx 年 xx 月 xx 日

12 寫作

題目 學校各方最近在討論是否要分快慢班。請給校長寫一封信，談談你的看法。

以下是一些人的觀點：

- 快班的同學可能會自我感覺特別好。
- 慢班的同學可以把進入快班當成目標。
  mù biāo
- 慢班的同學學習會更有目標。
- 分了快慢班有利於老師教學與學生學習。

你 可以用

a) 我代表同學們向您提出分快慢班的建議。

b) 快班的同學不用為了等水平較低的同學而放慢學習速度。

c) 快班的同學可以多學一點兒、多練一點兒。

d) 家長不會願意看到自己的孩子分到慢班。

e) 慢班的同學會覺得壓力很大，還可能會沒有信心。

f) 分到慢班的同學會認真思考如何學得更好。

g) 應該鼓勵老師分層教學，而不是把學生分成快慢班。

h) 應該尊重學生、保護學生的自信心，不應該分快慢班。

中 國 傳 統 的 家 庭 教 育

中國自古就十分重視家庭教育。中國人常常以有沒有教養來評定一個人。中國傳統的家庭教育主要有以下幾個特點。

1) 把對孩子行為習慣、思想品德的教育放在第一位。中國人認為良好的思想品德是做人、立世的根本。因此,家庭教育的核心是教子做人。

2) 要求子女要孝順。贍養父母是子女的道德責任。子女有義務報答父母的養育之恩。

3) 要求子女不要依賴祖輩的地位和財產,而要通過自己的努力去爭取社會地位和前途。

4) 要求子女工作上要勤奮、努力,生活上要儉樸,不奢侈。

5) 主張對子女的教育要嚴格。中國人認為,嬌生慣養會害了孩子,對孩子的成長非常不利。

6) 主張盡早開始對孩子的教育。中國很早就開始重視胎教,把胎教作為家庭教育的起點和重要內容。

7) 強調對孩子的早期培養和教育。人們常說:"不能讓孩子輸在起跑線上。"

8) 強調家庭環境、風氣對子女的影響。父母要以身作則,給孩子做出好榜樣。

A 寫意思

1) 教養:＿＿＿＿＿＿＿＿

2) 行為:＿＿＿＿＿＿＿＿

3) 品德:＿＿＿＿＿＿＿＿

4) 地位:＿＿＿＿＿＿＿＿

5) 財產:＿＿＿＿＿＿＿＿

6) 榜樣:＿＿＿＿＿＿＿＿

B 選擇

1) "自古"的意思是 _____。

    a) 古時候　b) 古代

    c) 從古代開始

2) "立世"的意思是 _____。

    a) 跟人相處　b) 跟人打交道

    c) 在社會上生存

3) "核心"的意思是 _____。

    a) 中心　b) 思想　c) 理念

4) "以身作則"的意思是 _____。

    a) 例子　b) 比如　c) 用自己的行動做出榜樣

C 配對

☐ 1) 中國家長教育孩子要孝順，　　　a) 節約、勤儉的美德。

☐ 2) 孩子應該通過自己的奮鬥　　　　b) 要勤奮、努力，去創造財富。

☐ 3) 中國家庭希望孩子有　　　　　　c) 會害了他們，對他們沒有好處。

☐ 4) 中國人認為溺愛孩子　　　　　　d) 父母年紀大了需要贍養父母。

☐ 5) 中國家庭教育孩子　　　　　　　e) 在社會上爭得一席之地。

D 判斷正誤，並說明理由

1) 中國人一向很重視家庭教育。　　　　　　　　　　　　　　對　　錯

_____

2) 中國人非常重視孩子行為習慣和思想品德的教育。

_____

3) 中國人認為高尚的品德是做人、做事的根本。

_____

E 回答問題

1) 中國人為什麼重視胎教？

2) 中國人為什麼重視父母的榜樣作用？

F 學習反思

你認同哪些中國傳統家庭教育理念？結合你自己的經歷說說這些家庭教育理念的重要性。

G 學習要求

學會表達一種觀點，掌握三個句子、五個詞語。

第一單元複習

生詞

第一課					
方	取消	會考	展開	討論	反對
聲音	個人	理由	階段	基礎	測試
實際	掌握	動力	方式	方向	加倍
高考	緊張	真實	發揮	壓力	人生
本來	挑戰	抗	必要	否則	溫室
花朵	嬌氣	經	風雨	應對	變化
對於	持				

第二課					
會議	是否	離開	捨	令	完全
封	目的	考慮	閱歷	甚至	意想不到
與	來自	相處	接觸	如何	交往
合作	自理	自律	成熟	優秀	當地
充分	也許	適應	深信	經歷	競爭
終生	失望	懇求	過度	同意	

第三課					
尊敬	得體	此	代表	挑選	根本
身份	象徵	歸屬	約束	下意識	留意
言行	舉止	防止	攀比	平等	分心
展現	於	觀點	看法	而	空間
自我	審美	感謝	聽取	談	將
不勝	感激	此致敬禮			

- 取消中學會考　•展開討論　•支持和反對的聲音都有　•聽起來都有道理
- 我個人認為　•主要有以下幾個理由　•初中階段是打基礎的階段
- 讓學生瞭解自己對知識的實際掌握情況　•考試也是學習的動力，是一種複習的方式
- 為了今後的會考做準備　•加倍努力　•爭取最好的成績
- 學生高考時不會那麼緊張，可以把真實水平發揮出來　•中學生的壓力已經夠大了
- 人生本來就有很多壓力和挑戰　•培養學生的抗壓能力十分必要
- 否則，他們長大後會像溫室裏的花朵一樣嬌氣，經不起風雨
- 學生有能力應對這些變化　•對於取消中學會考，我持反對意見

- 在家庭會議上　•我們討論了明年我是否該去國外上寄宿學校的問題
- 你們捨不得我離開家　•我今天寫這封電郵的目的　•考慮一下上寄宿學校的事情
- 可以豐富我的生活閱歷，甚至可能給我帶來意想不到的機會
- 與來自各地的同學相處　•接觸到不同的文化　•擴大視野
- 學會如何與同學交往　•提高與人溝通、合作的能力　•培養自理能力和自律能力
- 變得更獨立、更成熟、更優秀　•為上當地大學做好充分的準備
- 也許開始時我會不太適應寄宿學校的學習和生活　•提高競爭力
- 終生難忘　•我向你們保證　•懇求你們不要過度擔心

- 尊敬的王校長　•向您建議讓我校學生穿校服　•穿得很不得體　•提出建議
- 學生根本就不用花時間考慮穿衣問題　•既省時又方便　•校服是學生的身份象徵
- 穿校服能使學生有一種歸屬感　•穿校服對學生來說是一種約束
- 下意識地留意自己的言行舉止　•防止學生互相攀比　•少分心
- 集中精力學習　•穿校服不利於展現個性　•對於這個觀點
- 學生星期一到星期五穿校服，而週末就可以穿自己喜愛的衣服了
- 學生有足夠的空間展現自我　•培養審美能力
- 如果有機會跟您細談，我將不勝感激

生詞 7

① 者 zhě indicating a person　記者 jì zhě journalist

② 專家 zhuān jiā expert

③ 其 qí his; her; its; their　④ 成因 chéng yīn cause of formation

⑤ 及 jí and

⑥ 逃 táo escape　逃學 táo xué play truant; skiving

⑦ 癮 (瘾) yǐn addiction

⑧ 沉 chén deep　沉迷 chén mí indulge in

青少年的壞習慣主要有逃學、有網癮、沉迷於電腦遊戲等。

⑨ 偷 tōu steal　⑩ 抽 chōu draw

⑪ 煙 (烟) yān cigarette　抽煙 chōu yān smoke

⑫ 毒 dú narcotic drugs　吸毒 xī dú take drugs

⑬ 造成 zào chéng cause

造成這些壞習慣的原因有哪些呢？

⑭ 當 dàng appropriate　不當 bú dàng inappropriate

⑮ 教育 jiào yù educate; education

⑯ 形 xíng present　形成 xíng chéng form; take shape

⑰ 逆 nì disobey　逆反 nì fǎn rebellious

⑱ 心理 xīn lǐ mentality

父母不當的教育方式容易使青少年形成逆反心理。

⑲ 同輩 tóng bèi of the same generation; peer

⑳ 負 fù negative　負面 fù miàn negative

㉑ 迅 xùn rapid　迅速 xùn sù rapid　㉒ 發展 fā zhǎn develop

㉓ 眾 (众) zhòng numerous　大眾 dà zhòng the masses

㉔ 媒 méi medium　傳媒 chuán méi media

㉕ 益 yì increase　日益 rì yì increasingly

迅速發展的大眾傳媒對青少年的影響日益擴大。

㉖ 消 xiāo disappear; vanish　消極 xiāo jí negative

㉗ 家長 jiā zhǎng parent

㉘ 辦法 bàn fǎ way　㉙ 正面 zhèng miàn positive

㉚ 激 jī stimulate　激發 jī fā stimulate

家長和老師應該想辦法讓青少年多接觸正面的信息，激發他們的學習興趣。

㉛ 導 (导) dǎo lead　引導 yǐn dǎo lead　㉜ 有益 yǒu yì beneficial

㉝ 身心 shēn xīn body and mind

家長和老師應該引導他們培養一些有益於身心健康的興趣愛好。

㉞ 揚 (扬) yáng spread　表揚 biǎo yáng praise; commend

㉟ 朝 cháo towards　㊱ 積極 jī jí positive

平時要多表揚青少年的好習慣，使他們朝着積極的方向發展。

㊲ 接受 jiē shòu accept

㊳ 採 (采) cǎi collect　採訪 cǎi fǎng interview

1 完成句子

1) 今天請青少年問題專家張容先生來談
談青少年的不良習慣及其成因。

今天請 _____ 來談談 _____ 。

2) 造成這些壞習慣的原因之一是家庭的
不良影響。

_____ 原因之一是 _____ 。

3) 青少年非常容易受到同輩的影響。

_____ 受到 _____ 的影響。

4) 其中一些內容給青少年帶來了消極的
影響。

_____ 給 _____ 帶來了 _____ 的影響。

5) 如何幫助青少年預防、改掉這些不良
習慣呢?

如何 _____ 呢?

6) 謝謝您接受我的採訪!

謝謝您 _____ !

2 聽課文錄音,做練習

A 回答問題

1) 今天張容先生來講什麼?

2) 造成青少年壞習慣的原因有
哪些?

3) 誰有責任引導青少年朝着積
極的方向發展?

B 選擇(答案不只一個)

_____ 會給青少年帶來負面、消極的影響。

a) 父母的壞習慣,如不按時吃飯、很晚睡覺等

b) 同學和朋友的不良行為,比如沉迷於網絡、
逃學等

c) 父母經常發脾氣、打孩子

d) 電視、電影中抽煙、偷東西等不良行為

e) 青少年參與的公益活動

f) 老師的教育

g) 雜誌裏不當的圖片和內容

h) 大眾傳媒中正面、積極、上進的信息

訪青少年問題專家張容先生

田　風：我是校報記者田風。今天請青少年問題專家張容先生來談談青少年的不良習慣、其成因，及如何預防、改掉這些壞習慣。張先生，現在的青少年身上主要有哪些壞習慣？

張先生：青少年的壞習慣主要有逃學、有網癮、沉迷於電腦遊戲、偷東西、抽煙，甚至吸毒等。

田　風：造成這些壞習慣的原因有哪些呢？

張先生：造成這些壞習慣的原因之一是家庭的不良影響。父母不當的教育方式容易使青少年形成逆反心理。二是同輩的負面影響。青少年非常容易受到同輩的影響。

田　風：除了受周圍人的影響以外，還有其他成因嗎？

張先生：迅速發展的大眾傳媒對青少年的影響也日益擴大。其中一些內容給青少年帶來了消極的影響。

田　風：如何幫助青少年預防、改掉這些不良習慣呢？

張先生：在教育青少年的過程中，家長和老師應該想辦法讓青少年多接觸正面的信息，激發他們的學習興趣，引導他們培養一些有益於身心健康的興趣愛好。平時還要多表揚青少年的好習慣，使他們朝着積極的方向發展。

田　風：對，這些方面都十分重要。謝謝您接受我的採訪！

3 小組討論

話題 1 不當的家庭教育方式有哪些？

例子：

同學1：有些事情家長自己做不到，但是要孩子一定得做到。比如有些家長自己不讀書、不愛學習，但要求孩子考試必須取得好成績。

同學2：有些家長一方面不讓孩子玩兒電腦遊戲，一方面自己每天晚上都在家裏玩兒遊戲。

同學3：有些家長自己就有網癮，孩子當然也容易沉迷於網絡。

同學1：還有些家長非常依賴智能手機，一天到晚都拿着手機。這會給孩子造成很不好的影響。

……

話題 2 同輩或者大眾媒體會給青少年帶來哪些負面、消極的影響？

例子：

同學1：在同學或者朋友中，如果有人抽煙，其他人容易受到影響，也學着抽煙。

同學2：如果有人整天只玩兒遊戲、不學習，那麼他的朋友也會受到負面的影響。

同學3：在班上，如果有人沒有完成作業就說自己生病了，甚至逃課，別的同學也會這樣做。

同學1：有些電視節目、電影、雜誌上有色情、暴力的內容。這會給青少年帶來消極影響。

……

你 可以用

a) 在家裏，父母一言堂，不讓孩子發表意見。

b) 父母總在家裏看電視。家裏非常吵，孩子沒有安靜學習的地方。

c) 父母不重視孩子的學習，一有假期就提前帶孩子去旅遊。

d) 父母總是把孩子跟其他孩子比，要求孩子的學習成績跟其他孩子的一樣好。

e) 我學習有進步，父母不會表揚我，但是如果我考試成績不好，他們就會很生氣。

f) 傳媒的發展使一些青少年沉迷於臉書、微博等社交媒體。這不僅令他們不能專心學習，還影響了他們與別人的正常交往。

g) 有些遊戲裏有暴力^{bào lì}、血腥^{xuè xīng}的場面。這會給青少年帶來負面的影響。

h) 手機短信裏的一些不良內容也會影響青少年。

4 用所給結構及詞語寫句子

1) 今天請青少年問題專家張容先生來談談青少年的不良習慣、其成因，及如何預防、改掉這些壞習慣。　→ 其　大眾傳媒

2) 父母不當的教育方式容易使青少年形成逆反心理。　→ 使　養成

3) 在教育青少年的過程中，家長和老師應該想辦法讓青少年多接觸正面的信息。　→ 在……的過程中　引導

4) 平時還要多表揚青少年的好習慣。　→ 多　接觸

5 角色扮演

情景　張老師和家長討論怎樣多給孩子正面的信息，使他們朝着積極的方向發展。

例子：

老師：現在的孩子很容易接觸到負面、消極的信息，所以我們老師、家長應該想辦法讓他們多接觸正面、積極的內容。

家長：您說得對。我兒子經常上網。網上有各種各樣的遊戲。我會選一些有趣的益智^{yì zhì}遊戲跟他一起玩兒。我們家有規定^{guī dìng}，只有完成作業以後他才能玩兒遊戲。

老師：這個辦法很好。你們會不會一起做一些有益的活動，比如做運動？

家長：當然會。我們一家人都喜歡散步和游泳。我們每天吃完晚飯都一起出去散步，每個週末都去公共游泳池游泳。

老師：除了運動以外，你們還幫孩子培養了哪些有益於身心健康^{yǒu yì yú}的興趣愛好？

……

你可以用

a) 家長要激發孩子的學習興趣。如果孩子喜歡學外語，可以帶他去那個國家旅行。旅行期間孩子可以用外語跟當地人溝通，還可以接觸到不同的風俗習慣。

b) 我們要引導孩子培養一些有益於身心健康的興趣愛好，比如畫畫兒、彈琴等。如果家庭條件允許，可以給孩子請家教，讓他們有更大的進步。

c) 我們一家人每週六都去老人院做義工。我們會給老人講故事，還組織了老人合唱團。

6 閱讀理解

我的家庭教育

從我記事起，每年媽媽都為我開生日會，我都會收到爸爸媽媽和朋友們送的禮物。生日前幾天我總是異常興奮，期待着即將擺在眼前的禮物。

去年我十四歲生日那天，媽媽沒有給我開派對，也沒有送我禮物，而是給我寫了一封信。信中，媽媽送了我三句話，讓我受益匪淺。

第一句是我應該學會感恩。從小到大，我得到了家人、老師、同學以及周圍的人對我的關心、愛護和幫助。有這麼多人為我付出，我的生活才衣食無憂、甜蜜幸福。

第二句是我應該學會珍惜。我應該珍惜現在擁有的一切，不能覺得本來就該是這樣的，也不應該跟別人攀比。如果想要更好的生活，就要通過自己的努力去爭取。

第三句是我應該學會換位思考。碰到問題、衝突的時候，不要總覺得自己是正確的，都是別人的錯，而要站在對方的立場想一想，再作出判斷。

媽媽的信教給了我做人的道理。這份特別的"禮物"，我會永遠珍藏的。

A 選擇

1) "受益匪淺"的意思是 _____。

a) 收穫不小　　b) 沒有收穫

c) 喜出望外　　d) 感激萬分

2) "衣食無憂"的意思是 _____。

a) 缺衣少食　　b) 不為生活擔憂

c) 生活窮困　　d) 不用擔心學業

3) "珍藏"的意思是 _____。

a) 捨不得　　　b) 忘記

c) 好好收藏　　d) 保護

B 回答問題

十四歲生日那天他收到了什麼禮物？

C 選出三個正確的句子

在信中，媽媽告訴他 _____。

a) 要感激家人、朋友對他的關心和愛護

b) 有問題時自己想辦法解決

c) 他擁有的一切不是天上掉下來的

d) 碰到衝突，要學會換位思考

e) 別人的家庭條件好，自己的要更好

培養好習慣

要成為優秀的青年人，應該從培養良好的習慣做起。

在學習方面，可以試着培養以下幾項習慣：一是上課要集中精力，認真聽講，主動(zhǔ dòng)回答問題。二是上課要記筆記。有研究(yán jiū)證明，如果上課不記筆記，只能掌握學習內容的百分之三十。三是不懂就問，不帶着問題離開課堂。四是與同學討論、合作完成(wán chéng)學習任務時，既要主動幫助別人，又要虛心(xū xīn)向別人學習。五是課後及時複習，真正掌握課上所學的內容。六是按時、獨立完成作業，不把作業留到最後一分鐘。七是儘量運用(yùn yòng)所學知識解決生活中的實際(shí jì)問題，培養實踐能力。

在生活方面，也有一些注意事項(shì xiàng)：第一，要培養自律能力。每個成功人士都非常自律。第二，要樹立(shù lì)目標。有了目標才有努力的方向。第三，要有積極的態度。積極的態度會幫我們克服(kè fú)遇到的困難。第四，要學會堅持。做事不能半途而廢(bàn tú ér fèi)，要有毅力(yì lì)。第五，要儘量抽出時間鍛煉身體。運動不僅可以強身健體，還有助於減壓。第六，要多閱讀。"書中自有黃金屋"，書籍可以豐富我們的知識和閱歷。

從小培養良好的習慣對日後取得成功非常重要。大家從今天做起，培養這些良好的學習、生活習慣吧！

A 寫意思

1) 精力：_____

2) 研究：_____

3) 運用：_____

4) 事項：_____

5) 目標：_____

6) 毅力：_____

B 判斷正誤，並說明理由

1) 上課時要專心，還要積極參與課堂活動。　　　　　　　　　　對　　錯

_____

2) 在課堂上要做筆記，因為這樣有助於掌握課上的內容。

_____

3) 小組活動時，最重要的是完成學習任務。

_____

4) 下課後要多複習，確保掌握所學的知識。

_____

5) 要在現實生活中培養自己活用知識的能力。

_____

C 配對

□ 1) 要向成功人士學習，　　　　　　　a) 否則就不知道朝哪個方向努力。

□ 2) 要有目標，　　　　　　　　　　　b) 做一個自律的人。

□ 3) 要有積極的態度，這樣　　　　　　c) 不能做到一半就放棄。

□ 4) 做任何事情都要堅持到底，　　　　d) 還能減壓。

□ 5) 做運動不但能強身健體，　　　　　e) 從書中得到更多知識。

□ 6) 要多讀書，　　　　　　　　　　　f) 有利於克服困難。

D 回答問題

要成為優秀的青年人，要從什麼時候開始培養好習慣？

E 學習反思

你有文中提及的好習慣嗎？這些好習慣對你的學習和生活有什麼幫助？

F 學習要求

學會表達一種觀點，掌握三個句子、五個詞語。

新媒體對青少年的影響

如今，新媒體與人們的生活息息相關。人們已經習慣了通過新媒體社交、獲得資訊、搜索信息、刷微博、看視頻、玩網遊等等。

現在，青少年擁有手機和電腦的現象非常普遍。新媒體不僅成為了青少年獲取資料、交換信息的重要工具，而且改變了他們社交、學習及生活的方式。

正如所有事物都有兩面性一樣，新媒體也是一把雙刃劍。一方面，新媒體使交流不再受時空的限制。新媒體的互動性使信息的發佈和傳播更加方便。通過新媒體青少年可以開闊視野、增長見識。另一方面，由於新媒體高度自由，從中獲得的信息不具有權威性。青少年的辨別能力不強，容易被網上的內容誤導。另外，由於網絡的虛擬性，有人趁機不負責任地發佈信息，青少年的道德觀念容易被弱化。再有，習慣了通過新媒體交往，可能會使青少年與人面對面交流、合作的能力減弱。

總之，如何讓新媒體為人們，特別是青少年，更好地服務，還需要更多的思考和嘗試。

A 寫意思

1) 搜索：＿＿＿＿＿＿＿＿

2) 傳播：＿＿＿＿＿＿＿＿

3) 開闊：＿＿＿＿＿＿＿＿

4) 辨別：＿＿＿＿＿＿＿＿

5) 誤導：＿＿＿＿＿＿＿＿

6) 嘗試：＿＿＿＿＿＿＿＿

B 判斷正誤，並說明理由

1) 所有的事物都有雙重性，新媒體也不例外。　　　　　　　　　　對　　錯

_____　___　___

2) 在任何地方、任何時間，人們都可以通過新媒體互相交流。

_____　___　___

3) 通過新媒體可以立刻發佈信息，而傳播信息就沒有那麼方便了。

_____　___　___

4) 新媒體能讓青少年見多識廣。

_____　___　___

5) 網絡上的信息有真有假，有時候會誤導青少年。

_____　___　___

C 配對

☐ 1) 隨着科技的飛速發展，新媒體　　　a) 人們社交、學習和生活的方式。

☐ 2) 如今，幾乎每個青少年都有　　　　b) 如何讓新媒體更好地為人們服務。

☐ 3) 新媒體成了青少年　　　　　　　　c) 人與人面對面的交流和合作的能力。

☐ 4) 新媒體的普遍使用改變了　　　　　d) 自己的手機和電腦。

☐ 5) 我們應該思考　　　　　　　　　　e) 獲取信息的重要工具。

☐ 6) 新媒體令交流更方便的同時，　　　f) 與人們生活的聯繫越來越緊密。

　　　可能會減弱

D 回答問題

1) 人們可以通過新媒體做哪些事？

2) 為什麼新媒體可能會弱化青少年的道德觀念？

E 學習反思

關於如何更好地使用新媒體，你有什麼想法？打算做哪些嘗試？

F 學習要求

學會表達一種觀點，掌握三個句子、五個詞語。

1) 你們學校的學生中有人逃學嗎？他們一般是幾年級的學生？為什麼逃學？

2) 你們學校的學生中有人偷東西嗎？一般在哪兒偷東西？偷什麼東西？

3) 你的同學或朋友中，有人有網癮嗎？有網癮有什麼表現？

4) 你沉迷於電腦遊戲嗎？你玩兒哪些遊戲？最近有哪些遊戲很受歡迎？

5) 在你居住的城市或地區，青少年抽煙的情況嚴重嗎？

6) 在你居住的城市或地區，有青少年吸毒嗎？

7) 你受同輩的影響大不大？哪些方面受到了同輩的影響？

8) 你會受大眾傳媒的影響嗎？哪些方面會受到大眾傳媒的影響？

9) 你多大的時候比較逆反？你的逆反表現在哪些方面？

10) 你的父母和老師經常表揚你嗎？你最近因為什麼事受到了表揚？

11) 你接受過採訪嗎？接受過誰的採訪？為什麼受到採訪？

12) 如果你可以採訪一個人，你想採訪誰？為什麼想採訪他／她？你想採訪他／她什麼？

10 成語諺語

A 成語配對

□ 1) 美中不足　　　　a) 形容極遠的地方，或相隔極遠。

□ 2) 大有作為　　　　b) 大體還好，但還有不足。

□ 3) 天涯海角 _yá_　　c) 不斷積累，就會從少變多。

□ 4) 積少成多　　　　d) 形容閱讀廣泛 _guǎng fàn_，學識豐富。

□ 5) 博覽羣書　　　　e) 指能充分發揮 _fā huī_ 才能，取得巨大 _jù dà_ 成就。

B 中英諺語同步

1) 萬事開頭難。　　　All beginnings are hard.

2) 好的開始是成功的一半。　　　Well begun is half done.

3) 千里之行始於足下。　　　A journey of a thousand miles begins with a single step.

11 文體

採訪稿格式

標題：訪 xx / xx 專訪

簡單介紹採訪者、被採訪者以及採訪主題。

問答式：記者（xxx）與被採訪者（xx 先生）的對話。

xxx：...

xx 先生：...

xxx：...

xx 先生：...

結束：...

12 寫作

題目 有人說"家庭教育比學校教育更重要"。假設你是校報記者，採訪教育專家李先生，寫一篇採訪稿。

以下是一些人的觀點：

- 家庭是人生的第一課堂。
- 父母是孩子的第一任老師。
- 學校是教育的重要場所。
- 學校裏的同齡人對青少年的影響更大。

你 可以用

a) 人們常說的"家教"是指一個人在家受到的教育。這對人的成長非常重要。

b) 有些家庭教育孩子的方法不當，使得孩子形成了逆反心理。家長說向東，孩子就向西。

c) 在學校，青少年最容易受同齡人的影響，有樣學樣。

d) 有時孩子不聽父母的話，但是會聽老師的話。

e) 學校應該組織活動，引導學生培養一些有益於身心健康的興趣愛好。

f) 學校要培養學生的團隊精神，教育學生怎樣與人相處、合作。

中 華 民 族 的 傳 統 美 德

中華民族的傳統美德涉及各個領域。以下是一些跟青少年密切相關的傳統美德。

勤儉節約：意思是勤勞而節儉，就是說學習、工作中要勤勞，生活中要節儉。

孝順父母：指要盡心盡力贍養父母。父母給予我們生命，撫養我們長大。我們要報答父母，聽從父母的意見。

吃苦耐勞：指要能過困苦的生活，能受得了勞累，不怕困難。

自強不息：指自己努力、進取，永不放鬆、放棄。

尊敬師長：其中，師長可以專指老師，也可以指老師和長輩。

謙虛禮貌：其中，謙虛指要善於發現別人的長處以及自己的短處，想辦法取別人的長補自己的短。

誠實守信：其中，誠實的意思是忠誠、老實；守信的意思是講信用，答應了別人的事情就一定做到。

立志勤學：其中，立志指要立下志向；勤學指要努力求學。

A 寫意思

1) 涉及：＿＿＿＿＿＿＿＿

2) 撫養：＿＿＿＿＿＿＿＿

3) 進取：＿＿＿＿＿＿＿＿

4) 善於：＿＿＿＿＿＿＿＿

5) 答應：＿＿＿＿＿＿＿＿

6) 立志：＿＿＿＿＿＿＿＿

B 配對

☐ 1) 父母給予孩子生命，　　　a) 答應別人的事情一定要做到。

☐ 2) 青少年要能過苦日子，　　b) 孩子長大後有責任照顧、贍養父母。

☐ 3) 一個人有了理想，再加　　c) 尊敬師長也是中華民族的傳統美德。
　　 上勤奮，　　　　　　　　d) 就是說一個人的內心和言行要一致。

☐ 4) 守信就是講信用，　　　　e) 不能一遇到困難就想放棄。

☐ 5) 立志勤學是中華民族的　　f) 就是要取長補短。
　　 傳統美德，　　　　　　　g) 才有可能成功。

C 判斷正誤，並說明理由

　　　　　　　　　　　　　　　　　　　　　　　　　　對　　錯

1) 青少年要培養勤奮學習、生活節儉的美德。

_____　___　___

2) 子女要贍養父母，但是不一定要聽他們的話。

_____　___　___

3) 青少年要有吃苦耐勞、不怕困難的精神。

_____　___　___

4) 青少年應該多發現、學習別人的長處。

_____　___　___

D 回答問題

1) 短文中介紹的中華民族的傳統美德主要跟誰有關？

2) 為什麼要盡心盡力贍養父母？

E 學習反思

1) 你具備哪些中華民族的傳統美德？你應該培養哪些美德？

2) 你做到自強不息和尊敬師長了嗎？請舉例說明。

F 學習要求

學會表達一種觀點，掌握三個句子、五個詞語。

生詞

① 通知 tōng zhī notice

② 山東 shāndōng Shandong province

③ 貧（贫）pín poor 貧困 pín kùn poor ④ 縣（县）xiàn county

⑤ 教授 jiāoshòu teach

⑥ 該 gāi (the) said

同學們將教授該校的學生英語課。

⑦ 備課 bèi kè prepare lessons

⑧ 設 shè plan 設計 shè jì design

⑨ 出發 chū fā set out

⑩ 織（织）zhī weave 組織 zǔ zhī organize

⑪ 款 kuǎn fund

⑫ 捐 juān donate 捐款 juānkuǎn donate

⑬ 籌（筹）chóu raise 籌款 chóukuǎn raise money

同學們要在學校組織捐款活動，籌款給那裏的學生買文具、衣物等。

⑭ 此 cǐ this

⑮ 品 pǐn character; quality

⑯ 德 dé moral character 品德 pǐn dé moral character

參加過此項活動的同學都認為活動中讓他們印象最深的是貧困地區學生的品德。

⑰ 家境 jiā jìng family financial circumstance

⑱ 窮（穷）qióng poor 貧窮 pín qióng poor ⑲ 條件 tiáo jiàn condition

⑳ 樸（朴）pǔ simple; plain 樸實 pǔ shí simple; plain

㉑ 貌 mào looks 禮貌 lǐ mào polite

㉒ 好客 hào kè be hospitable

㉓ 珍 zhēn value highly

㉔ 惜 xī cherish 珍惜 zhēn xī cherish

㉕ 勤奮 qín fèn diligent

㉖ 闊（阔）kuò wide; broad 開闊 kāi kuò widen

㉗ 眼界 yǎn jiè field of vision

㉘ 鄉（乡）xiāng village; countryside

㉙ 村 cūn village 鄉村 xiāng cūn village; countryside

㉚ 差別 chā bié difference

㉛ 農（农）nóng agriculture 農村 nóng cūn countryside; village

這次"中國週"能使同學們開闊眼界，看到中國城市和鄉村的差別，對中國的農村有進一步的瞭解。

㉜ 正 zhèng straight; upright 真正 zhēnzhèng true; real

㉝ 含義 hán yì meaning

通過一個星期的體驗，同學們會真正理解"身在福中要知福"的含義。

㉞ 更加 gèng jiā even more

㉟ 擁（拥）yōng possess 擁有 yōngyǒu possess

㊱ 一切 yí qiè all

同學們會更加珍惜現在擁有的一切。

㊲ 將來 jiāng lái future

㊳ 登錄 dēng lù log in

㊴ 網站 wǎngzhàn website

60

1 完成句子

1) 今年的"中國週"期間，我們將去中國山東省一個貧困縣的小學做義工。

_____期間，_____。

2) 老師和同學們將住在離學校不遠的一家賓館裏。

_____將_____。

3) 出發以前，同學們要在學校組織捐款活動。

_____以前，_____。

4) 這次"中國週"能使同學們對中國的農村有進一步的瞭解。

_____使_____對_____瞭解。

5) 通過一個星期的體驗，同學們會更加珍惜現在擁有的一切。

通過_____，_____會_____。

6) 如果對這次"中國週"活動感興趣，請登錄學校網站報名。

如果_____，請_____。

2 聽課文錄音，做練習

A 回答問題

1) 今年的"中國週"期間，老師將帶着學生去做什麼？

2) 老師和學生住在哪裏？

3) "身在福中要知福"是什麼意思？

B 選擇（答案不只一個）

1) 同學們要去小學_____。

a) 教中文　　b) 當英文老師　　c) 做義工

2) 出發之前，同學們要_____。

a) 籌款給小學生買東西　　b) 為小學生做衣服

c) 為英語課設計教學活動

3) 參加過這項活動的同學對_____印象最深。

a) 當地學生的品德　　b) 當地人貧窮的家境

c) 鄉村美景

4) 通過一週的體驗，同學們會_____。

a) 更努力地學習　　b) 更珍惜所擁有的一切

c) 更瞭解中國的城鄉差別

5) 想參加此項活動的同學可以_____報名。

a) 直接找夏老師　　b) 上網　　c) 寫信

"中國週"活動通知 _{tōng zhī}

今年的"中國週"期間，我校將有五位老師帶着五十位同學去中國山東省（shāndōng）一個貧困縣（pín kùn xiàn）的小學做義工。

老師和同學們將住在離學校不遠的一家賓館裏。同學們將教授該校（jiāo shòu gāi）的學生英語課。同學們需要做好充分的準備，要備（bèi）課、設計（kè shè jì）教學活動等。出發（chū fā）以前，同學們

還要在學校組織捐款（zǔ zhī juān kuǎn）活動，籌款（chóukuǎn）給那裏的學生買文具、衣物等。

參加過此項（cǐ）活動的同學都認為活動中讓他們印象最深的是貧困地區學生的品德（pǐn dé）。雖然他們家境貧窮（jiā jìng pín qióng），生活條件（tiáo jiàn）不好，但是他們樸實（pǔ shí）、禮貌（lǐ mào）、熱情、好客（hào kè），珍惜（zhēn xī）時間，勤奮（qín fèn）學習。這些都是同學們應該向他們學習的。

這次"中國週"能使同學們開闊眼界（kāi kuò yǎn jiè），看到中國城市和鄉村的差別（xiāng cūn chā bié），對中國的農村（nóng cūn）有進一步的瞭解。通過一個星期的體驗，同學們還會真正（zhēnzhèng）理解"身在福中要知福"的含義（hán yì），更加（gèng jiā）珍惜現在擁有（yōng yǒu）的一切（yí qiè），努力學習，將來（jiāng lái）更好地服務社會。

如果對此次"中國週"活動感興趣，請登錄（dēng lù）學校網站（wǎngzhàn）報名：www.chinatrip.com。

"中國週"活動組織者：夏老師

9 月 10 日

3 用所給結構及詞語寫句子

1) 同學們要給那裏的學生買文具、衣物等。　→　給　禮物

2) 這些都是同學們應該向他們學習的。　→　向……學習　影響

3) 同學們會更加珍惜現在擁有的一切。　→　珍惜　得到

4) 同學們會努力學習，將來更好地服務社會。　→　更好　認真

5) 參加過此項活動的同學都認為活動中讓他們印象最深　→　此　風景
的是貧困地區學生的品德。

4 小組討論

話題　學生應該培養什麼樣的品德和能力？

例子：

同學1：同學之間要互相關心、互相幫助、互相支
持。如果看到其他同學有困難，我們應該
想辦法幫助他們，給他們出主意。

同學2：我們還要耐心聽取別人的意見。這樣不僅
可以令我們更快地進步，還可以使我們更
好地與人溝通。

同學3：我們要做獨立的人。自己的事情自己做，
不依賴別人。如果有困難，應該自己想辦
法解決。

同學1：對，我們要學習自己照顧自己，要提高自
理能力。

同學2：我們要勤奮、刻苦，認真學習，對工作負
責。

同學3：每天只有二十四小時。管理時間的能力十
分重要。如果時間管理得好，就可以做更
多的事情。

……

你 可以用

a) 樸實　禮貌　好客　熱情　大方

b) 性格開朗，既有責任心又有
耐心。

c) 善良、有愛心，主動關心別
人。

d) 樂於幫助別人、服務社會。

e) 善於跟人交流、溝通，能很
好地與別人合作完成任務。

f) 養成勤奮、好學的習慣。只
有不斷學習新知識才能不斷
進步。

g) 自律能力強，不用別人提醒。

情景 你將參加"中國週"活動去小學做義工。出發以前，你和兩個不同班級的同學要在學校組織籌款活動，還要決定買什麼東西帶去那裏。

例子：

同學1：我們可以組織糕餅義賣。我可以讓我們班的同學每人帶一種糕餅來學校義賣。

同學2：這個主意不錯。如果我們三個班的每個同學都帶一種糕餅來賣的話，一定能籌到不少錢。

同學3：我們還可以把家裏不用的東西拿到學校來賣。我們可以組織一個"二手貨品義賣"活動。我家裏有不少衣服，還有很多文具，比如鉛筆、彩色筆、尺子等。我都可以拿來義賣。

同學1：我爸爸是開製包廠的。他們廠裏有一些樣品，還有一些過時的包。我可以請他捐出來義賣。

……

你 可以用

a) 組織"兩小時不說話"活動。不參加的同學每人要捐出 20 塊錢。

b) 組織"12 小時禁食"活動。每個學生都要想辦法籌到 1000 塊錢。

c) 組織高年級同學參加"20 公里義跑"活動。

d) 選一個週末，組織"30 公里遠足"活動。

e) 把家裏的課本、漫畫書、小說等拿到學校來義賣。

f) 為低年級同學畫臉譜。每人收 10 塊錢。

g) 在學校舉辦一場音樂會，時間可定在星期五的中午。

h) 在學校舉辦一場時裝秀。一張時裝秀的門票賣 20 塊錢。

i) 在學校組織便服日活動。想穿便服的同學要捐出 20 塊錢。

6 閱讀理解

通知（一）

十年級同學將於 12 月 10 日開展慈善活動。十年級三個班的慈善小組長會動員班上的同學捐出糕餅甜點。當天午飯時間，除了糕餅義賣，還會有歌舞表演、猜糖果遊戲和投標(tóu biāo)遊戲。義賣所得的善款將捐獻(xiàn)給本地的慈善機構(jī gòu)——兒童福利會。

活動前請做好以下準備：

- 為活動設計廣告，並將廣告張貼(zhāngtiē)在校園裏。
- 分組，並決定每組要捐的糕餅。
- 鼓勵有才藝(cái yì)的同學參加表演。
- 準備糖罐，並動員同學帶糖果。
- 準備投標用的豆豆袋(dài)。
- 請擅長畫畫兒的同學設計投標牌。

A 選擇（答案不只一個）

開展慈善活動前，同學們要 _____。

a) 把廣告貼在校園裏

b) 把每班分成三個組

c) 請所有同學一起表演節目

d) 為猜糖果遊戲準備好糖罐

e) 讓有繪畫才能的同學準備豆豆袋

f) 為活動做好準備工作

B 回答問題

1) 誰會參與糕餅義賣活動？

2) 12 月 10 日午飯時間會有哪些活動？

3) 義賣所得的善款將捐給哪個機構？

通知（二）

學生會將於 12 月 8 日組織二手物品義賣活動。希望全校師生可以捐出不用或多餘(duō yú)的物品。義賣所得善款將捐給慈愛老人院。

捐贈物品：衣服、文具、書籍、玩具、禮物

要求：捐贈的物品要乾淨、無損(wú sǔn)，最好有原包裝。

請在 12 月 1 日前將捐贈物品拿到學校，存放(cún fàng)在教務室。

回答問題

1) 這次二手物品義賣會是誰組織的？

2) 誰會把物品捐出來？

3) 活動對捐贈的物品有哪些要求？

4) 捐贈物品要什麼時候拿到學校？

為 愛 行 走

十二月二十日　星期日 晴

　　今天，我跟父母參加了一個健康步行公益活動——公益金百萬行。這個活動是以健康步行的方式為公益慈善項目募集善款的。籌得的善款除了用來資助深圳高校學生的研究和實踐活動以

外，還會用來資助深圳的貧困大學生，以及外地來深圳打工人員子女中小學階段的教育。

　　步行活動早上九點開始，從深圳灣公園出發，全程三公里。一共有一萬多位市民參加了這次活動。今天天氣不錯，氣溫適宜，在深圳灣的海濱路上行走，我們感覺十分輕鬆愉快。一路上，不少晨練的市民也加入了步行的隊伍。我們用一個小時走完了全程，到達了終點婚慶公園。到達終點時，每個人都收到了"愛心證"和紀念印花。不少市民還往捐款箱裏投入了自己的一份心意。

　　這是我第一次參加健康步行公益活動。通過這次活動我不僅鍛煉了身體，還做了慈善，真是一舉兩得。參加步行活動的市民不但富有愛心，而且注意環保。他們都自備了垃圾袋，活動結束後，深圳灣公園裏幾乎沒有留下垃圾。這也讓我感觸很深。

A 寫意思

1) 募集：＿＿＿＿＿＿＿＿

2) 資助：＿＿＿＿＿＿＿＿

3) 加入：＿＿＿＿＿＿＿＿

4) 到達：＿＿＿＿＿＿＿＿

5) 富有：＿＿＿＿＿＿＿＿

6) 結束：＿＿＿＿＿＿＿＿

B 配對

□ 1) 公益金百萬行　　　　　　a) 有些貧困大學生需要社會的資助。

□ 2) 在深圳的大學裏，　　　　b) 是深圳的一個慈善活動。

□ 3) 步行活動的起點是深圳灣公園，　c) 氣溫不高也不低。

□ 4) 步行活動那天的天氣特別好，　d) 外來打工人員子女的中小學教育。

□ 5) 參加活動的市民不但很有愛心，　e) 終點是婚慶公園。

　　　　　　　　　　　　　　f) 而且非常注意保護環境。

　　　　　　　　　　　　　　g) 每個參加活動的人都拿着垃圾袋。

C 判斷正誤，並説明理由

1) 有近一萬位市民參加了全程三公里的步行公益活動。　　　　對　　錯

_____

2) 走在深圳灣的海濱路上，我們感到格外輕鬆愉快。

_____

3) 到達終點後，很多市民把錢投入捐款箱內，獻一份愛心。

_____

D 回答問題

1) 公益金百萬行是用什麼形式募集善款的？

2) 募集到的善款將派什麼用場？

3) 為什麼説參加公益金百萬行是一件一舉兩得的事？

E 學習反思

1) 你參加過類似的健康步行公益活動嗎？還有哪些活動可以籌集善款？

2) 如果讓你組織一個慈善活動，你會組織什麼活動？你會把籌集的善款捐給哪個慈善機構？

F 學習要求

學會表達一種觀點，掌握三個句子、五個詞語。

http://blog.sina.com.cn/jinnanblog

金南的部落格 (bù luò gé)

做 慈 善 的 本 意 (2016-08-24 17:24)

我們學校每年都組織慈善活動。做慈善是為了幫助有需要的人，而有些慈善活動好像違背 (wéi bèi) 了慈善的本意。例如，同學們帶糕餅來學校義賣。中午會有很多學生把糕餅、可樂等不健康的食品當作午飯，對健康不利。另外，"兩個小時不說話"活動使學生不能正常參與課上的活動，非常影響上課、學習。

再有，很多慈善活動都會送玩具熊之類的紀念品。對於大部分人來說，得到這些紀念品完全沒必要，是一種浪費。

一些影響力很大的慈善活動也有這種問題。比如，很多人曾用"冰桶挑戰" (bīng tǒng) 的方式為漸凍人籌款 (jiàn dòng)。籌款當然是好事，但是這種做慈善的方式非常浪費水，完全背離 (bèi lí) 了做慈善的初衷。因為當時美國加州 (jiā zhōu chǔ yú) 處於嚴重乾旱 (gān hàn) 時期，加州的兩名男子就用泥沙 (ní shā) 來代替 (dài tì) 冰水。這種方式看起來可以節約水，但仔細 (zǐ xì) 想一下就會發現用泥沙更浪費水，因為需要更多的水才能把泥沙洗乾淨。

我們應該認真思考，怎樣才符合 (fú hé) 做慈善的本意，能真正幫助那些有需要的人。

閱讀（67） 評論 (píng lùn)（34） 轉載（21）

A 寫意思

1) 違背：＿＿＿＿＿＿＿＿＿

2) 本意：＿＿＿＿＿＿＿＿＿

3) 乾旱：＿＿＿＿＿＿＿＿＿

4) 思考：＿＿＿＿＿＿＿＿＿

5) 符合：＿＿＿＿＿＿＿＿＿

6) 評論：＿＿＿＿＿＿＿＿＿

B 選擇

"初衷"的意思是 ＿＿＿＿。

a) 最初的行動　　　b) 最後的結果

c) 最初的願望和心意

d) 最後的決定

C 寫反義詞

1) 符合 → ＿＿＿＿

2) 有利 → ＿＿＿＿

3) 節約 → ＿＿＿＿

4) 壞事 → ＿＿＿＿

D 選出三個正確的句子

有些慈善活動違背了做慈善的本意，比如 ＿＿＿＿。

a) 義賣糕餅，讓學生吃很多不健康的食品

b) "兩小時不說話"活動使學生有藉口不去上課

c) 送給捐款的人沒有必要的玩具紀念品

d) 為漸凍人和貧困地區的孩子籌款

e) 加州的兩名男子用沙子代替冰水，參加"冰桶挑戰"

E 判斷正誤，並說明理由

1) 糕餅義賣是一種慈善活動，但可能不利於學生的身體健康。　　對　　錯

＿＿＿＿＿＿＿＿＿＿＿＿＿＿＿＿＿＿＿＿＿＿＿＿　　＿＿　＿＿

2) 人們通過參與"冰桶挑戰"活動籌集善款，幫助乾旱地區的人。

＿＿＿＿＿＿＿＿＿＿＿＿＿＿＿＿＿＿＿＿＿＿＿＿　　＿＿　＿＿

F 回答問題

1) 用泥沙代替冰水參加"冰桶挑戰"可以節約水嗎？為什麼？

2) 做慈善的本意是什麼？

G 學習反思

你有沒有參加過違背慈善本意的慈善活動？請舉例說明。

H 學習要求

學會表達一種觀點，掌握三個句子、五個詞語。

1) 你們學校每年都組織學生做義工嗎？一般什麼時候、去哪兒做義工？

2) 你參加過學校組織的義工活動嗎？請講一講你的經歷。

3) 你參加過社區組織的義工活動嗎？請講一講你的感受和收穫。

4) 你去老人院、孤兒院、智障學校等機構做過義工嗎？請講一講你的經歷。

5) 你覺得青少年應該做義工嗎？為什麼？

6) 你去過中國比較貧困的鄉村嗎？請講一講你的體驗和感受。

7) 你在學校組織或參加過哪些籌款活動？請講一講你的經歷。

8) 通過組織或參加籌款活動，你有哪些收穫？

9) 你會把平時不用的東西、不穿的衣物捐出去嗎？會捐到哪裏？

10) 請講一講令你印象最深的一次慈善活動。

11) 你是一個勤奮、刻苦的人嗎？請舉例説明。

12) 你認為應該如何珍惜時間？

10 成語諺語

A 成語配對

☐ 1) 千篇一律 （piān）　　　a) 形容非常高興喜悅。（xǐ yuè）

☐ 2) 百戰百勝 （zhàn）　　　b) 形容時間長久，也形容永遠不變，多指愛情。

☐ 3) 天長地久　　　　　　c) 心裏忽然明白了。（hū rán）

☐ 4) 手舞足蹈　　　　　　d) 形式或內容毫無變化。（háo wú biàn huà）

☐ 5) 恍然大悟 （huǎng rán wù）　e) 每戰必勝。

B 中英諺語同步

1) 滴水石穿，繩鋸木斷。（dī / shéng jù）　Constant dropping wears the stone.

2) 冰凍三尺，非一日之寒。　Rome is not built in a day.

3) 一年之計在於春，一日之計在於晨。　An hour in the morning is worth two in the evening.

11 文體

通知格式

xx 通知

活動目的：……………………………………………………………………………………

活動主題：……………………………………………………………………………………

對象：…………………………………………………………………………………………

活動內容：……………………………………………………………………………………

時間：…………………………………………………………………………………………

地點：…………………………………………………………………………………………

交通安排：……………………………………………………………………………………

注意事項：……………………………………………………………………………………

姓名：xx

日期：xx 年 xx 月 xx 日

12 寫作

題目1 有人說 "青少年做義工是浪費時間" 。請談談你對這個觀點的看法。

以下是一些人的觀點：

- 做義工可以讓學生體驗不同的生活，同時也為社會做貢獻。

- 做義工回來後，學生會更加珍惜擁有的一切。

- 人的時間和精力是有限的。如果花時間做義工，青少年讀書、學習的時間就少了，可能會影響學習成績。

- 對學生來說，學習是最重要的。

題目2 請為學校即將舉辦的慈善活動寫一份通知，並鼓勵同學們積極參加。

你 可以用

a) 做義工可以讓青少年開闊眼界，體會幫助別人的快樂。

b) 經常做義工的人更加懂得如何管理時間。

c) 做義工可以培養青少年的責任心與愛心，還可以提高青少年與人溝通的能力。

d) 到貧困的農村做義工，讓青少年有機會瞭解、體驗不同的生活。

e) 去貧困地區做義工後，青少年能真正理解 "身在福中要知福" 的含義。

尊 師 重 道

　　尊師重道是中華民族的傳統美德。尊師重道的意思是要尊敬師長，重視老師的教導。中國人的傳統觀念是：父母給了我們生命，老師給了我們知識。有了知識人生才會更加美好。因此父母和老師都是值得我們尊敬的人。

　　尊師重道主要體現在以下幾個方面。一是要尊重教師的勞動。學生應該虛心學習，認真聽老師講的每堂課，力爭取得更好的成績。二是尊重教師的人格。中國古人說："一日為師，終身為父。"意思是：即使只當了你一天的老師，也要一輩子把他當作父親那樣敬重。除此之外，跟老師談話時，應主動請老師坐下。如果老師不坐下，應該和老師一樣站着說話。要虛心接受老師的批評，有不同的看法時，可以與老師討論，但一定不能當面頂撞老師。

　　為了讓人們更加尊重教師，提高教師的社會地位，中國政府早在 1985 年就把每年的 9 月 10 日定為了教師節。

A 選擇（答案不只一個）

"尊師重道"中，＿＿＿。

a)"尊"是尊敬的意思

b)"師"是師長的意思

c)"重"是重視的意思

d)"道"是道路的意思

B 配對

- ☐ 1) 中國人很看重知識。老師傳授知識，
- ☐ 2) 學生尊重老師的勞動體現在
- ☐ 3) 跟老師談話時，如果老師不坐下，
- ☐ 4) 如果跟老師的意見不同，
- ☐ 5) 為了提高老師的地位，中國政府

a) 可以跟老師討論，但不能頂撞老師。

b) 學生一定要得到更好的成績。

c) 所以應該尊敬老師。

d) 把每年的 9 月 10 日定為教師節。

e) 學生也應該站着，否則不禮貌。

f) 上課時應集中精力聽老師講課。

g) 要接受老師的批評。

C 判斷正誤，並說明理由

1) 中國人把尊師重道作為傳統美德。　　　　　　　　　　　對　　錯

_____　　___　___

2) 學生上課要認真聽講，虛心向老師學習。

_____　　___　___

3) "一日為師，終身為父" 的意思是要把老師當作父親一樣敬重。

_____　　___　___

D 回答問題

1) 為什麼要尊重父母和老師？

2) 中國政府為什麼要設定教師節？

3) 中國是從哪年開始有教師節的？

E 學習反思

1) 你做到 "尊師重道" 了嗎？請舉例說明。

2) 哪位老師給你留下了深刻的印象？為什麼？

F 學習要求

學會表達一種觀點，掌握三個句子、五個詞語。

生詞

① 戀 (恋) fall in love　戀愛 liàn ài fall in love
lián

② 現象 xiànxiàng phenomenon

③ 遍 biàn all over　普遍 pǔ biàn widespread

中學生談戀愛的現象比以前更普遍了。

④ 時常 shí cháng often　⑤ 侶 lǚ companion　情侶 qíng lǚ a pair of lovers

⑥ 情景 qíng jǐng scene　⑦ 羡 (羨) xiàn admire; envy

⑧ 慕 mù admire; envy　羨慕 xiàn mù admire; envy

⑨ 卻 (却) què yet; however

儘管這情景有時候也令人羨慕，但我個人卻認為中學生不應該談戀愛。

⑩ 共同 gòng tóng together

⑪ 佳 jiā good　⑫ 慰 wèi comfort　安慰 ān wèi comfort

⑬ 時光 shí guāng time　⑭ 成為 chéng wéi become

⑮ 美好 měi hǎo beautiful　⑯ 憶 (忆) yì recall　回憶 huí yì recall

這些在一起的時光都會成為美好的回憶。

⑰ 看來 kàn lái seem

在我看來，小情侶不管在校內還是校外都要花很多時間在一起。

> Note: "在我看來" is used to express a personal opinion.

⑱ 出現 chū xiàn appear; emerge　⑲ 感情 gǎn qíng feeling

⑳ 危 wēi danger　危機 wēi jī crisis　㉑ 分手 fēn shǒu break up

㉒ 雙方 shuāng fāng both sides

㉓ 傷 (伤) shāng hurt　傷心 shāng xīn sad

㉔ 苦惱 kǔ nǎo distressed

㉕ 贊 (赞) zàn praise　贊成 zàn chéng agree with

㉖ 心智 xīn zhì wisdom　㉗ 把握 bǎ wò hold

㉘ 情感 qíng gǎn emotion; feeling　㉙ 愛情 ài qíng love

㉚ 回 huí a measure word (used to indicate frequency of occurrence)

中學生不能真正理解愛情是怎麼回事。

㉛ 處理 chǔ lǐ handle; deal with

㉜ 確定 què dìng certain

㉝ 再說 zài shuō what is more

首先，中學階段學業繁忙。另外，中學生的心智還不成熟。再說，中學生的將來很不確定，可能畢業後就去不同的地方上大學了。

㉞ 總之 zǒng zhī in a word

總之，我認為中學生不應該談戀愛。

> Note: "總之" is used to sum up.

㉟ 學業 xué yè one's studies

㊱ 課餘 kè yú after school

㊲ 留 liú leave (over)　留言 liú yán leave one's comments

㊳ 評 (评) píng comment　評論 píng lùn comment

㊴ 藏 cáng store　收藏 shōu cáng collect

㊵ 轉載 zhuǎn zǎi reprint　㊶ 打印 dǎ yìn print

1 完成句子

1) <u>儘管</u>這情景有時候也令人羨慕，<u>但</u>我個人<u>卻</u>認為中學生不應該談戀愛。

儘管 ＿＿＿，但 ＿＿＿ 卻 ＿＿＿。

2) <u>有人說</u>中學生談戀愛可以培養責任心，使人變得更成熟。

有人說 ＿＿＿。

3) <u>在我看來</u>，小情侶不管在校內還是校外都要花很多時間在一起。

在我看來，＿＿＿。

4) <u>當</u>出現感情危機分手的<u>時候</u>，雙方都會十分傷心、苦惱。

當 ＿＿＿ 的時候，＿＿＿。

5) <u>首先</u>，中學生階段學業繁忙。<u>另外</u>，中學生的心智還不成熟。

首先，＿＿＿。另外，＿＿＿。

6) <u>總之</u>，我認為中學生不應該談戀愛。

總之，＿＿＿。

2 聽課文錄音，做練習

A 回答問題

1) 現在中學生談戀愛的現象普遍嗎？

2) 小情侶之間出現感情危機時，可能會有什麼影響？

3) 王雪認為中學生應該做什麼？

B 選擇（答案不只一個）

1) 有些人認為中學生可以談戀愛，因為 ＿＿＿。

   a) 二人可以互相關心、互相支持，共同進步

   b) 心情不好時有人安慰

   c) 可以留下很美好的回憶

2) 王雪不贊成中學生談戀愛的理由是 ＿＿＿。

   a) 小情侶長時間在一起會影響學習

   b) 小情侶將來不可能去同一所大學讀書

   c) 中學生心智不成熟，不能把握自己的情感

3) 中學生應該多 ＿＿＿。

   a) 學習

   b) 培養興趣愛好

   c) 談戀愛

王雪的博客

中學生不該談<ruby>戀愛<rt>liàn ài</rt></ruby> (2016-8-26 20:34)

現在，中學生談戀愛的<ruby>現象<rt>xiànxiàng</rt></ruby>比以前更<ruby>普遍<rt>pǔ biàn</rt></ruby>了。校園裏<ruby>時常<rt>shí cháng</rt></ruby>能看到小<ruby>情<rt>qíng</rt></ruby><ruby>侶<rt>lǚ</rt></ruby>們在一起。儘管這<ruby>情景<rt>qíng jǐng</rt></ruby>有時候也令人<ruby>羨慕<rt>xiàn mù</rt></ruby>，但我個人<ruby>卻<rt>què</rt></ruby>認為中學生不應該談戀愛。

有人說中學生談戀愛可以培養責任心，使人變得更成熟；二人能互相鼓勵，<ruby>共同<rt>gòng tóng</rt></ruby>進步；心情不<ruby>佳<rt>jiā</rt></ruby>時也會有人<ruby>安慰<rt>ān wèi</rt></ruby>；而且這些在一起的<ruby>時光<rt>shí guāng</rt></ruby>都會<ruby>成為美好<rt>chéng wéi měi hǎo</rt></ruby>的<ruby>回憶<rt>huí yì</rt></ruby>。我不完全同意這種<ruby>看來<rt>kàn lái</rt></ruby>法。在我看來，小情侶不管在校內還

是校外都要花很多時間在一起。當<ruby>出現感情危<rt>chū xiàn gǎn qíng wēi</rt></ruby><ruby>機分手<rt>jī fēn shǒu</rt></ruby>的時候，<ruby>雙方<rt>shuāngfāng</rt></ruby>都會十分<ruby>傷心<rt>shāng xīn</rt></ruby>、<ruby>苦惱<rt>kǔ nǎo</rt></ruby>。這些都會影響他們的學習和生活。

我不<ruby>贊成<rt>zàn chéng</rt></ruby>中學生談戀愛。首先，中學階段學業繁忙，中學生不應該花時間談戀愛。另外，中學生的<ruby>心智<rt>xīn zhì</rt></ruby>還不成熟，不能<ruby>把握<rt>bǎ wò</rt></ruby>自己的<ruby>情感<rt>qíng gǎn</rt></ruby>，不能真正理解<ruby>愛情<rt>ài qíng</rt></ruby>是怎麼<ruby>回<rt>huí</rt></ruby>事，也沒有能力<ruby>處理<rt>chǔ lǐ</rt></ruby>好愛情帶來的問題。<ruby>再說<rt>zài shuō</rt></ruby>，中學生的將來很不<ruby>確定<rt>què dìng</rt></ruby>，可能畢業後就去不同的地方上大學了。

<ruby>總之<rt>zǒng zhī</rt></ruby>，我認為中學生不應該談戀愛，應該把主要精力放在<ruby>學業<rt>xué yè</rt></ruby>上，<ruby>課<rt>kè</rt></ruby><ruby>餘<rt>yú</rt></ruby>時間可以多培養一些興趣愛好。大家怎麼看這個問題呢？歡迎給我<ruby>留言<rt>liú yán</rt></ruby>。

3 用所給結構及詞語寫句子

1) 我不完全同意這種看法。　　　　　　　　　→ 同意　觀點

2) 我不贊成中學生談戀愛。　　　　　　　　　→ 贊成　寄宿

3) 中學生沒有能力處理好愛情帶來的問題。　　→ 處理　壓力

4) 中學生的將來很不確定，可能畢業後就去不同的地方上　→ 確定　當
　 大學了。

4 小組討論

話題1 中學生談戀愛有哪些好處？

例子：

同學1：有些同學跟父母的關係不好，甚至有些緊張，得不到家庭的溫暖。談戀愛可以讓他們得到男朋友或女朋友的安慰。

同學2：當中學生遇到煩惱，需要關心的時候，如果父母工作繁忙，身邊的男朋友或女朋友會去關心他們。這是談戀愛的好處。

……

話題2 中學生談戀愛有哪些壞處？

例子：

同學1：談戀愛後很多學生不能集中精力學習，考試成績一直下降。老師和家長都很擔心。

同學2：有些學生談朋友後總是出去看電影、逛街，浪費了很多學習時間。

同學3：有的學生談戀愛後就很少跟其他朋友聯絡了。

……

你 可以用

a) 一些孩子很少跟父母溝通、交流。出現問題的時候，他們可以跟男朋友或女朋友講，得到鼓勵、幫助。

b) 中學生的感情很純潔（chún jié）。中學期間談戀愛可以留下很多美好的回憶。

c) 早戀（zǎo liàn）的壞處多於好處。

d) 中學生還未成年，不應該與異性交往太深。

e) 青少年的主要任務是學習，要為將來的學習和工作打好基礎（jī chǔ），不該因為拍（pāi）拖（tuō）而浪費大好時光。

f) 一邊拍拖一邊學習，一定很難集中精力，會影響考試成績的。

5 完成句子

1) 校園裏時常能看到 _____。

2) 中學生談戀愛可以 _____。

3) _____ 花很多時間在一起。

4) 中學生的心智還不成熟，_____。

5) 我認為中學生 _____。

6 閱讀理解

青 少 年 的 煩 惱

進入青春期後，青少年可能要面對各種各樣的煩惱。他們的煩惱可能來自學習、人際交往、家庭關係、與異性交往等方面。

在學習方面，學習的科目增加了，功課多了，考試壓力也大了。很多青少年會因為考試成績不理想感到煩惱。

在人際交往方面，由於青少年的心智還不太成熟，可能處理不好與朋友之間的關係。有些青少年比較害羞、自卑，很難交到朋友，有時甚至還會被其他同學欺負。還有一些青少年自私、自大，很難與別人相處。

在家庭關係方面，有些青少年抱怨自己的父母總是覺得他們學習不夠用功。還有一些青少年和父母有代溝，在某些問題上得不到父母的理解，也不願意跟父母溝通。

在與異性交往方面，有些青少年早戀。處理不好感情帶來的問題同樣會讓他們十分煩惱。

青春期是人生的一個重要階段。家庭、學校和社會都應該給予青少年更多關懷和幫助，幫他們順利度過這段時期。青少年也應該以積極、健康、向上的態度來對待青春期的煩惱。

A 寫意思

1) 進入：＿＿＿＿＿＿＿＿

2) 交往：＿＿＿＿＿＿＿＿

3) 欺負：＿＿＿＿＿＿＿＿

4) 抱怨：＿＿＿＿＿＿＿＿

5) 度過：＿＿＿＿＿＿＿＿

6) 對待：＿＿＿＿＿＿＿＿

B 寫反義詞

1) 同性 → ＿＿＿＿

2) 減少 → ＿＿＿＿

3) 幼稚 → ＿＿＿＿

4) 自信 → ＿＿＿＿

5) 無私 → ＿＿＿＿

6) 消極 → ＿＿＿＿

C 選出三個正確的句子

青少年面對的煩惱有 ＿＿＿＿。

a) 考試成績不好

b) 因為自以為是，所以很難跟人相處

c) 父母知道他們早戀後堅決反對

d) 要花很多時間處理感情問題

e) 父母總是對他們的學習成績不滿意

D 判斷正誤，並說明理由

1) 在學習方面，青少年學的科目多了，功課和考試壓力也增加了。　　對　　錯

＿＿＿＿＿＿＿＿＿＿＿＿＿＿＿＿＿＿＿＿＿＿＿＿＿　＿＿　＿＿

2) 有些青少年的性格有些自卑，有時會被別的同學欺負。

＿＿＿＿＿＿＿＿＿＿＿＿＿＿＿＿＿＿＿＿＿＿＿＿＿　＿＿　＿＿

3) 由於代溝，一些青少年覺得跟父母溝通很難，也不想跟他們溝通。

＿＿＿＿＿＿＿＿＿＿＿＿＿＿＿＿＿＿＿＿＿＿＿＿＿　＿＿　＿＿

E 回答問題

為什麼一些青少年很難與別人相處？

F 學習反思

你有什麼煩惱？這些煩惱對你的學習和生活有什麼影響？你的父母和老師是怎樣幫助你的？

G 學習要求

學會表達一種觀點，掌握三個句子、五個詞語。

從子女的角度看父母

俗話説"望子成龍，望女成鳳"。每個家長都希望孩子出色，希望孩子能超越自己，但不是每個孩子都能得第一，不是每個孩子都能當領導，也不是每個孩子都在藝術、音樂或體育方面有天賦。

很多父母在教育孩子時都會與現實脱節。有些父母喜歡拿自己的孩子跟其他孩子比較。如果自己的孩子比其他孩子好，他們就覺得臉上有光、很自豪。如果自己的孩子不如其他孩子，他們就覺得丟了面子。有些父母把學習成績看得過重。如果孩子的考試成績不理想，他們便會失望、生氣，甚至打罵孩子。有些父母對孩子交的朋友不放心，什麼事都要問，缺少信任感。

説實話，現在孩子的精神壓力比父母想像的大得多。社會上的競爭越來越激烈，孩子要學好各門功課，還要具有各種技能：判斷力、合作能力、領導能力、組織能力等等。除了做功課以外，很多孩子還要參加訓練課程或者上補習班，幾乎沒有休息的時間。

請家長們多從子女的角度想一想，理解孩子，與孩子更好地相處，讓孩子健康地成長。

A 寫意思

1) 角度：_____

2) 領導：_____

3) 天賦：_____

4) 現實：_____

5) 面子：_____

6) 精神：_____

B 選擇（答案不只一個）

有些家長不現實地希望孩子 _____。

a) 比自己有出息　　　　　　　　b) 將來當領導

c) 在藝術、音樂等方面有天分　　d) 各門考試都得滿分

C 判斷正誤，並說明理由

		對	錯
1) 在教育子女方面，很多家長的想法跟現實不匹配。			
2) 如果自己孩子的學習成績比其他孩子差，家長會覺得不光彩。			
3) 如果孩子考試成績不好，有些家長會發脾氣，甚至打罵孩子。			
4) 在競爭激烈的社會，父母的壓力比子女大得多。			

D 回答問題

1) 如果孩子的成績不好，父母可能會怎樣？

2) 除了學習好以外，現在的學生還要具備哪些技能？

3) 為什麼很多學生幾乎沒有時間休息？

E 學習反思

父母在學習上對你有什麼要求？如果你達不到要求，他們會怎麼樣？

F 學習要求

學會表達一種觀點，掌握三個句子、五個詞語。

從 父 母 的 角 度 看 子 女

現在一些家長對子女不太滿意。讓家長感到不滿的主要有以下幾點。

第一，由於物質條件比較優越，現在的孩子過着"衣來伸手，飯來張口"的日子，根本不知道"苦"是什麼滋味。他們在生活上往往不懂得節省，花錢大手大腳的。有些孩子經受不住物質的誘惑，手機、電腦等電子產品總是要更新換代，而不去體諒父母掙錢的辛苦。

第二，有些孩子缺乏理想，整天混日子。即使學習成績不好也沒有壓力，一點兒都不着急。

第三，有些孩子沒有志氣，做事沒有毅力。他們像溫室裏的花朵一樣，經不起風雨。一遇到困難就想退縮，缺乏積極向上的精神。

第四，有些孩子在家裏被寵壞了，比較自我、自私。他們不懂得顧及別人的感受，很難跟人合作。

第五，有些孩子自律能力很差，有的甚至沉迷於網絡、電腦遊戲。他們在學習上不自覺，需要老師和家長不斷催促。他們不懂得如何管理時間。

總的來說，很多家長覺得如今的孩子沒有緊迫感、安於現狀、貪圖享受。家長們恨鐵不成鋼，衷心盼望孩子盡早成熟起來。

A 寫意思

1) 誘惑：＿＿＿＿＿＿＿

2) 體諒：＿＿＿＿＿＿＿

3) 退縮：＿＿＿＿＿＿＿

4) 顧及：＿＿＿＿＿＿＿

5) 催促：＿＿＿＿＿＿＿

6) 享受：＿＿＿＿＿＿＿

B 選擇（答案不只一個）

很多家長對孩子不太滿意，因為 _____ 。

a) 有些孩子不體諒父母掙錢不容易，花錢大手大腳的

b) 有些孩子不考慮自己的前途，過一天算一天

c) 有些孩子以自我為中心，不考慮別人的感受

d) 有些孩子整天只知道上網，對學習不感興趣

e) 有些孩子滿足於現狀，不求進步

C 判斷正誤，並説明理由

	對	錯
1) 現在的孩子不用擔心基本的吃喝問題。		
2) 看到其他人有新款的手機，很多孩子也想趕時髦，也要換手機。		
3) 有些孩子不重視學習，成績不好也不着急，不為自己的將來打算。		
4) 很多孩子比較消極，碰到困難就想退縮。		

shí máo

D 回答問題

1) 為什麼説現在的孩子過着"衣來伸手，飯來張口"的日子？

2) 為什麼有的孩子很難跟別人合作？

3) 總的來説，家長認為現在的孩子有什麼問題？

E 學習反思

你身上有哪些父母不滿意的特點？你覺得他們的批評有道理嗎？為什麼？

F 學習要求

學會表達一種觀點，掌握三個句子、五個詞語。

9 根據實際情況回答問題

1) 你們學校談戀愛的學生多嗎？他們一般從幾年級開始談戀愛？

2) 你的同學中有沒有人談戀愛？他們的父母對這件事持什麼態度？

3) 談戀愛的同學學習受到影響了嗎？是好的影響還是壞的影響？

4) 你的朋友對中學生談戀愛有什麼看法？

5) 你贊成中學生談戀愛嗎？為什麼？

6) 你羨慕正在談戀愛的情侶嗎？為什麼？

7) 你覺得什麼年齡談戀愛比較合適？為什麼？

8) 你心情不佳、傷心、苦惱時會做什麼？哪些人會來安慰你？

9) 朋友對你來説重要嗎？應該如何保持朋友間的友誼？

10) 友誼出現危機的時候，你會如何處理？請舉例説明。

11) 你課餘時間一般跟朋友一起做什麼？

12) 你現在是不是把主要精力都放在學業上了？你課餘時間一般做什麼？

10 成語諺語

A 成語配對

□ 1) 雨後春筍 ^{sǔn}　　a) 比喻事物複雜，無法辨清。

□ 2) 家喻戶曉 ^{yù xiǎo}　　b) 比喻事物迅速、大量地湧現出來。

□ 3) 遙遙領先 ^{yáo}　　c) 比喻技藝很純熟或事情很順利。

□ 4) 眼花繚亂 ^{liáo}　　d) 家家戶户都知道，人人都明白。

□ 5) 得心應手　　e) 遠遠地走在最前面，多指成績。

B 中英諺語同步

1) 患難見真情。　　A friend in need is a friend indeed.

2) 有福同享，有難同當。　　Share bliss and misfortune together.

3) 近朱者赤，近墨者黑。 ^{zhū chì}　　If you live with a lame person, you will learn to limp.

11 文體

博客格式

http://blog.sina.com.cn/limingblog

xx 的博客

標題（xx 年 xx 月 xx 日 xx:xx）

□□正文（包括問題所在、舉例說明、個人觀點）。

□□大家怎麼看這個問題呢？歡迎給我留言。

閱讀（xx）¦ 評論（xx）¦ 收藏（xx）¦ 轉載（xx）¦ 喜歡 ▼¦ 打印

12 寫作

題目 有人說"朋友對青少年的影響比父母大"。請寫一篇博客，談談你的看法。

以下是一些人的觀點：

- 壞朋友會給你帶來負面的影響。你也有可能去抽煙、喝酒，甚至吸毒。

- 如果朋友有網癮，你也很容易沉迷於網絡。

- 好朋友可以給你帶來積極的影響。你們在學習方面可以互相幫助，共同進步。

- 跟心智成熟的朋友在一起，你會變得更成熟、更有責任心。

你 可以用

a) 中國有句俗話說："近朱者赤，近墨者黑。"就是說交什麼樣的朋友，就可能變成什麼樣的人。

b) 好朋友會給你帶來正面的影響，帶你一起朝着積極的方向發展。

c) 中國的俗語說："有其父，必有其子。"這句話的意思是父母對孩子的教育非常重要。

d) 家庭教育是孩子接受時間最長、影響最深的教育。

e) 父母是孩子的第一任老師。孩子最初的言行是從父母那裏學到的。

f) 孩子良好的習慣是在父母的教育和影響下形成的。

中 國 人 的 家 庭 觀

漢語中的一些詞，如孝順、尊老愛幼、夫妻和睦(hé mù)、家和萬事興等，可以反映(fǎn yìng)出中國人的家庭觀念特別強。中國人的家庭觀念主要表現在以下三個方面。

一是包括祖父母、父母和子女的三代式家庭，是中國傳統的基本(jī běn)家庭單位(dān wèi)。在家裏，父母照顧子女的生活，一直到子女成家。家是子女最堅強的後盾(hòu dùn)。有些子女即使結了婚，如果經濟上不能獨立，仍然(réng rán)會跟父母一起住。小夫妻有了孩子後，雙方的父母一般會幫忙照看孫子、孫女，一直到他們上幼兒園或小學。中國的家庭，一方面長輩對子女很關心重視，另一方面孩子也願意照顧、陪伴父母和祖父母，並把贍養老人看作自己應盡的責任。

二是家族觀念。傳統的中國家族還包括已經過世的祖先(zǔ xiān)。人們為自己的家族感到驕傲和自豪。很多有名望的家族，比如孔氏(kǒng shì)家族，都會記錄(jì lù)每一代祖先的姓名。

三是同鄉觀念。中國人不僅對自己的家族有特殊(tè shū)的感情。如果在外地碰到同鄉的人，也會像見到家人一樣，感到十分親切(qīn qiè)。就像中國的一句俗話："美不美，家鄉水。親不親，故鄉(gù xiāng)人。"

A 選擇

"美不美，家鄉水。親不親，故鄉人。"

的意思是 ＿＿＿＿ 。

a) 家鄉的風景一定比其他地方的漂亮

b) 同鄉人比親人還親

c) 無論怎樣，家鄉和同鄉人都是親切的

d) 家人之間的感情是最好的

B 組詞並寫出意思

1) 尊老 ＿＿＿＿ ：＿＿＿＿＿＿＿

2) 家庭 ＿＿＿＿ ：＿＿＿＿＿＿＿

3) 堅強 ＿＿＿＿ ：＿＿＿＿＿＿＿

4) 經濟 ＿＿＿＿ ：＿＿＿＿＿＿＿

5) 贍養 ＿＿＿＿ ：＿＿＿＿＿＿＿

C 配對

☐ 1) 在中國的家庭裏，

☐ 2) 家是子女最堅強的後盾，

☐ 3) 中國人認為贍養父母

☐ 4) 中國人一般為自己的家族

☐ 5) 如果在外地碰到同鄉的人，

a) 感到驕傲，還會記錄每一代祖先的名字。

b) 家長會照顧子女，一直到他們成家。

c) 中國人會感到很親切。

d) 是子女應盡的責任。

e) 不管發生什麼事，子女都可以依靠家人。

D 判斷正誤，並説明理由

1) 在中國家庭中，年輕夫妻的父母一般會照看孫子、孫女。　　　　　對　　錯

＿＿＿＿＿＿＿＿＿＿＿＿＿＿＿＿＿＿＿＿＿＿＿＿＿＿＿＿＿　＿＿＿　＿＿＿

2) 在中國家庭中，子女一般會照顧、陪伴長輩。

＿＿＿＿＿＿＿＿＿＿＿＿＿＿＿＿＿＿＿＿＿＿＿＿＿＿＿＿＿＿＿　＿＿＿　＿＿＿

E 回答問題

1) 孝順、尊老愛幼、家和萬事興等詞反映了中國人的什麼觀念？

2) 中國人的家庭觀念主要表現在哪些方面？

F 學習反思

1) 在中國的傳統家庭觀念中，你認同哪項？為什麼？

2) 在你們國家祖父母會幫忙照看孫子、孫女嗎？你覺得這樣做有什麼好處？

G 學習要求

學會表達一種觀點，掌握三個句子、五個詞語。

第二單元複習

生詞

第四課					
記者	專家	其	成因	及	逃學
癮	沉迷	偷	抽煙	吸毒	造成
不當	教育	形成	逆反	心理	同輩
負面	迅速	發展	大眾	傳媒	日益
消極	家長	辦法	正面	激發	引導
有益	身心	表揚	朝	積極	接受
採訪					

第五課					
通知	山東	貧困	縣	教授	該
備課	設計	出發	組織	捐款	籌款
此	品德	家境	貧窮	條件	樸實
禮貌	好客	珍惜	勤奮	開闊	眼界
鄉村	差別	農村	真正	含義	更加
擁有	一切	將來	登錄	網站	

第六課					
戀愛	現象	普遍	時常	情侶	情景
羨慕	卻	共同	佳	安慰	時光
成為	美好	回憶	看來	出現	感情
危機	分手	雙方	傷心	苦惱	贊成
心智	把握	情感	愛情	回	處理
確定	再說	總之	學業	課餘	留言
評論	收藏	轉載	打印		

短語 / 句型

- 青少年問題專家　 • 青少年的不良習慣、其成因，及如何預防、改掉這些壞習慣
- 青少年的壞習慣主要有逃學、有網癮、沉迷於電腦遊戲、偷東西、抽煙，甚至吸毒等
- 造成這些壞習慣的原因　 • 家庭的不良影響　 • 父母不當的教育方式
- 形成逆反心理　 • 受到同輩的影響　 • 迅速發展的大眾傳媒
- 日益擴大　 • 給青少年帶來了消極的影響
- 想辦法讓青少年多接觸正面的信息　 • 激發他們的學習興趣
- 培養一些有益於身心健康的興趣愛好　 • 多表揚青少年的好習慣
- 使他們朝着積極的方向發展　 • 謝謝您接受我的採訪

- 今年的"中國週"期間　 • 去中國山東省一個貧困縣的小學做義工
- 做好充分的準備　 • 備課、設計教學活動　 • 出發以前　 • 組織捐款活動
- 參加過此項活動的同學　 • 讓他們印象最深的是貧困地區學生的品德
- 家境貧窮　 • 生活條件不好　 • 樸實、禮貌、熱情、好客　 • 珍惜時間
- 勤奮學習　 • 向他們學習　 • "中國週"能使同學們開闊眼界　 • 城市和鄉村的差別
- 對中國的農村有進一步的瞭解　 • 通過一個星期的體驗
- 真正理解"身在福中要知福"的含義　 • 更加珍惜現在擁有的一切
- 將來更好地服務社會　 • 請登錄學校網站報名

- 中學生談戀愛的現象比以前更普遍了　 • 校園裏時常能看到小情侶們在一起
- 儘管這情景有時候也令人羨慕，但我個人卻認為中學生不應該談戀愛
- 有人說中學生談戀愛可以培養責任心　 • 互相鼓勵　 • 共同進步
- 心情不佳　 • 在一起的時光　 • 美好的回憶　 • 我不完全同意這種看法
- 在我看來　 • 不管在校內還是校外　 • 出現感情危機　 • 雙方都會十分傷心、苦惱
- 我不贊成中學生談戀愛　 • 學業繁忙　 • 心智還不成熟
- 不能把握自己的情感　 • 不能真正理解愛情是怎麼回事　 • 中學生的將來很不確定
- 把主要精力放在學業上　 • 歡迎給我留言

生詞

① 片 piàn movie; film　動畫片 dònghuàpiàn cartoon

② 功夫 gōngfu kongfu

③ 映 yìng project a movie　公映 gōngyìng (film) released to the public

④ 觀眾 guānzhòng audience

動畫片《功夫熊貓》一公映就受到了世界各地觀眾的喜愛。

⑤ 故事 gùshi story

⑥ 述 shù narrate　講述 jiǎngshù tell about

⑦ 鬥（斗）dòu fight　鬥士 dòushì warrior

故事講述了熊貓阿寶成為龍鬥士的經歷。

⑧ 營 yíng operate; manage　經營 jīngyíng operate; manage

⑨ 親 qīn parent　父親 fùqīn father

⑩ 承 chéng continue　繼承 jìchéng inherit; carry on

⑪ 生意 shēngyi business

⑫ 俠（侠）xiá chivalrous expert swordsman

⑬ 谷 gǔ valley　**⑭** 誤（误）wù accidental

⑮ 撞 zhuàng meet by chance

誤打誤撞 wùdǎ wùzhuàng as luck would have it

和平谷要選一名龍鬥士。阿寶誤打誤撞被選上了。

⑯ 笨 bèn clumsy　**⑰** 拙 zhuō clumsy　笨拙 bènzhuō clumsy

⑱ 膽（胆）dǎn courage　膽小 dǎnxiǎo timid

⑲ 武功 wǔgōng martial arts

⑳ 林 lín circles　武林 wǔlín martial arts circles

㉑ 手 shǒu a person with a certain skill　高手 gāoshǒu expert

㉒ 看不起 kànbuqǐ look down upon

阿寶經常被其他武林高手看不起。

㉓ 棄（弃）qì abandon　放棄 fàngqì give up

㉔ 終 zhōng end　最終 zuìzhōng final

㉕ 敗（败）bài defeat　打敗 dǎbài defeat

㉖ 豹 bào leopard

㉗ 美感 měigǎn sense of beauty　**㉘** 享受 xiǎngshòu enjoy

㉙ 啟（启）qǐ inspire　啟示 qǐshì inspiration

電影不僅給我帶來了快樂，還讓我得到了美感享受和人生啟示。

㉚ 面 miàn surface　畫面 huàmiàn picturesque presentation

㉛ 活龍活現 huólóng huóxiàn vivid

㉜ 幽默 yōumò humourous

㉝ 聯繫（系）liánxì contact with　**㉞** 碰 pèng come across

㉟ 避 bì avoid　逃避 táobì escape

㊱ 失 shī lose　失去 shīqù lose

㊲ 信心 xìnxīn confidence

聯繫到我自己，在學習、生活中碰到困難時我總是想逃避，容易失去信心。

㊳ 勇 yǒng brave　勇氣 yǒngqì courage　**㊴** 面對 miànduì face; confront

㊵ 克 kè overcome　克服 kèfú overcome

從今以後，我會提醒自己要鼓起勇氣面對問題，想辦法克服困難。

1 完成句子

1) 動畫片《功夫熊貓》一公映就<u>受到</u>了世界各地觀眾<u>的喜愛</u>。

_____受到_____的喜愛。

2) 電影<u>不僅</u>給我帶來了快樂，<u>還</u>讓我得到了美感享受和人生啟示。

_____不僅_____，還_____。

3) <u>經過</u>勤學苦練，他練就了一身好武功，<u>最終</u>打敗了雪豹太郎。

經過_____，_____，最終_____。

4) 阿寶<u>一直夢想</u>成為功夫大俠。

_____一直夢想_____。

5) <u>聯繫到我自己</u>，在學習、生活中碰到困難時我總是想逃避，容易失去信心。

聯繫到我自己，_____。

6) <u>從今以後</u>，我會提醒自己要鼓起勇氣面對問題，想辦法克服困難。

從今以後，_____。

2 聽課文錄音，做練習

A 回答問題

1) 《功夫熊貓》講述了一個什麼樣的故事？

2) 阿寶的父親希望他以後做什麼？

3) 阿寶是怎樣練就一身好武功的？

B 選擇（答案不只一個）

1) 阿寶_____。

a) 想繼承父親的生意

b) 想成為一名功夫大俠

c) 打敗了雪豹太郎，成為了真正的龍鬥士

2) 這部動畫片的_____。

a) 故事非常有意思

b) 畫面很漂亮，給人美的享受

c) 每個角色都十分笨拙可愛

3) 看了這部動畫片以後，她_____。

a) 學到了碰到困難不能放棄，要鼓起勇氣面對

b) 如果在學習中遇到難題，會想辦法解決

c) 也想成為功夫大俠

《功夫熊貓》觀後感

動畫片《功夫熊貓》一公映就受到了世界各地觀眾的喜愛。

故事講述了熊貓阿寶成為龍鬥士的經歷。經營麵館的父親希望阿寶繼承家裏的生意，但阿寶卻一直夢想成為功夫大俠。一天，和平谷要選一名龍鬥士。阿寶誤打誤撞被選上了。雖然阿寶笨拙、膽小，沒有武功基礎，經常被其他武林高手看不起，但是他沒有放棄。經過勤學苦練，他練就了一身好武功，最終打敗了雪豹太郎，保護了和平谷。阿寶也因此成為了真正的龍鬥士。

電影不僅給我帶來了快樂，還讓我得到了美感享受和人生啟示。動畫片的畫面非常美，角色活龍活現，既可愛又幽默。電影還給了我很大的啟示。從阿寶身上，我認識到遇到困難時不能放棄，只要不斷努力，就一定會成功。聯繫到我自己，在學習、生活中碰到困難時我總是想逃避，容易失去信心。從今以後，我會提醒自己要鼓起勇氣面對問題，想辦法克服困難。

3 小組討論

要求　小組討論各自在學習中遇到過的困難，以及是怎樣克服的。

討論內容包括：

- 你今年有哪幾門課
- 你覺得哪門課難學
- 你遇到了哪些困難
- 你是怎樣克服這些困難的

例子：

同學1：我今年有九門課：英語、漢語、數學、物理、化學等等。在這九門課中，我覺得漢語比較難。我的漢語成績不太好。這令我很煩惱。

同學2：你覺得漢語哪方面比較難？

同學1：口語和寫作。我平時很少練習口語，說得很不流利。因為我的詞彙量比較小，所以寫作文時總是遇到問題。

同學3：你和父母說過你的煩惱嗎？你是怎樣克服這些困難的呢？

同學1：說過。我媽媽有些擔心，所以這個學期給我請了一個家教。我現在有更多的機會練習說漢語了。

同學2：那你是怎樣提高寫作水平的呢？

同學1：我現在每天都記十個生詞。我還儘量把課文背下來。我每星期都寫一篇作文。家教老師會幫我改作文，並給我一些建議。

同學3：這些方法都很好。堅持下去，你的漢語一定會進步的。我的漢語還不錯，但數學很差。這次數學測驗我只得了65分，剛及格。

……

你 可以用

a) 老師上課用漢語講課。我只有非常認真聽才能聽懂。

b) 如果遇到生詞，我會把它們抄到生字本上，每個詞抄五遍。

c) 經過一個學期的努力，在聽力和口語方面，我現在能聽懂別人說話的大意了，說漢語也更自信了。在閱讀和寫作方面，我的詞彙量增加了，作文裏的錯別字也比以前少了。

d) 在學習的過程中，我養成了一些好習慣。我每天都背生詞、造句、翻譯句子，每週都寫一篇作文。

e) 我今年暑假參加了一個漢語短訓班。通過一個月的強化訓練，我的聽、說、讀、寫四項技能都得到了相當大的提高。

1) 故事講述了熊貓阿寶成為龍鬥士的經歷。 → 講述　體驗

2) 動畫片中的角色活龍活現，既可愛又幽默。 → 既……又……　笨拙

3) 從阿寶身上，我認識到遇到困難時不能放棄。 → 從……身上　看到

4) 只要不斷努力，就一定會成功。 → 只要……就……　勤學苦練

5) 動畫片《功夫熊貓》一公映就受到了世界各 → 一……就……　碰到
地觀眾的喜愛。

5 小組討論

要求　小組討論各自的興趣愛好。

例子：

同學1：我有很多愛好。我喜歡運動，還
喜歡攝影和畫國畫。

同學2：你喜歡做什麼運動？

同學1：我喜歡游泳和跑步。我從五歲就
開始學游泳了，我爸爸是我的游
泳教練。

同學2：你是從什麼時候開始攝影的？

同學1：去年過生日，父母送給我一部數
碼相機。從那時起，我開始學習
攝影。現在我越來越喜歡拍照
了。

同學2：你喜歡拍人物、動物還是靜物 (jìng wù)
呢？你最滿意的照片是哪張？

同學1：我喜歡拍動物和靜物。我覺得拍
人很難。我最滿意的一張照片拍
的是我家的小貓。那張照片的構 (gòu)
圖(tú)和顏色都很好，感覺很溫馨(wēn xīn)。

……

你可以用

a) 學校為我們提供了豐富多彩的課外活
動。我喜歡音樂，所以這個學期參加
了學校的交響樂隊和合唱隊。

b) 我喜歡看動畫片。我最近看了動畫片
《西遊記》，裏面的角色活龍活現的。
我特別喜歡美猴王。他又聰明又厲害。

c) 我的愛好是打羽毛球。去年我參加了
全市中學生羽毛球比賽，獲得了男子
單打冠軍。

d) 我從小就打冰球。我是學校冰球隊的
隊長。我們每個星期都有訓練，還經
常參加比賽。

不 能 讓 孩 子 輸 在 起 跑 線 上

關於"不能讓孩子輸在起跑線上"的觀點，同意這個觀點的家長認為：

家長1：如果孩子輸在起跑線上，一路都會落後（luò hòu）。不能等人家跑出幾百米了才起跑。

家長2：學校應該從入學時就抓緊（zhuā jǐn），多教孩子一些知識，多讓孩子做一些功課，多給孩子一些測驗，這樣才能提升（tí shēng）他們的競爭力。

家長3：上補習班、培訓班、興趣班，對孩子的將來是有好處的。現在競爭這麼激烈，不從小努力，以後怎麼來得及？

反對這個觀點的家長認為：

家長1：人生不是短跑比賽，而是馬拉松（mǎ lā sōng）。輸在起跑線上不一定最後會輸，贏（yíng）在起跑線上不一定最後會贏。

家長2：人生的最初階段學到多少知識不是那麼重要，重要的是培養孩子的學習興趣和學習習慣。

家長3：孩子小的時候，保護他們的好奇心和想像力，培養他們的探索（tàn suǒ）精神、創造性、獨立性、社交能力和團隊精神更重要。

A 選擇（答案不只一個）

1) 同意這個觀點的家長認為如果他們的孩子 ＿＿＿＿。

a) 小時候不努力，以後在學習上會跟不上其他同學

b) 應該從小就多做習題，這樣才能走在其他同學的前面

c) 有了興趣愛好，學習成績一定會更好

2) 反對這個觀點的家長認為 ＿＿＿＿。

a) 孩子不是學得越早越好，學得越多越好

b) 如果孩子早學、多學，他們以後的成績就會好

c) 孩子小時候培養他們的社交能力和創造力比多學知識更重要

B 回答問題

在短文中"不能讓孩子輸在起跑線上"是什麼意思？

C 學習反思

關於"不能讓孩子輸在起跑上"，你持什麼觀點？

成 功 的 祕 訣

　　成功是每個人的夢想。要想成功，第一要有先天條件，第二要靠後天努力，第三還要看運氣。先天條件和運氣是我們不能控制的。如果想要成功，只能不斷地努力。努力與成功在一定程度上是成正比的，越努力成功的機率就越大。以下是努力取得成功的九大要素：

　　一、目標：有了目標才有努力的方向。設立目標之前要認真研究、探討。

　　二、信念：要相信自己的能力。只要努力朝着設定的目標奮鬥，就會一步步走向成功。

　　三、勇氣：要敢於嘗試、創新、挑戰自己。要經得起磨煉，受得起打擊。跌倒了，要爬起來，堅持不懈。

　　四、熱情：要以積極、正面、向上的態度去做每一件事。

　　五、勤奮：要投入全部的精力和時間。懶字當頭，將一事無成。

　　六、自律：要有很強的自控能力，充分利用每一分鐘。

　　七、合作：要善於溝通，領導團隊朝着正確的方向努力。

　　八、追求完美：做任何事都要不斷改進，達到完美的程度。

　　九、不斷學習：在信息大爆炸的時代，只有不斷充實自己，接受新知識，才能與時俱進，取得成功。

A 寫意思

1) 控制：＿＿＿＿＿＿＿

2) 奮鬥：＿＿＿＿＿＿＿

3) 敢於：＿＿＿＿＿＿＿

4) 打擊：＿＿＿＿＿＿＿

5) 追求：＿＿＿＿＿＿＿

6) 充實：＿＿＿＿＿＿＿

B 選擇

1) "一事無成" 的意思是 _____。

  a) 什麼事都沒做成　　b) 什麼事都沒發生

  c) 什麼事都不會做　　d) 無事生非

2) "與時俱進" 的意思是 _____。

  a) 跟別人相比　　b) 跟別人競爭

  c) 跟時間賽跑　　d) 跟時代一起進步

C 寫反義詞

1) 失敗 → _____

2) 先天 → _____

3) 反比 → _____

4) 消極 → _____

5) 負面 → _____

6) 懶惰 → _____

D 配對

☐ 1) 一個人越努力，　　a) 要相信自己的能力。

☐ 2) 一個人要有信念，　　b) 不斷學習新知識。

☐ 3) 成功的道路上一定有失敗，　　c) 成功的機率就越大。

☐ 4) 成功人士珍惜時間，　　d) 能很好地領導團隊。

☐ 5) 成功人士善於跟人溝通，　　e) 要經得起打擊。

☐ 6) 成功人士知道學習的重要性，　　f) 有很強的自控能力。

E 判斷正誤

☐ 1) 除了先天條件和運氣以外，後天的努力也十分重要。

☐ 2) 目標很重要。可以先確定目標，然後再認真探討。

☐ 3) 成功人士都有夢想，而且他們的夢想很不現實。

☐ 4) 成功人士會以正面、積極的態度去做事情。

☐ 5) 成功人士總是追求完美，永遠都不能讓他們滿意。

F 學習反思

成功的九大要素，你具備了哪幾點？你還有哪些不足？

G 學習要求

學會表達一種觀點，掌握三個句子、五個詞語。

屠 呦 呦
tú yōu yōu

2015 年 10 月，屠呦呦以 85 歲高齡創造了好幾個第一。她是第一位獲得諾貝爾科學獎的中國本土科學家。她是第一位獲得諾貝爾生理醫學獎的華人科學家。她為中國醫學界獲得了最高獎項。她為中醫藥成果獲得了最高獎項。

屠呦呦 1930 年 12 月 30 日生 _____① 浙江寧波。1951 年，她考入北京大學，在醫學院藥學系主修生藥專業。大學期間，她學習努力，取得了優異的成績。大學畢業後，她接受了兩年半的中醫培訓。_____②，她一直在中國中醫科學院從事中藥和中西藥結合方面的研究。1972 年，她帶領團隊成功研製了新型抗瘧藥青蒿素和雙氫青蒿素。這種藥物可以有效降低瘧疾患者的死亡率，挽救了數百萬人的生命。

屠呦呦的成功之路並不是一帆風順的。多年來，她領導她的團隊收集 _____③ 整理了大量的醫學書籍以及兩千多個民間藥方，編寫了六百多種抗瘧疾的藥方，並對其中兩百多種中藥開展了實驗研究。在經歷了三百八十多次失敗之後，她和她的團隊 _____④ 發現了青蒿素。

屠呦呦一輩子都在勤奮、努力地工作。她不怕困難、永不言棄的精神值得年輕一代好好學習。

A 選詞填空

| 終於 | 之後 | 剛 |
| 甚至 | 於 | 並 |

1) _____

2) _____

3) _____

4) _____

B 寫意思

1) 優異：＿＿＿＿＿＿＿＿＿

2) 研製：＿＿＿＿＿＿＿＿＿

3) 降低：＿＿＿＿＿＿＿＿＿

4) 挽救：＿＿＿＿＿＿＿＿＿

5) 生命：＿＿＿＿＿＿＿＿＿

6) 開展：＿＿＿＿＿＿＿＿＿

C 選擇

"一帆風順"的意思是＿＿＿。

a) 困難重重

b) 非常順利

c) 不斷有挫折

d) 艱難困苦

D 判斷正誤

☐ 1) 屠呦呦是第一位獲得諾貝爾獎的中國人。

☐ 2) 2015 年之前，有華人科學家獲得過諾貝爾生理醫學獎。

☐ 3) 屠呦呦為中國醫學界獲得了最高獎項。

☐ 4) 屠呦呦對中藥和中西藥的結合很有研究。

☐ 5) 經歷了幾百次的實驗研究失敗後，屠呦呦和她的團隊才發現青蒿素。

E 判斷正誤，並說明理由

1) 屠呦呦二十一歲時考上了北京大學。　　　　　　　　　對　　錯

＿＿＿＿＿＿＿＿＿＿＿＿＿＿＿＿＿＿＿＿＿＿＿　＿＿＿　＿＿＿

2) 在大學裏，屠呦呦讀的是中藥專業。

＿＿＿＿＿＿＿＿＿＿＿＿＿＿＿＿＿＿＿＿＿＿＿　＿＿＿　＿＿＿

3) 屠呦呦和她的團隊編寫了兩千多個抗瘧疾的藥方。

＿＿＿＿＿＿＿＿＿＿＿＿＿＿＿＿＿＿＿＿＿＿＿　＿＿＿　＿＿＿

F 回答問題

1) 新型抗瘧藥青蒿素和雙氫青蒿素有什麼作用？

2) 年輕人應該從屠呦呦身上學習什麼？

G 學習反思

從屠呦呦這位傑出的科學家身上，你學到了什麼？

H 學習要求

學會表達一種觀點，掌握三個句子、五個詞語。

1)《功夫熊貓》第一部、第二部和第三部，你都看過嗎？你最喜歡哪部？為什麼？

2) 你還看過其他功夫電影嗎？你喜歡看誰演的功夫電影？為什麼？

3) 你最近看了什麼電影？哪部電影讓你受到很大的啟示？請介紹一下這部電影和你的感受。

4) 你在學習或做課外活動時做到勤奮學習、努力練習了嗎？請講一講你的經歷。

5) 你遇到困難時會想逃避嗎？你會想辦法克服困難嗎？請舉例說明。

6) 碰到困難，你會跟父母講還是跟朋友講？請講一講你的經歷。

7) 你父母或祖父母有自己的生意嗎？他們希望你繼承家裏的生意嗎？你是怎樣想的？

8) 父母希望你將來做什麼？為什麼？

9) 你將來想做什麼？父母支持你的夢想嗎？

10) 為了實現夢想，你做了哪些準備？

11) 夢想對一個人來說重要嗎？為什麼？

10 成語諺語

A 成語配對

□ 1) 日積月累　　　　　a) 形容精神高度集中。

□ 2) 夢寐(mèi)以求　　　b) 親耳聽到，親眼看見。

□ 3) 聚精會神　　　　　c) 人的言語、舉動(jǔ dòng)、行為。

□ 4) 言談舉止　　　　　d) 指長時間不斷地積累。

□ 5) 耳聞目睹(dǔ)　　　e) 形容迫切(pò qiè)地期望着。

B 中英諺語同步

1) 三思而後行。　　　Look before you leap.

2) 不經一事，不長一智。　　Experience is the mother of wisdom.

3) 己所不欲(jǐ suǒ bú yù)，勿施於人(wù shī yú rén)。　　Treat other people as you hope they will treat you.

11 文體

觀後感格式

《xxx》觀後感

- 電影《xxx》講述了……的故事／……的經歷。
- 正文：簡單介紹這部電影的內容，以及電影中讓你印象最深的地方（可以選擇一兩點分別談）。
- 結合自己的生活談感想、收穫及啟示。
- 總結。

讀後感格式

《xxx》讀後感

- 讀完《xxx》（書或者文章），我被……深深地……了。
- 正文：簡單介紹這本書或者這篇文章的內容，以及其中讓你印象最深的地方（可以選擇一兩點分別談）。
- 結合自己的生活談感想、收穫及啟示。
- 總結。

12 寫作

題目1　請寫一篇觀後感或讀後感。

題目2　經過一次挫折，你成長了，有很多感受和收穫。請講一講你的經歷。

中國的南北差異(chā yì)

中國北方和南方的主要分界線(fēn jiè xiàn)是秦嶺(qín lǐng)—淮河(huái hé)一線。秦嶺、淮河以北的地區叫北方,以南的地區叫南方。北方和南方在氣候(qì hòu)、飲食、方言、建築等方面有很大差異。

在氣候方面,北方四季分明,冬天冷夏天熱,氣候乾燥少雨。南方一年四季山青水綠,氣候溫和,雨水較多,比較潮濕(cháo shī)。北方出產的農作物(nóng zuò wù)主要有小(xiǎo)麥(mài)、玉米、大豆和棉花(mián huā)。南方出產的農作物主要有水稻(shuǐ dào)、油菜、甘蔗(gān zhe)和茶葉。長江中下游一帶物產豐富,是有名的"魚米之鄉"。

在飲食方面,北方人喜歡吃麵粉做的食物,比如餃子、麵條、包子、餅等。南方人喜歡吃米食,比如米飯、米粉、米線等。

在方言方面,北方大部分地區都屬北方方言區。雖然各地方言的語音有差別,但交流沒有太大困難。南方的方言比較繁雜(fán zá),即使在同一方言區內也可能聽不懂別人說的話。

在建築方面,北方建築多坐北朝南,強調陽光要好。北方建築材料以磚(zhuān)石為主。南方建築大多建在河的兩岸(àn),強調通風要好。南方建築大多為木結構(jié gòu)或仿木(fǎng mù)結構的。

A 判斷正誤

□ 1) 中國有南方和北方之分,南方和北方很不同。

□ 2) 中國的北方春、夏、秋、冬四季分明。

□ 3) 南方不常下雨,夏天不熱,冬天不冷。

□ 4) 在北方雖然不同方言的差別十分大,但是交流不成問題。

□ 5) 北方人一般用磚造房子,而南方人住的房子一般是木結構的。

□ 6) 用磚造的房子比用木頭造的房子的通風更好。

B 判斷正誤,並說明理由

	對	錯
1) 北方氣候比較乾燥,不常下雨。		
2) 南方主要種植小麥、玉米、大豆等農作物。		
3) 北方人喜歡吃餃子、麵條、包子、餅等麵食。		
4) 南方的方言很多。即使在同一個地區,人們也可能無法交流。		

C 回答問題

1) 中國的南方和北方以什麼為分界線?

2) 南方和北方在哪些方面有很大的差異?

3) 你覺得南方人為什麼喜歡吃米飯、米粉?

D 學習反思

1) 你有沒有注意到現在的冬天沒有以前冷了,而夏天比以前熱多了?你覺得為什麼會這樣?

2) 你會說什麼語言?會說什麼方言?你是否贊成人在小時候應該多學幾種語言?

E 學習要求

學會表達一種觀點,掌握三個句子、五個詞語。

生詞

❶ 封 fēng close down

❷ 鎖（锁）suǒ lock (up)　封鎖 fēng suǒ blockade

❸ 演講 yǎn jiǎng deliver a speech

❹ 題目 tí mù subject; topic

❺ 辯（辩）biàn argue　辯論 biàn lùn debate

最近很多同學都在辯論該不該在校園內封鎖社交網。

❻ 議題 yì tí topic for discussion

對於這個議題，有的人支持，有的人反對。

❼ 顧名思義 gù míng sī yì as the term suggests

❽ 網友 wǎng yǒu net pal

❾ 互動 hù dòng interact　❿ 平台 píng tái platform

顧名思義，社交網是為網友提供的互動交流平台。

⓫ 相關 xiāng guān be related to

⓬ 相對 xiāng duì relative

⓭ 枯 kū uninteresting　⓮ 燥 zào dry　枯燥 kū zào uninteresting

與相對枯燥的學習相比，瀏覽社交網更有吸引力。

⓯ 分散 fēn sàn distract　⓰ 注意力 zhù yì lì attention

⓱ 刺 cì stimulate　刺激 cì jī stimulate

⓲ 上癮 shàng yǐn be addicted to

⓳ 忍 rěn bear

一些同學玩兒遊戲上癮，甚至課上都忍不住想玩兒。

⓴ 專心 zhuān xīn concentrate one's attention

㉑ 聽講 tīng jiǎng attend a lecture

㉒ 致 zhì result in　以致 yǐ zhì so that

㉓ 降 jiàng fall　下降 xià jiàng fall

㉔ 爭辯 zhēng biàn argue

㉕ 進行 jìn xíng carry out

㉖ 進度 jìn dù rate of progress

㉗ 完成 wán chéng complete

㉘ 專題 zhuān tí special subject; special topic

㉙ 研 yán research　研究 yán jiū research

㉚ 然而 rán ér however

㉛ 眾所周知 zhòng suǒ zhōu zhī as everyone knows

然而，眾所周知，社交網不是唯一的聯絡方式。

㉜ 徑（径）jìng way　途徑 tú jìng way; channel

同學們使用其他途徑也可以方便地溝通。

㉝ 擾（扰）rǎo disturb　干擾 gān rǎo disturb

㉞ 禁 jìn prohibit; ban　禁止 jìn zhǐ prohibit; ban

1 完成句子

1) 關於校內是否該封鎖社交網，<u>我想發表一下看法</u>。

____，我想發表一下看法。

2) <u>眾所周知</u>，社交網不是唯一的聯絡方式，同學們使用其他途徑也可以方便地溝通。

眾所周知，____。

3) <u>顧名思義</u>，社交網是為網友提供的互動交流平台。

顧名思義，____。

4) 很多同學上課不能專心聽講，<u>以致學習成績下降</u>。

____，以致____。

5) <u>我個人認為</u>校園內應該封鎖社交網。

我個人認為____。

6) <u>總之</u>，為了讓同學們在學校專心學習、不受干擾，我認為學校應該禁止學生在校園內上社交網。

總之，____。

2 聽課文錄音，做練習

A 回答問題

1) 王建代表誰做這個演講？

2) 學校的同學是否支持校園內封鎖社交網這個議題？

3) 王建對這個議題持什麼態度？

B 選擇（答案不只一個）

1) 支持在校園內封鎖社交網的學生認為 ____。

a) 社交網能使枯燥的學習內容變得有趣

b) 隨時可以登錄社交網容易分散同學們的注意力

c) 社交網上的遊戲很有吸引力，一些同學沉迷其中

d) 如果同學們上課不專心，他們的成績會下降

2) 反對在校園內封鎖社交網的學生認為社交網 ____。

a) 方便同學交流、溝通

b) 有利於同學完成學習小組的專題研究

c) 是學習小組成員唯一的聯絡途徑

d) 能使同學們更專心地學習

各位老師、各位同學：

大家好！我叫王建，是十一年級的學生代表。關於校內是否該封鎖社交網，我想發表一下看法。我演講的題目是"學校是否應該封鎖社交網"。

最近很多同學都在辯論該不該在校園內封鎖社交網。對於這個議題，有的人支持，有的人反對。我個人認為校園內應該封鎖社交網。

顧名思義，社交網是為網友提供的互動交流平台。人們可以隨時登錄社交網瀏覽與朋友相關的內容。與相對枯燥的學習相比，瀏覽社交網更有吸引力，一些同學沉迷其中。不封鎖社交網，容易分散同學們的注意力。再有，社交網上的遊戲十分有趣、刺激。一些同學玩兒遊戲上癮，甚至課上都忍不住想玩兒。不封鎖社交網，很多同學上課不能專心聽講，以致學習成績下降。有的同學爭辯說社交網可以方便同學進行溝通、瞭解功課進度，更好地完成學習小組的專題研究。然而，眾所周知，社交網不是唯一的聯絡方式，同學們使用其他途徑也可以方便地溝通。

總之，為了讓同學們在學校專心學習、不受干擾，我認為學校應該禁止學生在校園內上社交網。

謝謝大家！

3 用所給結構及詞語寫句子

1) 對於這個議題，有的人支持，有的人反對。 → 對於　贊成

2) 與相對枯燥的學習相比，瀏覽社交網更有吸引力。 → 與……相比　實惠

3) 不封鎖社交網，容易分散同學們的注意力。 → 容易　浪費

4) 社交網可以方便同學進行溝通。然而，社交網不是唯一的聯絡方式。 → 然而　影響

4 小組討論

要求　小組討論各自用電腦的習慣。

討論內容包括：

- 自己用電腦的習慣
- 這些習慣是否會影響學習和生活
- 應該怎樣改掉壞習慣

例子：

同學1：電腦的用途太多了。不管在學習、生活還是娛樂方面，電腦都扮演着重要的角色。

同學2：用電腦上網查資料，既方便又省時。我現在很少去圖書館了。

同學3：用電腦打字、寫文章，又快又整齊。電腦還可以幫我改錯呢！

同學1：我還喜歡用電腦播放音樂、電影。

同學2：你們有沒有注意到每天都盯着電腦，眼睛覺得很累，視力也下降了。

同學3：對。我也有這種感覺。雖然電腦有很多用途，但是它可能會給我們帶來負面的影響。我覺得我現在太依賴電腦了。

……

你 可以用

a) 我經常用電腦看漢語視頻。我認為這是練習聽力的好方法。

b) 一些學習軟件可以讓相對枯燥的學習變得更有趣。

c) 因為我經常用電腦打字，所以現在很多字都不記得怎麼寫了。

d) 我認為電腦只能輔助我們學習，不能代替我們學習。

e) 我在電腦上花的時間越來越多了。媽媽總是提醒我不要太依賴電腦。

要求 與同學辯論是否應該在校園內封鎖社交網。正方支持學校封鎖社交網，反方反對學校封鎖社交網。

例子：

正方：我發現很多同學每天都在社交網上花大量的時間。這會影響他們的學習。我支持在校園內封鎖社交網。

反方：我反對。社交網是為人們進行互動交流而提供的網上平台，可以促進同學之間的溝通。

正方：除了社交網以外，同學們還有很多其他途徑可以進行溝通。

反方：溝通的途徑是很多，但是大部分都沒有社交網方便。比如使用社交網，同學們可以隨時溝通，分享資料，有助於更好地完成功課。

正方：沒有社交網，同學們面對面地溝通、討論，效果不是更好嗎？

反方：在學校當然可以面對面地溝通、交流，但是在家裏用社交網比打電話方便得多。

正方：所以反方同學也同意，在校園裏不需要社交網也可以很好地進行交流。那我們再來說說在學校使用社交網所帶來的問題吧！有些同學總是上社交網瀏覽照片、帖子（tiě zi）。這會浪費很多時間。

反方：作為學生我們要有自律的能力。關於正方同學說的問題，最好的解決途徑是培養同學們自律的好習慣，而不是直接封鎖社交網。

……

你 可以用

a) 社交網方便小組成員分享圖片和資料。

b) 即使在學校不能上社交網，在校外學生還是會花大量時間上社交網。

c) 學生上社交網可以開闊視野，受到教育。

d) 很多學生邊學習邊上社交網，結果注意力不集中，成績也下滑了。

e) 如果校園裏封鎖了社交網，學生就不會整天想着網絡上有趣的遊戲了。他們可以更專心地學習。

f) 越來越多的人感覺到，有了社交網以後人與人之間的關係卻變得更遠了。

g) 學校是師生面對面溝通、學習的地方，不需要社交網。

6 閱讀理解

網上交友的安全守則

如今網絡越來越發達，網上交友的人越來越多。由於網絡的虛擬性，網上交友存在一些安全隱患。為了避免上當受騙，甚至受到侵犯，交網友時一定要有自我保護意識，必須遵守網上交友的安全守則。

第一，不要輕易透露私人信息，如住址、電話號碼、信用卡號碼、銀行卡密碼等。如果對方要求你交出這些資料，一定要警覺。

第二，不要急着跟網友見面。要留意對方的信息是否有問題，是否前後矛盾。如果感覺不對，就不要繼續交往下去。

第三，如果希望與網友進一步交往，可以先跟網友電話聯絡。通過電話交談能更清楚地瞭解對方的情況。

第四，如果決定跟網友約會，建議選擇白天人流較多的場所，比如快餐店或咖啡館。去約會時可以跟朋友同往，或告訴朋友、父母約會的時間和地點。約會時如果網友的任何行為或要求使你感到不安、害怕，就立刻停止約會或向別人求助，甚至報警。

A 寫意思

1) 避免：＿＿＿＿＿＿＿＿

2) 受騙：＿＿＿＿＿＿＿＿

3) 遵守：＿＿＿＿＿＿＿＿

4) 透露：＿＿＿＿＿＿＿＿

5) 警覺：＿＿＿＿＿＿＿＿

6) 停止：＿＿＿＿＿＿＿＿

B 判斷正誤

☐ 1) 如果網友給出的信息自相矛盾，最好停止交往。

☐ 2) 跟網友見面以前可以先通電話，多瞭解對方。

☐ 3) 千萬不要在夜晚或者人流稀少的地方跟網友碰面。

☐ 4) 跟網友見面前，最好先告訴家人見面的時間和地點。

C 回答問題

1) 為什麼遵守網上交友的安全守則很重要？

2) 在網上，如果有人讓你交出銀行賬號及密碼，你該怎麼辦？

3) 如果跟網友見面時，網友的行為讓你感覺不安，應該怎麼辦？

每 個 人 都 在 網 絡 中

"你看，你一到家就上網，_____① 不幫我做飯，也不管孩子。這個家我沒法管了！"

"我是在工作，不是在玩！"

"看你給孩子樹立了什麼榜樣？他有樣學樣，現在 _____② 一到家就打開電腦。你得管管他呀！"

父母這樣的對話聽多了，我的耳朵都磨^{mó}出老繭^{jiǎn}來了。媽媽總覺得我用電腦的時間太長了。她怎麼也不明白我現在幾乎所有的功課都離不開電腦。如果爸爸在家用電腦，媽媽也會很不高興，_____③ 他會給我樹立不好的榜樣。

最近一兩個星期，我發現父母不吵了，家裏出奇地安靜。我今天放學回家，看見媽媽拿着手機坐在沙發上，我就上前去看個究竟^{jiū jìng}。_____④ 媽媽正用微信^{wēi xìn}看帖子。媽媽還跟我分享了朋友傳給她的視頻和照片呢！

媽媽變了。她不 _____⑤ 抱怨我跟爸爸用電腦了，而是一有時間就刷手機。我們家也變了，連針掉在地上都聽得見。在這個網絡時代，好像沒有一個人能躲^{duǒ}開網絡的影響。互聯網讓人們可以隨時隨地交流、溝通。_____⑥，我現在常常會想：互聯網在方便我們與遠處的朋友溝通的同時，對我們與面前的家人的關係有什麼影響呢？

A 選詞填空

| 因為 也 既 再 |
| 原來 然而 |

1) _____ 　　4) _____

2) _____ 　　5) _____

3) _____ 　　6) _____

B 選擇

1) "這個家我沒法管了" 的意思是 _____。

   a) 媽媽管不了這個家了

   b) 爸爸同意做家務了

   c) 以後 "我" 得做家務了

2) "他有樣學樣" 的意思是 _____。

   a) 媽媽和爸爸是 "我" 的好榜樣

   b) 媽媽讓 "我" 跟爸爸學

   c) "我" 跟爸爸學，一回家就上網

3) "我的耳朵都磨出老繭來了" 的意思是 _____。

   a) "我" 覺得家人關係不好

   b) "我" 聽慣了父母的對話

   c) 父母的對話干擾 "我" 學習了

4) "連針掉在地上都聽得見" 的意思是 _____。

   a) 家庭生活很枯燥

   b) 家裏很安靜

   c) 每個人都忙自己的事情

C 判斷正誤

☐ 1) 媽媽喜歡用手機看視頻、讀帖子。

☐ 2) 媽媽現在不抱怨了，因為她自己也整天上網。

☐ 3) 由於媽媽沉迷於網絡，總刷手機消磨時間，所以爸爸經常抱怨。

☐ 4) 現在我們一家人都總是用電腦上網。

☐ 5) 現在網絡影響了我們全家人。

D 配對

☐ 1) "我" 需要用電腦做作業，

☐ 2) 最近一兩個星期，媽媽不抱怨了，

☐ 3) 在互聯網發達的時代，

☐ 4) 媽媽用微信前，

a) 但是媽媽總以為 "我" 在消磨時間。

b) "我" 與家人的關係更好了。

c) 每個人都成了網絡的一分子。

d) 總是抱怨 "我" 和爸爸整天上網。

e) 因為媽媽整天都在刷手機。

E 學習反思

你一般上網做什麼？你花在互聯網上的時間多嗎？這樣對你有負面影響嗎？

F 學習要求

學會表達一種觀點，掌握三個句子、五個詞語。

網 絡 對 青 少 年 的 影 響

互聯網的普及和迅速發展給人們的生活帶來了巨大的變化。青少年學習和生活的方方面面都受到了互聯網的深刻影響。

在某些方面，網絡對青少年有積極、正面的影響，給他們帶來了極大的方便。青少年不必去圖書館，在網上就能查到所需的資料了。他們不必碰頭，在網上就能跟同學討論功課、完成課題了。他們不必寫信，在網上就能把信息傳給他人了。

在另外一些方面，網絡對青少年有消極、負面的影響，給了他們很多片面的信息。青少年在網絡上接觸到的視頻、音頻、圖片，大部分都是豐富多彩的商品、各種各樣的美食、美不勝收的風景和光鮮亮麗的生活。在求學階段，沒有接觸真實社會的青少年容易產生錯誤的認識，覺得生活很輕鬆，外面的世界就像主題公園一樣有趣。當這些青少年走出學校步入社會時，可能會發現現實生活並不是那麼美好，需要辛勤的勞動才能有所收穫。青少年對現實生活毫無準備，可能會不知所措。家庭、學校和社會怎樣才能讓青少年瞭解真實的社會、真實的生活，讓他們為將來做好準備呢？這個問題需要更多的思考。

A 寫反義詞

1) 消極 → _____

2) 麻煩 → _____

3) 全面 → _____

4) 正確 → _____

5) 無聊 → _____

6) 懶惰 → _____

B 選擇

1) "碰頭"的意思是 ＿＿＿ 。

   a) 視頻聊天   b) 見面

   c) 在網絡平台上交友

2) "不知所措"的意思是 ＿＿＿ 。

   a) 不知道該怎麼辦   b) 做好了準備

   c) 知道是什麼意思

C 配對

☐ 1) 人們通過網絡就可以把信息

☐ 2) 網絡上的生活非常光鮮亮麗，

☐ 3) 網絡給青少年帶來了一些正面的影響，

a) 傳給他人，不用見面也能溝通。

b) 一般在主題公園才有。

c) 在圖書館能查到需要的資料。

d) 但是現實生活並不是這樣的。

e) 同時也帶來了不少負面的影響。

D 判斷正誤

☐ 1) 同學們可以利用網絡討論課題、做作業。

☐ 2) 現在青少年還是習慣寫信跟朋友聯繫。

☐ 3) 在求學階段，青少年還沒有接觸真實的社會。

☐ 4) 網絡上的一些視頻和圖片容易讓青少年對社會有錯誤的認識。

☐ 5) 現實生活中美好的東西要通過努力才能獲得。

E 回答問題

1) 接觸太多網絡上的內容，青少年可能對社會有什麼錯誤的認識？

2) 習慣了網絡上片面的信息，當青少年走進社會時可能會有什麼感覺？

F 學習反思

1) 你認同文中的哪些觀點？

2) 你為步入社會做了哪些準備？

G 學習要求

學會表達一種觀點，掌握三個句子、五個詞語。

1) 你們學校是人手一台電腦嗎？幾年級的同學需要每天都帶電腦上學？

2) 你需要用電腦做作業嗎？哪些科目經常要用電腦做作業？

3) 你們上課時需要經常上網查資料嗎？哪些科目上課時經常要用到電腦？

4) 課上，有沒有同學不聽老師的安排，自己隨意上網？他們一般上網做什麼？

5) 你們學校允許學生在校園內上社交網嗎？你贊成這種做法嗎？為什麼？

6) 你的同學喜歡上哪個社交網站？你喜歡上哪個社交網站？

7) 你們在課間休息和午飯時間會上社交網嗎？主要做什麼？

8) 你認為上社交網浪費時間嗎？為什麼？

9) 除了社交網，你還會用什麼方式聯繫朋友、同學？

10) 假設你現在需要馬上跟一些同學聯絡，你會用哪種聯絡方式？

11) 你沉迷於網絡遊戲嗎？你一般跟同學還是跟網友玩兒網絡遊戲？你每天玩兒多久？

12) 你的學業因為玩兒網絡遊戲、上社交網而受到影響了嗎？你的成績是否下降了？

10 成語諺語

A 成語配對

□ 1) 一針見血   a) 真正的才能和學識。

□ 2) 無奇不有   b) 形容美好的事物很多。

□ 3) 自暴自棄 ^{bào}   c) 比喻說話直截了當，切中要害。 ^{zhí jié liǎo dàng   qiè zhòng yào hài}

□ 4) 真才實學   d) 各種奇怪的事物或現象都有。 ^{qí guài}

□ 5) 琳瑯滿目 ^{lín láng mǎn mù}   e) 自己甘於落後或墮落。 ^{gān yú luò hòu   duò luò}

B 中英諺語同步

1) 教學相長。   He who teaches, learns.

2) 嚴師出高徒。 ^{tú}   A strict teacher produces outstanding students.

3) 十年樹木，百年樹人。   It takes three generations to make a gentleman.

11 文體

演講稿格式

各位老師、各位同學：

□□大家好！我是……。今天我想談談關於……的觀點。我的演講題目是……

□□首先／第一，……………………………………………………………………

□□其次／第二，……………………………………………………………………

□□再次／第三，……………………………………………………………………

□□總之，為了……，我認為…………………………………………………………

□□謝謝大家！

12 寫作

題目 你將在學校集會上發表演講。演講的題目是"社交網弊大於利"。請寫一篇演講稿。

以下是一些人的觀點：

- 社交網容易令人沉迷其中。很多人都在社交網上花費大量的時間。

- 社交網會分散學生的注意力，影響他們的學業。

- 社交網讓人可以隨時隨地與朋友、親人聯絡，十分方便。

- 社交網有多媒體互動功能，比以前的書信、電報、電話等聯繫方式有趣多了。

你 可以用

a) 社交網的出現促進了人與人之間的溝通。

b) 人們可以通過社交網隨時進行互動交流。

c) 社交網可能影響人們面對面的交流。

d) 很多人喜歡在社交網上秀旅遊、玩樂的照片。青少年可能會相互攀比。

e) 有些同學上課時都忍不住想上社交網。

f) 青少年自律能力差，很容易沉迷於社交網，以致學習不專心，成績下降。

g) 社交網上可能有色情、暴力等不良內容，會給青少年帶來負面的影響。

年畫、春聯、揮春

過春節時，為了驅邪、求吉利、保平安，中國人會貼年畫、春聯或者揮春。

年畫是中國漢族特有的一種繪畫體裁，其主題大多是豐收、長壽、吉祥如意。年畫的色彩鮮豔、喜慶，可以增添節日氣氛。年畫的形式多樣，內容廣泛，財神、觀音、壽星、戲曲人物、民間傳說、歷史故事、花卉動物等應有盡有。

春聯是對聯的一種，上下聯字數要相等，結構要相同，例如"冬去山明水秀，春來鳥語花香"。人們通過春聯來描繪時代背景，表達美好的願望和喜迎新春佳節的心情。春節前，家家戶戶都在大門兩邊貼春聯。飯店、美髮廳、賓館等一些商家也會貼春聯。

揮春是另一種新春的傳統裝飾物。揮春和春聯最大的區別是：春聯是成對的對聯，要講究對偶；而揮春可能是一兩個字或是四字詞語，方便張貼。揮春以吉利、進取的內容為主，有的揮春還跟當年的生肖有關。"福""吉利""龍馬精神""學業進步""萬事如意"等都是常見的揮春。

A 判斷正誤

☐ 1) 年畫的主題一般是豐收、長壽、吉祥如意等。

☐ 2) 揮春是對聯的一種，上下聯的字數是一樣的。

☐ 3) "龍馬精神" 和 "萬事如意" 是典型的春聯。

☐ 4) 春聯一般是成對的，比如 "春風春雨春色，新年新歲新景"。

☐ 5) 春聯一般貼在門的兩邊。

☐ 6) 揮春可能只有一個字或者兩個字，比如 "福" 或 "吉利"。

B 判斷正誤，並説明理由

	對	錯
1) 年畫給春節增添了熱鬧、喜慶的氣氛。		

2) 年畫的內容多種多樣，有財神、壽星、動物等。

3) "冬去山明水秀，春來鳥語花香" 是一副春聯。

4) 通過貼春聯，人們可以表達迎接新春的喜悦心情和對美好未來的嚮往。

C 回答問題

1) 中國人過春節時用什麼方式來驅邪、求吉利、保平安？

2) 揮春和春聯有什麼區別？

D 學習反思

1) 你家慶祝春節嗎？你買過年畫、春聯、揮春嗎？你把它們貼在了哪裏？

2) 中國人過春節有張貼年畫、春聯、揮春的習俗。其他國家或民族有類似的習俗嗎？
   請介紹一下。

E 學習要求

學會表達一種觀點，掌握三個句子、五個詞語。

生詞

① 如今 (rú jīn) nowadays **②** 日常 (rì cháng) daily

③ 必需品 (bì xū pǐn) necessities

④ 電子 (diàn zǐ) electron

⑤ 泛 (fàn) extensive 廣泛 (guǎng fàn) wide; extensive

⑥ 革 (gé) change 革命 (gé mìng) revolution

電子書包被廣泛使用，給教學和學習都帶來了一次革命。

⑦ 實際上 (shí jì shang) actually

⑧ 板 (bǎn) board; plank 平板 (píngbǎn) flat

電子書包實際上是平板電腦。

⑨ 裝 (zhuāng) install

⑩ 冊 (册) (cè) pamphlet 練習冊 (liàn xí cè) workbook

⑪ 參考 (cān kǎo) refer to 參考書 (cān kǎo shū) reference book

⑫ 材 (cái) material 材料 (cái liào) material

電子書包裏面裝有學生的課本、練習冊等學習所需的材料。

▲ Grammar: "所" can be used before a verb to form a noun phrase.

⑬ 齡 (齡) (líng) age 年齡 (nián líng) age

電子書包適合各年齡階段的學生使用。

⑭ 點 (diǎn) a measure word (used for item, point)

使用電子書包有以下幾點好處。

⑮ 提升 (tí shēng) promote

使用電子書包可以提升學生的學習興趣。

⑯ 自覺 (zì jué) conscious **⑰** 制 (zhì) work out

⑱ 訂 (dìng) work out 制訂 (zhì dìng) work out

學生將更自覺地制訂學習計劃。

⑲ 擴展 (kuò zhǎn) expand

學生可以隨時上網擴展學習。

⑳ 筆記 (bǐ jì) notes

㉑ 給 (jǐ) provide **㉒** 予 (yǔ) give 給予 (jǐ yǔ) give; offer

㉓ 指 (zhǐ) give directions 指導 (zhǐ dǎo) guide; direct

㉔ 估 (gū) estimate 評估 (píng gū) evaluate

老師可以隨時給予幫助、指導和評估。

㉕ 氛 (fēn) atmosphere 氣氛 (qì fēn) atmosphere

㉖ 採 (cǎi) select; pick 採用 (cǎi yòng) adopt

㉗ 多樣 (duō yàng) diverse **㉘** 靈 (灵) (líng) nimble 靈活 (líng huó) flexible

㉙ 網絡 (wǎng luò) network

㉚ 頻 (频) (pín) frequency 音頻 (yīn pín) audio

視頻 (shì pín) video

㉛ 輔 (辅) (fǔ) assist 輔助 (fǔ zhù) assist 輔導 (fǔ dǎo) coach

㉜ 個別 (gè bié) individual **㉝** 專門 (zhuān mén) special

老師上課時可以為個別學生提供專門輔導。

㉞ 訂購 (dìng gòu) order **㉟** 優惠 (yōu huì) favourable

訂購平板電腦可以享受七折優惠。趕快行動起來吧！

▲ Grammar: a) Pattern: Verb + 起來
b) This pattern is used to indicate the start of an action.

1 完成句子

1) <u>如今</u>，電腦早已成為學生日常生活和
學習的必需品了。

如今，_____。

2) 電子書包被廣泛使用，<u>給</u>教學和學習
都<u>帶來</u>了一次革命。

_____ 給 _____ 帶來 _____。

3) 電子書包<u>實際上</u>是平板電腦。

_____ 實際上 _____。

4) 電子書包<u>適合</u>各年齡階段的學生使用。

_____ 適合 _____。

5) 使用電子書包，學生<u>將</u>更自覺地制訂
學習計劃。

_____ 將 _____。

6) 老師上課時可以<u>為</u>個別學生<u>提供</u>專門
輔導。

_____ 為 _____ 提供 _____。

2 聽課文錄音，做練習

A 回答問題

1) 電子書包對教學的影響大嗎？

2) 電子書包裏有什麼？

3) 什麼時候訂購平板電腦可以打
折？可以打幾折？

B 選擇（答案不只一個）

1) 電子書包 _____。

a) 被很多學校使用

b) 就是平板電腦

c) 裏裝有課本、閱讀材料、化學實驗用品等

d) 只適合低年級的同學使用

e) 不受老師的歡迎

2) 電子書包對教和學的好處有 _____。

a) 學生會對學習更感興趣

b) 學生要忙着做筆記

c) 學生可以隨時跟同學和老師互動

d) 學生做作業時，老師可以隨時給予指導

e) 上課時，老師可以給個別學生一對一輔導

電子書包

如今，電腦早已成為學生日常生活和學習的必需品了。在學校，電子書包被廣泛使用，給教學和學習都帶來了一次革命。什麼是電子書包呢？電子書包實際上是平板電腦，裏面裝有學生的課本、練習冊、參考書等學習所需的材料。電子書包適合各年齡階段的學生使用。使用電子書包有以下幾點好處：

- 使用電子書包可以提升學生的學習興趣。

- 學生可以使用適合自己的方法學習。

- 學生將更自覺地制訂學習計劃。

- 學生可以隨時上網擴展學習。

- 學生上課時不用再忙着做筆記了。

- 學生可以隨時跟同學和老師互動。

- 學生在線上做作業，老師可以隨時給予幫助、指導和評估。

- 上課的氣氛會更活潑。

- 老師所採用的教學方法可以更多樣、靈活。

- 老師可以使用網絡上豐富的音頻、視頻、文字資料輔助教學。

- 老師上課時可以為個別學生提供專門輔導。

　　8月30日之前來學校文具店訂購平板電腦可以享受七折優惠。趕快行動起來吧！

新美電器店

聯繫電話：25484625

3 用所給結構及詞語寫句子

1) 電子書包被廣泛使用，給教學和學習都帶來了一次革命。 → 被　方便
2) 學生上課時不用再忙着做筆記了。 → 不用　擔心
3) 學生在線上做作業，老師可以隨時給予幫助、指導和評估。 → 隨時　上網
4) 老師所採用的教學方法可以更多樣、靈活。 → 所　更
5) 趕快行動起來吧！ → 起來　笑

4 角色扮演

情景 你的平板電腦用了兩年了。你想讓媽媽給你換一台新的平板電腦。

例子：

你：　從新學年開始，我們每天都要帶平板電腦上學。我的平板電腦很舊了，能不能給我買台新的？

媽媽：你的平板電腦還可以用。為什麼要買新的？

你：　最新出的平板電腦速度更快，還更輕了。

媽媽：這些都不是買新電腦的理由。你要體諒父母掙錢的辛苦，要學會節省。

你：　求求您給我買一台新的吧！我的平板電腦不好看，新款的外型也更好看了！

媽媽：平板電腦只要能用就行了。好看不好看有什麼關係呢？

你：　如果同學的平板電腦都是新款的，只有我的是舊款的，我會覺得很不舒服。

……

你可以用

a) 我們很多科目上課和寫作業都要用到平板電腦，比如歷史、地理、英文等。

b) 我的舊電腦速度太慢了，每次查資料都要等半天，很浪費時間。新款的平板電腦速度快得多，用起來很方便。

c) 你的零用錢可以用來買更有用的東西。如果再買一台平板電腦，又浪費錢又不環保。

d) 新的平板電腦就算是給我的生日禮物，行嗎？

要求 從下學年開始,每個學生都要帶平板電腦上學。小組討論平板電腦是否適合在中學教學中使用。

例子:

同學1: 從明年開始,我們學校會變成"電子書包學校"。老師會把上課所需的課本、練習冊、教學參考書等學習材料都裝在平板電腦裏。學生只要帶平板電腦就可以了,不用帶書本上學了。

同學2: 這個變化也太大了。我知道電腦早已成為人們日常生活和學習的必需品了,但是平板電腦能代替課本、練習冊、參考書嗎?

同學3: 我也有些擔心。我還想知道老師上課時會怎樣使用平板電腦。

同學1: 老師會一邊教課一邊用平板電腦展示教學內容吧?我們還可以隨時跟老師互動。

同學3: 這樣不錯。我們的筆記也不用寫在本子上了,可以直接用平板電腦做筆記。

同學1: 對。如果需要查資料,我們可以馬上用平板電腦上網,進行擴展學習。這樣不僅方便,還能讓同學們對學習更感興趣。

同學2: 如果有的同學上其他網站或者玩兒網絡遊戲,怎麼辦呢?老師管得住幾十個學生嗎?

同學3: 這是個問題。同學們要有自律的能力才可以。

……

你可以用

a) 學生將更自覺地制訂自己的學習計劃。

b) 用平板電腦,學生能使用更適合自己的學習方法來學習。

c) 學生在線上做作業,老師能隨時給予幫助、指導和評估。

d) 上課的氣氛會更輕鬆、活潑。

e) 老師能採用多樣、靈活的教學方式上課。

f) 老師可以使用網絡上豐富的音頻、視頻、文字資料輔助教學。

g) 如果個別學生沒有聽懂老師講的內容,老師可以為他們提供專門輔導。

h) 如果課上用平板電腦,有些學生可能會忍不住玩兒電腦遊戲,或者跟同學在網上聊天兒。

i) 有些學生還可能趁機上社交網。

6 閱讀理解

電腦輔助教學

電腦在教學中的運用已經相當普遍了。電腦輔助教學，一方面讓老師足不出戶就可以給學生指導、幫助和評估，另一方面讓學生可以自主、自助進行各種學習活動。

電腦輔助教學有以下一些功能：

第一，可以編排(biān pái)練習。學生做完練習後，電腦會自動給出答案(dá àn)、評估。

第二，可以回答學生的問題，給學生個別指導。

第三，可以因材施教(yīn cái shī jiào)。對不同水平的學生開展不同的教學，得到更好的教學效果。

第四，可以跟學生進行大量的交流和互動。

第五，可以激發(jī fā)並維持(wéi chí)學生的學習興趣，改善(gǎi shàn)學生的學習態度。

第六，可以給學生即時反饋(jí shí fǎn kuì)，甚至多樣化的反饋。

第七，可以培養學生主動學習的習慣。

第八，可以讓學生學會與其他人分享學習成果。

第九，可以模擬(mó nǐ)真實的場景，比如模擬飛行、駕駛(jià shǐ)車輛等，讓學生在近乎(jìn hū)真實的環境中學習、練習。

A 選擇

1) "足不出戶"的意思是 _____。
a) 外出採訪　　b) 走出家門
c) 不出家門

2) "因材施教"的意思是 _____。
a) 學校根據學生的能力來分班
b) 學生根據學校的課程來選課
c) 根據學生的能力、興趣等情況來教學

B 選擇（答案不只一個）

電腦輔助教學 _____。
a) 會讓學生更依賴老師
b) 對成績差的學生沒有幫助
c) 能給學生提供專門輔導
d) 能讓學生對學習更感興趣
e) 會讓學生更主動地學習

C 回答問題

電腦輔助教學是如何讓學生在近乎真實的環境中學習的？請舉例說明。

一 天 沒 有 手 機 的 感 受

今天我起晚了，＿＿＿① 上早飯就往外衝(chōng)。上了校車後才發現口袋空空的。我竟然(jìng rán)＿＿＿② 帶手機了。

往常我坐校車時會一直拿着手機，一邊刷微信一邊＿＿＿③ 音樂。今天手機不在身邊，我感覺有些不安。在校車上，我看到幾乎每個人都是同一個姿勢(zī shì)——低着頭玩兒手機。向窗外看去，上班族＿＿＿④ 着上班，小孩子匆匆(cōng)地趕去學校，老人在街心公園裏悠閒(yōu xián)地＿＿＿⑤ 着運動。我突然(tū rán)覺得有機會觀察(guān chá)周圍發生的一切也挺好的。

到了學校，班主任＿＿＿⑥ 進了教室。除了我以外，沒有人注意到她的到來。因為男生都忙着＿＿＿⑦ 電腦遊戲，女生都忙着＿＿＿⑧ 電郵、上社交網或低着頭聽音樂。我第一次抬頭細＿＿＿⑨ 我的班主任：她今天＿＿＿⑩ 了一條綠色的連衣裙和一件淺藍色的外套，臉上帶着微笑。我突然記起不久前經歷的一次不愉快的事情，是班主任老師給了我無微不至(wú wēi bú zhì)的關懷(guān huái)。我對她深表感謝。

今天的經歷讓我感到：雖然手機功能多、用途廣，給生活帶來了不少方便，但是也使我們的生活失去了很多樂趣。如果今天帶了手機，我就不會留意到周圍的人和事了。那多麼可惜(kě xī)啊！

A 填動詞

1) ＿＿＿	6) ＿＿＿
2) ＿＿＿	7) ＿＿＿
3) ＿＿＿	8) ＿＿＿
4) ＿＿＿	9) ＿＿＿
5) ＿＿＿	10) ＿＿＿

B 選擇

1) "我" 上學時 ＿＿＿。

    a) 一般都帶手機

    b) 不能帶手機

    c) 每天都帶手機

2) 如果今天帶手機了，"我" ＿＿＿。

    a) 會注意到窗外的景色

    b) 會看到馬路上形形色色的人

    c) 在校車裏一定會玩兒手機

C 配對

☐ 1) "我" 往常坐在校車裏

☐ 2) 坐在校車裏的同學們

☐ 3) 清晨的路上，

☐ 4) 在街心公園裏，老人

☐ 5) 今天 "我" 坐車時

a) 一邊關心周圍發生的事。

b) 有機會觀察馬路上的行人。

c) 總是聽着音樂刷微信，不會留意周圍發生的事。

d) 每個人的動作和姿勢都一樣。

e) 有的人急着去上班，有的人趕着去學校。

f) 都不自覺地拿着手機認真地學習。

g) 十分悠閒地在做運動。

D 判斷正誤

☐ 1) 教室裏沒有一個學生注意到班主任走進來了。

☐ 2) 班裏的女生很喜歡玩兒電子遊戲。

☐ 3) 班裏只有 "我" 一個人注意到了班主任今天的穿着。

☐ 4) "我" 的班主任是一位和藹可親、關心學生的老師。

☐ 5) 手裏沒有手機，"我" 有時間去觀察周圍發生的事情。

E 回答問題

同學們喜歡用手機做什麼？

F 學習反思

1) 為什麼手機使人們的生活失去了很多樂趣？

2) 如果今天沒帶手機，你會有什麼不同的體驗？這會給你帶來哪些思考和啟示？

G 學習要求

學會表達一種觀點，掌握三個句子、五個詞語。

網絡遊戲的利弊

紅：大家好！我是電台主持人紅雲。如今，很多青少年都喜歡玩兒網絡遊戲。對此現象，人們持不同的看法。今天我們請來了網遊專家王先生講一講玩兒網遊的利弊。王先生，您好！很多人都愛玩兒網絡遊戲。玩兒網絡遊戲有哪些好處呢？

王：玩兒網遊的好處有：一、玩家可以從遊戲中學到一些知識。二、一些遊戲，特別是益智遊戲，可以促進玩家思維能力的發展。三、與朋友玩兒遊戲可以促進溝通、加深友誼。四、玩家可以在舒緩壓力的同時得到快樂和滿足。

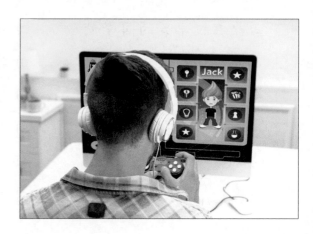

紅：玩兒網絡遊戲的好處還不少呢！那壞處有哪些呢？

王：一是玩兒網遊容易使人上癮，十分浪費時間，還可能會荒廢學業。二是如果沉迷於網遊會疏遠家人和朋友。三是長時間對着電腦屏幕會使視力受影響。四是總玩兒遊戲缺乏運動對健康不利。五是有些網遊的內容不適合青少年，可能對他們造成不良的影響。

紅：看來玩兒網絡遊戲有利有弊。那請您給聽眾朋友們一些關於玩兒網遊的忠告吧！

王：建議大家在玩兒網遊前給自己設定玩兒遊戲的時間，到時間就停手。除了利用網遊減壓，還建議大家多培養其他有助於減壓的興趣愛好，如運動、音樂、藝術等。

紅：謝謝您，王先生！

王：不客氣！

A 寫反義詞

1) 弊 → ＿＿＿＿

2) 淺 → ＿＿＿＿

3) 好 → ＿＿＿＿

4) 近 → ＿＿＿＿

5) 短 → ＿＿＿＿

6) 增 → ＿＿＿＿

B 配對

□ 1) 對於玩兒網絡遊戲，　　　　a) 想什麼時候玩兒就什麼時候玩兒。

□ 2) 在玩兒遊戲的過程中，　　　b) 人們持不同的看法。

□ 3) 一些益智遊戲　　　　　　　c) 可以加深友誼。

□ 4) 跟朋友一起玩兒遊戲　　　　d) 還能給玩家帶來快樂和滿足。

□ 5) 玩兒遊戲不僅能減壓，　　　e) 玩家可以學到一些知識。

　　　　　　　　　　　　　　　f) 有助於提高思維能力。

　　　　　　　　　　　　　　　g) 讓很多人沉迷其中。

C 判斷正誤

□ 1) 如果青少年沉迷於網絡遊戲，會花費很多時間，影響考試成績。

□ 2) 如果玩兒網遊上癮，會遠離親人和朋友，對青少年的成長不利。

□ 3) 由於玩兒網遊要一直盯着電腦屏幕，青少年的視力都非常好。

□ 4) 總是玩兒網遊沒有時間做運動，因此一些青少年的身體非常不好。

D 判斷正誤，並說明理由

1) 如果青少年花在網絡遊戲上的時間太多，他們的學習會受到影響。　　　對　　　錯

_____   ___   ___

2) 網遊中有些不健康的內容，會給青少年帶來負面影響。

_____   ___   ___

E 回答問題

青少年玩兒網遊時要注意什麼？

F 學習反思

你同意文中的哪些觀點？你覺得青少年應該怎樣避免玩兒網遊上癮？

G 學習要求

學會表達一種觀點，掌握三個句子、五個詞語。

9 根據實際情況回答問題

1) 你贊同"電腦、網絡可以提升學習興趣"的觀點嗎？為什麼？

2) 你們學校的學生用電子書包嗎？你每天都帶課本上學嗎？哪些科目要用課本？

3) 你個人更喜歡用電子書包還是用課本？為什麼？

4) 用課本有哪些好處？有哪些不便？

5) 你認為哪些年級的同學更適合用平板電腦上課？為什麼？

6) 你們學校是否在使用谷歌教室這類的教學輔助軟件？你喜歡嗎？為什麼？

7) 你覺得哪些科目適合多用電腦輔助教學？為什麼？

8) 哪些科目經常使用網絡上的視頻或音頻輔助教學？你們的學習效果怎麼樣？

9) 哪些老師經常通過網絡給予你們指導和評估？

10) 你更喜歡聽老師講解教學內容還是自己找答案？為什麼？

11) 電腦是怎樣輔助你學習漢語的？

10 成語諺語

A 成語配對

☐ 1) 書香門第　　　　　　a) 形容進步和發展特別迅速。

☐ 2) 破釜沉舟　　　　　　b) 形容關係密切，無時無處不在一起。
　　　pò fǔ chénzhōu　　　　　　　　　　mì qiè

☐ 3) 火樹銀花　　　　　　c) 形容節日或有喜慶事情時的夜景。

☐ 4) 形影不離　　　　　　d) 比喻下決心不顧一切地幹到底。

☐ 5) 突飛猛進　　　　　　e) 世代讀書的人家，指好的家庭背景。
　　　tū fēi měng jìn

B 中英諺語同步

1) 滿招損，謙受益。　　　Pride hurts, modesty benefits.
　　mǎnzhāo sǔn　qiānshòu yì

2) 虛心使人進步，驕傲使人落後。　　Modesty helps one go forward, whereas conceit makes one lag behind.

3) 良藥苦口利於病，忠言逆耳利於行。　　Good medicine for health tastes bitter to the mouth.
　　　　　　　　　　　　nì

11 文體

廣告格式

標題（一般用產品的名字作標題）

• 分段介紹／列出產品的特點、性能。

• 最後要寫明推出廣告的組織／機構的名稱及聯絡方式等以便讀者查詢。

12 寫作

題目 有科學家預測在不久的將來，線上課堂會代替實體課堂。請寫一個廣告，推廣線上課堂。

以下是一些人的觀點：

• 線上課堂將提升學生對學習的興趣。

• 學生不用從家裏趕到學校，可以節省不少花在路上的時間。

• 每個學生都有機會聽最優秀的老師講課，受到更好的教育。

你 可以用

a) 線上課堂將給教學帶來一場革命。

b) 學生在線上聽課、做作業、測試，既方便又環保。

c) 在規定的時間裏，老師可以隨時給予同學指導、幫助和評估。

d) 線上課堂的教學方法可以更多樣、更靈活，而且可以因材施教。

e) 學生可以通過音頻、視頻、文字資料學到更多的知識。

f) 學生可以用節省_{jié shěng}下來的上學、放學路上的時間來擴展學習。

g) 老師可以為個別同學提供專門輔導。

h) 颱風、暴雨、大風雪等惡劣_{è liè}天氣不會影響學生正常的學習。

中國畫

中國畫簡稱國畫。國畫是中國傳統的繪畫形式，有兩千多年的歷史。國畫是用毛筆蘸水、墨、顏料，在宣紙、絹或帛上畫的。畫好的國畫一般裝裱成卷軸畫。有些國畫會做成扇子、屏風或裝裱在鏡框裏。

國畫的題材分人物、山水、花鳥三大類，其中人物畫出現較早。人物畫主要表現人類社會和人與人之間的關係。常見的人物畫有肖像畫、風俗畫、歷史故事畫等。山水畫描繪山川自然景色，表現人與自然的關係，人與自然融為一體。花鳥畫包括花卉、禽鳥、魚蟲等，表現大自然的各種生命與人的和諧相處。

國畫的技法分工筆和寫意兩大類。工筆畫關注細節，寫意畫講究神似。與工筆畫相比，寫意畫更直接地表達作者的感情。

國畫和西洋畫有很多不同之處。比如國畫講究意境，西洋畫講究寫實，也就是說與國畫相比，西洋畫更像實物。國畫的內容多以自然為主，西洋畫多以人物為主。國畫不太注重背景，而西洋畫很注重背景。畫國畫用毛筆或軟筆，畫西洋畫用硬筆。

A 配對

□ 1) 國畫中的人物畫　　　a) 花卉、禽鳥、魚蟲等。

□ 2) 山水畫描繪大自然的風景，　b) 而西洋畫中的背景很重要。

□ 3) 花鳥畫主要畫　　　　c) 簡稱國畫，有兩千年的歷史。

□ 4) 工筆畫強調細節，而寫意畫　d) 表現人與自然的關係。

□ 5) 國畫不太注重背景，　　e) 表現人與人之間的關係。

　　　　　　　　　　f) 講究神似，更直接地表達感情。

　　　　　　　　　　g) 用毛筆或者軟筆畫。

B 判斷正誤，並説明理由

1) 國畫畫在宣紙、絹或者帛上。　　　　　　　　對　錯

　_____

2) 國畫只能畫在扇面上，或者裱在鏡框裏掛起來。

　_____

3) 國畫強調意境，而西洋畫強調寫實。

　_____

4) 國畫和西洋畫的內容都以自然為主。

　_____

C 回答問題

1) 國畫的題材主要有哪幾類？

2) 人物畫一般畫什麼？

3) 國畫的技法可以分為哪幾類？

D 學習反思

1) 你看過國畫嗎？你對國畫的第一印象是什麼？

2) 在網上找一幅國畫，想想短文中的內容有沒有道理？

E 學習要求

學會表達一種觀點，掌握三個句子、五個詞語。

第三單元複習

生詞

短語 / 句型

- 動畫片《功夫熊貓》一公映就受到了世界各地觀眾的喜愛
- 故事講述了熊貓阿寶成為龍鬥士的經歷　•經營麵館的父親　•繼承家裏的生意
- 夢想成為功夫大俠　•阿寶誤打誤撞被選上了　•經常被其他武林高手看不起
- 經過勤學苦練　•練就了一身好武功　•最終打敗了雪豹太郎
- 電影不僅給我帶來了快樂，還讓我得到了美感享受和人生啟示
- 動畫片的畫面非常美　•角色活龍活現　•既可愛又幽默　•電影給了我很大的啟示
- 我認識到遇到困難時不能放棄　•聯繫到我自己　•在學習、生活中碰到困難時
- 從今以後　•鼓起勇氣面對問題　•想辦法克服困難

- 關於校內是否該封鎖社交網，我想發表一下看法
- 對於這個議題，有的人支持，有的人反對　•社交網是為網友提供的互動交流平台
- 人們可以隨時登錄社交網　•瀏覽與朋友相關的內容　•與相對枯燥的學習相比
- 瀏覽社交網更有吸引力　•一些同學沉迷其中　•容易分散同學們的注意力
- 一些同學玩兒遊戲上癮　•甚至課上都忍不住想玩兒
- 很多同學上課不能專心聽講，以致學習成績下降　•社交網可以方便同學進行溝通
- 瞭解功課進度　•完成學習小組的專題研究
- 同學們使用其他途徑也可以方便地溝通　•讓同學們在學校專心學習、不受干擾

- 電腦早已成為學生日常生活和學習的必需品了　•電子書包被廣泛使用
- 電子書包給教學和學習都帶來了一次革命　•電子書包實際上是平板電腦
- 電子書包裏面裝有學生的課本、練習冊、參考書等學習所需的材料
- 適合各年齡階段的學生使用　•提升學生的學習興趣
- 自覺地制訂學習計劃　•隨時上網擴展學習　•上課時不用再忙着做筆記了
- 隨時跟同學和老師互動　•在線上做作業　•老師可以隨時給予幫助、指導和評估
- 上課的氣氛會更活潑　•老師所採用的教學方法可以更多樣、靈活
- 老師上課時可以為個別學生提供專門輔導　•享受七折優惠　•趕快行動起來吧

生詞

① wèi
位 place
dān wèi
單位 unit (as an organization, department, division, section, etc.)

② jiāo qū
郊區 suburbs

③ chóu
愁 worry　fā chóu
發愁 worry

④ liè
劣 bad

⑤ shì
勢 （势) situation
liè shì
劣勢 unfavourable or disadvantageous situation

⑥ kōng qì
空氣 air

⑦ bù rú
不如 not so good as　**⑧** qīng xīn
清新 fresh

⑨ jū
居 reside　jū zhù
居住 reside

⑩ cáo
嘈 noise　cáo zá
嘈雜 noisy

生活在城市是有一些劣勢，比如城市的空氣不如郊區的清新，居住空間比較小，環境比較嘈雜。

▲
Grammar: Sentence Pattern: Noun₁ + 不如 + Noun₂ + Adjective

⑪ yōu shì
優勢 advantage

⑫ yuǎn
遠 (of a difference) far

⑬ yú
於 than　**⑭** bì
弊 disadvantage

居住在城市的優勢遠遠多於劣勢，利大於弊。

⑮ gòu
構 （构) construct　jī gòu
機構 institution

⑯ bǎo jiàn
保健 health care

⑰ pèi tào
配套 form a complete set

⑱ jù yuàn
劇院 theatre

⑲ bó
博 abundant　bó wù guǎn
博物館 museum

⑳ xiàng
像 such as

城市裏有齊全的配套公共設施，像圖書館、劇院、博物館等。

㉑ xián
閒 （闲) leisure　xiū xián
休閒 be at leisure

㉒ gōng lì
公立 public

㉓ sī
私 private　sī lì
私立 privately run

㉔ xíng
型 type　dà xíng
大型 large-scale

㉕ yōu liáng
優良 good

㉖ liáo
療 （疗) treat　yī liáo
醫療 medical treatment

㉗ shè bèi
設備 equipment　**㉘** yī shù
醫術 medical skill

㉙ gāo míng
高明 brilliant; superb

醫院裏有優良的醫療設備和醫術高明的醫生。

㉚ yōu yuè
優越 superior

㉛ zhuǎn xué
轉學 transfer to another school

㉜ yì wèi
意味 implication　yì wèi zhe
意味着 imply

搬到郊區意味着我得轉學。

㉝ hài
害 feel　hài pà
害怕 be afraid

㉞ jiǎ
假 if; in case　jiǎ rú
假如 if; in case

㉟ quán
權 （权) power

假如我有決定權，一定不搬家。

1 完成句子

1) 我認為居住在城市<u>利大於弊</u>。

_____ 利大於弊。

2) 居住在城市的優勢<u>遠遠多於</u>劣勢。

_____ 遠遠 _____。

3) 城市裏有齊全的配套公共設施，<u>像</u>圖書館、劇院、博物館<u>等</u>。

_____，像 _____。

4) <u>不難看出</u>，城市的生活條件比郊區的優越得多。

不難看出，_____。

5) <u>另外</u>，我非常害怕轉學。

另外，_____。

6) 搬到郊區<u>意味着</u>我得轉學。

_____ 意味着 _____。

2 聽課文錄音，做練習

A 回答問題

1) 他為什麼不得不轉學？

2) 他為什麼害怕轉學？

3) 假如有權決定是否搬家，他的決定會是什麼？

B 選擇（答案不只一個）

1) 生活在城市的劣勢是 _____。

a) 城市的空氣比較清新

b) 城市的居住空間比較小

c) 城市的環境比較嘈雜

d) 城市的私立學校比較少

e) 城市太大，去哪裏都不方便

2) 生活在城市的優勢是 _____。

a) 城市裏有更多公共設施，比如圖書館、劇院、博物館等

b) 城市裏公立學校比私立學校多

c) 城市裏的孩子有機會受到更好的教育

d) 城市裏的交通條件比較好

e) 城市裏有比較好的大型醫院

2016 年 6 月 12 日　　星期日　　　　　　　　　　　　　　　　　　　　　多雲

　　上個月，爸爸和媽媽找到了新的工作。父母新的工作單位（dān wèi）都在郊區（jiāo qū），因此他們打算全家搬到郊區去住。這讓我很發愁（fā chóu）。

　　我不想搬去郊區。生活在城市是有一些劣勢（liè shì），比如城市的空氣不如（kōng qì bù rú）郊區的清新（qīng xīn），居住（jū zhù）空間比較小，環境比較嘈雜（cáo zá）。但是我認為居住在城市的優勢遠（yōu shì yuǎn）遠多於劣勢，利大於弊（yú bì）。城市的公共設施、教育機構（jī gòu）、交通條件、衛生保健（bǎo jiàn）設施等都比郊區的好得多。城市裏有齊全的配套（pèi tào）公共設施，像（xiàng）圖書館、劇院（jù yuàn）、博物館（bó wù guǎn）等。我可以經常去劇院、博物館開闊眼界，享受休閒（xiū xián）生活。城市裏有各種公立（gōng lì）、私立（sī lì）學校和補習機構。我可以受到更

好的教育。城市裏的交通四通八達，去哪裏都十分方便。城市裏還有很多大型（dà xíng）醫院。醫院裏有優良（yōu liáng）的醫療設備（yī liáo shè bèi）和醫術高明（yī shù gāo míng）的醫生。

　　不難看出，城市的生活條件比郊區的優越（yōu yuè）得多。另外，搬到郊區意味着（yì wèi zhe）我得轉學（zhuǎn xué）。我擔心可能交不到新朋友，或者不能適應新學校的課程，所以非常害怕（hài pà）轉學。假如（jiǎ rú）我有決定權（quán），一定不搬家。

3 用所給結構及詞語寫句子

1) 生活在城市是有一些劣勢，比如城市的空氣不如郊區的清新。 → 不如　方便

2) 城市的公共設施、教育機構、交通條件、衛生保健設施等都比郊區的好得多。 → 得多　條件

3) 城市裏的交通四通八達，去哪裏都十分方便。 → 哪裏都　麻煩

4) 假如我有決定權，一定不搬家。 → 假如　名牌

4 小組討論

要求　小組討論家的周圍有哪些公共設施，以及希望新建什麼公共設施。

例子：

同學1：我家以前住在城裏，現在搬到了郊區。住在郊區不太方便，買什麼東西都得開車出去。我真希望附近建一個購物廣場。我們買東西會方便得多。

同學2：我家附近的公共設施不多。我希望我家附近能建一所高中，這樣我就不用坐校車上學了。我還希望我家附近建一個體育館。體育館裏要有標準的室內游泳池。這樣我就可以一年四季都去游泳了。

同學3：因為我奶奶身體不太好，所以我希望我家附近建一所大型醫院。醫院裏要有優良的醫療設備和醫術高明的醫生。

……

你可以用

a) 我希望小區裏能建一個會所。會所裏要有室外游泳池、室內游泳池、健身房、多功能活動室等等。

b) 我希望我家附近建一個菜市場，裏面賣各種蔬菜、水果，以及海鮮、肉類等。

c) 我家住在海邊。我希望可以沿着海邊建一個跑道。每天吃完晚飯後，我們可以出去跑步。

d) 我家住在開發區。我希望在不久的將來附近可以建體育館、圖書館、商場等配套設施。我還希望能建一個公園。我們一家人就可以經常去散步、打球了。

要求 與同學辯論住在城市好還是住在郊區好。正方的觀點是住在城市好，反方的觀點是住在郊區好。

例子：

正方：我認為住在城市裏有很多優勢。城市裏有各種休閒設施，像遊樂場、電影院、劇院等。人們可以有豐富的娛樂生活。

反方：雖然郊區的休閒設施沒有城市那麼多，但是郊區的空氣比城市的清新。

正方：城市的空氣確實不夠好，那是因為城市裏車多，交通非常方便。住在城市，公共交通四通八達，可以坐公共汽車、地鐵、電車或出租車。住在郊區，公交車的選擇不多，班次的間隔時間也比較長，去哪裏都不方便。

反方：現在很多家庭都有自己的汽車，所以並不會不方便。我認為住在郊區可以有更大的居住空間，人的心情也會更好一些。

正方：雖然城市裏的住房比郊區的小，但是一家人住也夠了。住在城裏，學生上學有更多選擇。城市裏有各種公立、私立學校。學校的師資也比較好。

反方：現在很多有名的大學都搬到了郊區。這些大學中很多都有附屬的中學和小學，所以教育不是問題。

……

你 可以用

a) 住在郊區比較清靜，活動空間也大得多。

b) 城市裏的醫療保健設施比較好，有大型醫院，還有私人診所。老人、小孩看病比較方便。

c) 現在郊區的娛樂設施和城市的一樣，應有盡有。

d) 城裏的學校比郊區的多，而且學校就在附近。孩子上學比較方便。

e) 城裏到處都有商店和飯館。買東西、吃東西都很方便。

f) 如果住在郊區，周圍一般沒有菜市場。媽媽得週末買很多菜放在冰箱裏，吃一個星期。如果住在市區，附近就有菜市場，可以吃新鮮的蔬菜和水果。

重慶 (chóng qìng)

重慶有三千多年的歷史，1997 年成為了直轄市。雖然重慶是中國四個直轄市裏最年輕的一個，但＿＿＿① 是面積最大、人口最多的。其面積是北京、天津、上海總面積的 2.39 倍，常住人口超過三千萬。

重慶位於中國的西南部。重慶以丘陵 (qiū líng) 和山地為主，＿＿＿② 又名 "山城"。重慶的另一個特色是除了漢族以外，還居住着 55 個少數民族，＿＿＿③ 土家族和苗族 (miáo zú) 的人口最多。

重慶氣候温和，濕度比較大，全年平均 (píng jūn) 氣温在 18 度左右。＿＿＿④ 受地形和氣候的影響，重慶常年多霧，又有 "霧都" 之稱。

重慶的交通發達，除了鐵路、公路、航空以外，由於其地理位置特殊——位於長江的上游地區，重慶的水路交通也非常發達。

重慶的旅遊資源十分豐富。到重慶旅遊可欣賞 (xīn shǎng) 山、水、林、泉 (quán)、瀑布 (pù bù)、峽谷 (xiá gǔ) 及石 (shí) 洞 (dòng)。在眾多景點中，長江三峽 (sān xiá) 最為著名。重慶的美食眾多，有重慶火鍋、麻辣燙 (má là tàng)、水煮牛肉、擔擔麵 (dàn dan miàn) 等。

A 選詞填空

| 因此 | 由於 | 卻 |
| 其中 | 甚至 | 即使 |

1) ＿＿＿＿　　2) ＿＿＿＿

3) ＿＿＿＿　　4) ＿＿＿＿

B 判斷正誤

☐ 1) 重慶的面積比北京大多了。

☐ 2) 重慶在中國的東南邊。

☐ 3) 重慶是很多少數民族的聚居地。

☐ 4) 重慶比較潮濕，經常有霧。

☐ 5) 重慶也叫 "山城"，還有 "霧都" 之稱。

C 選擇（答案不只一個）

在重慶＿＿＿＿。

a) 遊客能觀賞到青山綠水

b) 很多遊客喜歡去長江三峽遊玩

c) 遊客只能吃到水煮魚

d) 遊客很難吃到麵食

D 回答問題

1) 重慶是個什麼樣的城市？

2) 為什麼重慶的水路交通非常發達？

保護村落

我的老家在江蘇無錫的楊家村。那是典型的江南農村。楊家村很小，全村只有十二戶人家。村裏的房子灰磚白牆，一字排開。村落被一片綠油油的農田包圍着，旁邊有竹林、小河，遠遠望去簡直像一幅水墨畫。

楊家村的人都姓楊，都是親戚。我上小學時每年都回村裏過春節。鄉下的春節非常有年味。每家每戶都蒸年糕、做湯圓、掛紅燈籠。為了驅邪、迎新，村裏人還會放爆竹。大年初一，我們會挨家挨戶地給各位親戚拜年。

上中學後我就很少回楊家村了。今年暑假我回去待了一個星期。最後一天離開時，村裏的幾位長輩來為我送行。住在村子西邊的楊老伯低着頭說：“這可能是你最後一次回村裏了。多看一眼吧！”隔壁的張阿姨拉着我的手說：“你明年來，我們可能就不是鄰居了。”我覺得很奇怪，納悶兒地問：“你們在說什麼呀？”大伯解釋後我才知道原來楊家村將被拆除。一條高速公路將從村子中間穿過，村子附近還要建一個主題公園。

楊家村要被拆除，我感到特別可惜。一方面，村子是農村的命脈。村落沒了，傳統文化怎麼傳承呢？但是，另一方面，農村要現代化，變化又是不可避免的。這真是一件兩難的事情。

A 填量詞

1) 一 ＿＿ 人家　　2) 一 ＿＿ 農田　　3) 一 ＿＿ 水墨畫　　4) 一 ＿＿ 星期

5) 一 ＿＿ 長輩　　6) 一 ＿＿ 公路　　7) 一 ＿＿ 公園　　8) 一 ＿＿ 事情

B 判斷正誤，並說明理由

		對	錯

1) 楊家村在江蘇無錫，是典型的江南農村。　　　　　　　　　　對　　錯

＿＿＿＿＿＿＿＿＿＿＿＿＿＿＿＿＿＿＿＿＿＿＿＿＿＿＿＿＿＿

2) 楊家村的房子白磚灰牆，圍成一個 "口" 字，像四合院一樣。

＿＿＿＿＿＿＿＿＿＿＿＿＿＿＿＿＿＿＿＿＿＿＿＿＿＿＿＿＿＿

3) 楊家村是一個美麗的村子，像一幅國畫。

＿＿＿＿＿＿＿＿＿＿＿＿＿＿＿＿＿＿＿＿＿＿＿＿＿＿＿＿＿＿

C 配對

□ 1) 楊家村是一個很小的村子，　　a) 旁邊還有一條小河。

□ 2) 楊家村周圍有農田，　　　　　b) 都是親戚。

□ 3) 楊家村的村民都姓楊，　　　　c) 只有十幾戶人家。

□ 4) 在楊家村過年非常有年味，　　d) 因為一條高速公路將從這裏穿過。

□ 5) 楊家村要被拆除了，　　　　　e) 很可能就不住在一起了。

□ 6) 楊家村的村民明年　　　　　　f) 家家戶戶都做傳統的食品，還掛燈籠、

　　　　　　　　　　　　　　　　　　 放爆竹。

D 回答問題

1) "我" 是怎麼得知楊家村將被拆除的？"我" 持什麼態度？

2) 如果村子都沒了，會有什麼影響？

E 學習反思

假如你的老家在楊家村，村子將被拆除，你覺得可惜嗎？為什麼？

F 學習要求

學會表達一種觀點，掌握三個句子、五個詞語。

斯宅村

在浙江，青山綠水的懷抱中有一個斯宅村。村裏有被譽為"江南第一巨宅"的斯盛居。斯盛居由八個四合院古建築羣組成，裏面共有一百二十一個房間，可以住三四十戶人家。現在住在裏面的人都姓斯，都是當地鉅富斯元儒的後人，而且是他的直系親屬。

兩百多年前，斯元儒外出賺錢後回到家鄉蓋了斯盛居。他還辦了私塾，教育自己的子孫後代。現在居住在老宅裏的斯元儒的後代一直延續着重視教育的傳統。這裏每年都有不少年輕人考上大學，還有人當上了大學教授。

斯元儒的後人還繼承了中國"百行孝為先"的孝道傳統。孝敬老人的事跡在斯盛居處處可見。一位媳婦長年累月地照顧着八十多歲的老母親和一百多歲的婆婆。一個在外地開皮鞋廠的小夥子每年都免費給老宅裏的老人提供皮鞋。除此之外，斯盛居的老人還享受着老年服務中心的照顧和關愛。在這裏人人都老有所依，可以安享晚年。

這些都只是斯宅村生活的一個縮影。斯宅村的居民都保留着尊師重教、孝順長輩的傳統美德。

A 選擇

1) "百行孝為先"的意思是 _____ 。

  a) 每個家庭都出孝子

  b) 孝順是最重要的美德

  c) 每家都應該有一個孝子

2) "老有所依"的意思是 _____ 。

  a) 孝敬老人

  b) 依靠年紀大的人

  c) 年紀大了以後有依靠

B 判斷正誤，並説明理由

	對	錯
1) 斯宅村在浙江，附近有山有水，風景秀麗。		
2) 斯盛居是一個大四合院，裏面有上百個房間。		
3) 住在斯盛居的人都是斯元儒的直系親屬。		

C 配對

□ 1) 兩百多年前，斯元儒   a) 尊敬師長、孝順長輩的美德。

□ 2) 斯盛居被稱為   b) 安心享受着晚年的生活。

□ 3) 斯元儒的很多後人   c) "江南第一巨宅"。

□ 4) 斯盛居的老人都   d) 都考上了大學，有的還從事高等教育工作。

□ 5) 斯宅村的居民還保留着   e) 發財後回家鄉建了斯盛宅。

D 回答問題

1) 住在斯盛居的居民為什麼都姓斯？

2) 在外地開皮鞋廠的小夥子是怎樣孝敬老人的？

E 學習反思

怎樣才算做到孝順長輩？你做到孝順父母了嗎？請舉例説明。

F 學習要求

學會表達一種觀點，掌握三個句子、五個詞語。

1) 你在鄉村生活過嗎？你對鄉村生活有什麼印象？

2) 你喜歡住在城市還是郊區？為什麼？

3) 你現在住在城市還是郊區？你喜歡現在居住的地方嗎？為什麼？

4) 你是從什麼時候開始住在這裏的？你們為什麼決定住在這裏？

5) 你們家周圍的居住環境怎麼樣？

6) 你居住的社區有哪些休閒娛樂設施？有遊樂場、電影院、劇院嗎？

7) 你經常用哪些設施？你對這些設施滿意嗎？

8) 你希望你家的社區增建哪些設施？為什麼？

9) 你居住的社區交通方便嗎？

10) 你現在就讀的學校是公立學校還是私立學校？你們學校的師資怎麼樣？

11) 你轉過學嗎？你當時的心情怎麼樣？為什麼？

12) 假如你有決定權，你最想搬到哪兒去住？為什麼？

10 成語諺語

A 成語配對

□ 1) 博學多才
□ 2) 才貌雙全
□ 3) 和藹可親 (ǎi)
□ 4) 心平氣和
□ 5) 人才輩出

a) 態度溫和，容易親近。

b) 心氣平和，不急不躁(zào)。

c) 形容有才能的人不斷地成批湧現(chéng pī yǒng xiàn)。

d) 學識廣博，有多方面的才能。

e) 才能與容貌俱佳(róng mào jù jiā)。

B 中英諺語同步

1) 說起來容易，做起來難。　Easier said than done.

2) 門門精通，樣樣稀鬆(jīng tōng)(xī sōng)。　Jack of all trades and master of none.

3) 一心不能二用。　A man cannot spin and reel at the same time.

11 文體

日記格式

XX年XX月XX日　星期X　　　　　　　　　　　　　　天氣：XX

- 正文：一般以第一人稱來寫，記錄剛發生的事情。

- 一般用過去時寫。

12 寫作

題目　你們家最近搬家了。請寫一篇日記介紹你的新家。

你可以寫：

- 你搬家的原因
- 新家周圍的環境
- 新家附近的設施
- 新家與之前居住的地方的區別
- 住在這裏的優勢和劣勢
- 剛搬來時的心情和現在的感受
- 你的新學校
- 你理想的居住環境

你可以用

a) 我們的新家在一個小鎮上。這裏很清靜，空氣很好，鄰居也特別友好。因為我以前住在大城市裏，所以有時候會覺得這裏太靜了，有點兒不習慣。

b) 我們新家周圍的配套設施非常齊全，有菜市場、超市、藥店、郵局等，附近還有一個大商場。這個小區不僅生活方便，而且環境優美。小區裏到處都是花草樹木，非常漂亮。

c) 因為我考進了一所名牌中學作插班生，所以我們家搬到了學校附近。我的新家在鬧市區。雖然上學很方便，但是周圍非常嘈雜，交通也很擁擠。我現在還不太習慣。上學的前幾天我有點兒發愁，擔心是否能交到朋友，是否能適應新學校的課程。

陰陽五行

陰陽五行學說是中國古典哲學思想的核心。中國古人用這一學說來解釋自然界中各種現象和事物之間的關係。

陰陽指世界上一切事物中都有的兩種既互相對立又互相聯繫的力量。最初，向着陽光的事物為陽，背着陽光的叫陰。後來陰陽的意義被引申了，陽用來指所有光明、溫暖的東西和現象，而陰用來指所有黑暗、寒冷的東西和現象。具體來說，白天為陽，黑夜為陰；日為陽，月為陰；天為陽，地為陰；動為陽，靜為陰。同時，陰陽又互相關聯、互相依存、互相轉化，在不斷變化中維持平衡。換句話說就是任何一個具體的事物

都有陰陽兩重性，陰中有陽，陽中有陰。陰陽學說深刻地影響了中國人的世界觀和人生觀。

五行指的是木、火、土、金、水五種基本物質的運行和變化。在古代，哲學家用五行理論來解釋世界萬物的形成及其相互之間的關係。五行之間相生相剋：木生火、火生土、土生金、金生水、水生木；木剋土、土剋水、水剋火、火剋金、金剋木。五行之間的相生相剋永無止境，宇宙也因此無窮存在。

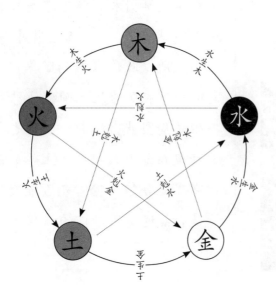

A 寫意思

1) 解釋：＿＿＿＿＿＿＿＿

2) 對立：＿＿＿＿＿＿＿＿

3) 引申：＿＿＿＿＿＿＿＿

4) 關聯：＿＿＿＿＿＿＿＿

5) 依存：＿＿＿＿＿＿＿＿

6) 轉化：＿＿＿＿＿＿＿＿

7) 平衡：＿＿＿＿＿＿＿＿

8) 宇宙：＿＿＿＿＿＿＿＿

B 歸類

陽		白天　太陽　月亮　靜　地　男　天
陰		寒冷　溫暖　黑夜　動　夏　冬　女

C 判斷正誤

☐ 1) 陰陽五行學説是中國古典哲學思想的重要組成部分。

☐ 2) 陰陽五行學説主要用來解釋人與人之間的關係。

☐ 3) 任何事物都有兩面性，好事中有壞的一面，壞事中也有好的一面。

☐ 4) 木、火、土、金、水這五種基本物質的運行和變化叫五行。

☐ 5) 五行不僅相生，而且相剋，相生相剋沒有止境。

D 判斷正誤，並説明理由

1) 陰陽是指一切事物中都有的相互對立、相互聯繫的力量。　　　　對　　錯

_____　　___　　___

2) 中國人的世界觀和人生觀深深地受到了陰陽學説的影響。

_____　　___　　___

E 回答問題

1) 陰陽之間是什麼關係？

2) "五行相生"指的是什麼？

F 學習反思

中國有句俗語"塞翁失馬，焉知非福"。怎樣理解事物沒有絕對的好，也沒有絕對的壞？

G 學習要求

學會表達一種觀點，掌握三個句子、五個詞語。

生詞

① 卷 juàn volume　② 里 lǐ, 1/2 kilometer

讀萬卷書，行萬里路。

③ 光 guāng solely　不光 bù guāng not only

④ 遊山玩水 yóu shān wán shuǐ tour the scenic spots

旅遊不光是遊山玩水，還能讓我們有所收穫。

⑤ 港 gǎng harbour　港口 gǎng kǒu harbour

⑥ 馬六甲 mǎ liù jiǎ Malacca, a harbour city in Malaysia

⑦ 華人 huá rén Chinese

⑧ 聚居 jù jū live in a region (as a compact group)

⑨ 閩（闽）南 mǐn nán Southern Fujian

⑩ 潮州 cháo zhōu a city in Guangdong province

⑪ 招 zhāo attract　⑫ 牌 pái board　招牌 zhāo pai signboard

⑬ 街道 jiē dào street　⑭ 排 pái row of; line of; a measure word

馬六甲的街道上有一排排的中式建築。

▲ Grammar: a) Pattern: 一 + Measure Word + Measure Word
　　 b) This pattern indicates a large quantity.

⑮ 古色古香 gǔ sè gǔ xiāng of antique taste　⑯ 家具 jiā jù furniture

⑰ 遊客 yóu kè tourist　⑱ 剛 gāng just

⑲ 南洋 nán yáng an old name for the Malay Archipelago, the Malay Peninsula and Indonesia or for Southeast Asia

⑳ 艱（艰）jiān difficult　艱苦 jiān kǔ arduous; hard

㉑ 奮鬥 fèn dòu fight; struggle　艱苦奮鬥 jiān kǔ fèn dòu arduous struggle

㉒ 年代 nián dài year; time

中式建築和中式家具，好像把遊客帶回了中國人剛到南洋艱苦奮鬥的年代。

㉓ 保留 bǎo liú keep; retain　㉔ 張 zhāng display　㉕ 結 jié tie

張燈結綵 zhāng dēng jié cǎi be decorated with lanterns and colourful streamers

㉖ 凡 fán ordinary　非凡 fēi fán extraordinary

春節期間的馬六甲張燈結綵，熱鬧非凡。

㉗ 宗 zōng clan

㉘ 祠 cí ancestral temple　宗祠 zōng cí ancestral hall or temple

㉙ 教堂 jiào táng church　㉚ 酒吧 jiǔ bā bar　㉛ 交織 jiāo zhī interweave

㉜ 麗（丽）lì beautiful　美麗 měi lì beautiful

㉝ 道 dào a measure word (used for rivers and certain long and narrow things)

中式的宗祠和餐廳加上西式的教堂、咖啡館和酒吧，交織成了一道美麗的風景線。

㉞ 餚（肴）yáo meat and fish dishes　佳餚 jiā yáo delicacies

㉟ 娘惹菜 niáng rě cài Nyonya dishes

㊱ 併（并）bìng combine　合併 hé bìng merge　㊲ 連 lián even

連馬六甲的佳餚——娘惹菜——也是由中國菜和馬來菜合併形成的。

▲ Grammar: a) Sentence Pattern: 連 ... 也 / 都 ...
　　 b) This pattern introduces an example of the last thing something ought to be, but it is so.

㊳ 體現 tǐ xiàn embody　㊴ 魅 mèi attract　魅力 mèi lì charm

㊵ 以及 yǐ jí as well as　㊶ 慧 huì intelligent　智慧 zhì huì intelligence

㊷ 風土人情 fēng tǔ rén qíng local conditions and customs

㊸ 完美 wán měi perfect　㊹ 融 róng blend　融合 róng hé mix together

㊺ 加深 jiā shēn deepen

1 完成句子

1) 旅遊<u>不光</u>是遊山玩水，<u>還</u>能讓我們有所收穫。

____不光____，還____。

2) 那裏的華人有的說普通話，<u>有的</u>說閩南話，<u>還有的</u>說潮州話。

____有的____，有的____，還有的____。

3) 中式建築和中式家具，<u>好像把</u>遊客帶回了中國人剛到南洋艱苦奮鬥的年代。

____，好像____。

4) <u>連</u>馬六甲的佳餚——娘惹菜——<u>也</u>是由中國菜和馬來菜合併形成的。

連____也____。

5) <u>這些</u>都體現了中國文化的影響和魅力，<u>以及</u>華人的聰明和智慧。

____，以及____。

6) 馬六甲<u>之行</u>讓我體驗到了馬來西亞獨特的風土人情以及中國文化與馬來文化的完美融合。

____之行____。

2 聽課文錄音，做練習

A 回答問題

1) 她是什麼時候去馬六甲的？

2) 在馬六甲，她體驗到了哪些文化？

3) 去馬六甲旅遊，她有哪些收穫？

B 選擇（答案不只一個）

1) 馬六甲____。

a) 是一個港口城市

b) 街道上的建築都是中式的

c) 街上的一些招牌是用中、英雙語寫的

2) 旅遊不光是遊山玩水，還能讓遊客____。

a) 瞭解當地的文化和歷史

b) 體驗當地獨特的風土人情

c) 開闊眼界

3) 馬六甲的華人____。

a) 剛到馬來西亞時生活很艱苦

b) 把中國文化帶到了馬來西亞

c) 還保留着過春節的中國傳統習俗

馬六甲之行

"讀萬卷書，行萬里路。"我們不僅要多讀書，還要多出去看看。旅遊不光是遊山玩水，還能讓我們有所收穫。

今年春節，我們一家人去了馬來西亞的港口城市馬六甲旅遊。馬六甲是華人的聚居地。那裏的華人有的說普通話，有的說閩南話，還有的說潮州話。很多商店的招牌都是用中文和英文兩種語言寫的。馬六甲的街道上有一排排的中式建築，房子裏有古色古香的中式家具，好像把遊客帶回了中國人剛到南洋艱苦奮鬥的年代。除了語言、文字、建築以外，馬六甲還保留着很多中國傳統的文化和習俗。春節期間的馬六甲張燈結綵，熱鬧非凡。

在馬六甲，中式的宗祠和餐廳加上西式的教堂、咖啡館和酒吧，交織成了一道美麗的風景線。連馬六甲的佳餚——娘惹菜——也是由中國菜和馬來菜合併形成的。所有這些都體現了中國文化的影響和魅力，以及華人的聰明和智慧。

馬六甲之行讓我體驗到了馬來西亞獨特的風土人情以及中國文化與馬來文化的完美融合，同時也開闊了我的眼界，加深了我對華人在南洋發展史的瞭解。

3 用所給結構及詞語寫句子

1) 旅遊不光是遊山玩水，還能讓我們有所收穫。 → 有所　提高

2) 馬六甲的街道上有一排排的中式建築。 → 一排排　西式

3) 春節期間的馬六甲張燈結綵，熱鬧非凡。 → 期間　接觸

4) 連娘惹菜也是由中國菜和馬來菜合併形成的。 → 連……也……　招牌

4 小組討論

要求　小組討論關於旅遊的話題。

討論內容包括：

- 去哪裏旅遊
- 跟團遊還是自由行
- 乘搭的交通工具

例子：

同學1：我們家喜歡去世界各地旅遊。我們去過亞洲、歐洲、美洲和大洋洲。我們打算明年去非洲看看。

同學2：我們家經常去中國旅行。跟坐飛機相比，我們更喜歡坐高鐵。坐高鐵又舒適又便宜。

同學3：坐在火車上十幾個小時，不會覺得無聊嗎？

同學2：不會無聊。火車上的活動空間比較大，可以走動，還可以看沿線的風景，我們都覺得很享受。

同學3：聽起來不錯。你們喜歡跟團遊還是自由行？我們家比較喜歡跟團旅遊，不用自己安排吃、住、行，非常省心。

……

你 可以用

a) 坐火車旅行其實很舒適。你可以在火車上看書、打牌、玩兒遊戲，還可以自由走動。

b) 乘坐長途巴士旅行十分便宜，但是車上的空間非常小，完全不能走動，會覺得很不舒服。

c) 學生一般沒有多少錢。背包自由行是他們的首選。

d) 跟團遊在每個景點的時間都很短，有時候只夠拍照片的，有點兒走馬觀花的感覺。

e) 坐遊輪旅行自由自在的。遊輪上的設施應有盡有，娛樂生活很豐富。

情景 你向爸爸建議全家人去新加坡和馬六甲旅行，由你來安排行程。

例子：

你： 我建議今年暑假我們一家人去新加坡和馬六甲旅行。

爸爸：你為什麼想去這兩個地方？

你： 因為在新加坡和馬六甲可以體驗多元文化的融合。在新加坡可以體驗中國文化、印度文化和馬來文化的完美融合。在馬六甲不僅可以品嚐中國菜和馬來菜結合形成的娘惹菜，還可以瞭解華人在南洋的發展史。

爸爸：聽起來很有趣。我們應該去看看，感受一下不同文化完美融合的魅力。那我們怎麼去？跟旅行團去還是自由行？

你： 我建議自由行。我們可以先坐飛機去新加坡，在那裏玩三天，然後坐長途巴士去馬六甲。

爸爸：好主意！你覺得如果我們去新加坡和馬六甲兩個地方，一共需要幾天？

你： 至少要六天。您和媽媽的假期夠不夠？

爸爸：六天不算太長，應該沒問題。那我們住什麼樣的酒店？你有什麼想法嗎？

你： 這次旅行我想嘗試一下住民宿。在新加坡和馬六甲有很多有特色的房子。住在那裏一定很有意思，而且價錢也不貴。

……

你 可以用

a) 新加坡是一個島國，別稱是"獅城"。它還有"花園城市"的美稱。

b) 新加坡有五百多萬人，其中華人約佔總人口的百分之七十四。

c) 新加坡沒有冬天。一年四季的平均氣溫在二十三度到三十三度之間。

d) 新加坡有很多美食，有海南雞飯、肉骨茶等。

e) 新加坡的中國城叫牛車水。那裏有許多中式建築，還有各式各樣的中國商品。

f) 馬六甲位於馬來半島的南面，曾經被葡萄牙人、荷蘭人和英國人佔領過。在馬六甲，華人人口的比例很高。

g) 在馬六甲，具有中國特色的傳統建築到處可見，而且保存得很好。

6 閱讀理解

春 節 特 色 遊

春節是中國人最重要的傳統節日。除了走親訪友之外，舉家(jǔ jiā)出遊也是歡慶春節的好選擇。今年本社特別推出了三個春節家庭出遊項目。

（一）廣州＋香港

廣州的粵菜(yuè cài)非常正宗(zhèng zōng)，有大量的美味佳餚等着你。春節期間廣州會舉辦花展，十分熱鬧。廣州周邊也有豐富的旅遊資源。肇慶(zhào qìng)一日遊或開平碉樓(diāo lóu)兩日遊都是不錯的選擇。你還可以順便(shùn biàn)去香港轉一圈，體驗一把香港的年味。

（二）珠(zhū)海＋澳門

珠海離澳門只有一步之遙(yí bù zhī yáo)，是中國最宜居的城市之一。春節期間，你可以舒舒服服地在珠海小住幾天，享受慢節奏的生活。你還可以一步跨(kuà)到澳門去轉一轉。在澳門，除了各種娛樂場之外，還有地道的葡式美食等你去品嘗。

（三）三亞

三亞的冬天溫暖舒適，是國人首選的度假勝地。不過春節期間三亞遊人眾多，一房難求，需要盡早預訂(yù dìng)。

A 選擇

1) "舉家"的意思是 ＿＿＿＿。

 a) 家長　b) 孩子　c) 全家

2) "一步之遙"的意思是 ＿＿＿＿。

 a) 很近　b) 很遠　c) 不太近

3) "一房難求"的意思是 ＿＿＿＿。

 a) 租房很容易　b) 很難租到房子

 c) 買房子很難

B 判斷正誤

廣告（一）

☐ 1) 廣州的粵菜不地道。

☐ 2) 去廣州過春節能順便去肇慶玩。

☐ 3) 從廣州去香港很方便。

廣告（二）

☐ 1) 珠海離澳門很近。

☐ 2) 珠海的生活節奏太慢了，不適合居住。

☐ 3) 澳門有地道的葡萄牙美食。

廣告（三）

☐ 1) 三亞的冬天冷極了。

☐ 2) 冬天很多國人喜歡去三亞度假。

☐ 3) 冬天去三亞要早訂酒店。

C 學習反思

在這三則廣告介紹的地方中，你想去哪裏過春節？為什麼？

年 輕 人 過 年 的 方 式

按照傳統，在外學習、工作的中國人，春節時都要回家過年。如今，＿＿①有相當一部分年輕人不回鄉過春節，而是趁春節假期去世界各地旅遊。

年輕人過年出境遊的目的各異。有些人加入出國購物團。參加購物團的人一般對低檔貨品不感興趣，＿＿②是直奔高檔商品，如名牌皮包、手錶等。有些人會去海島。在藍色的海邊、白色的沙灘上舉行一場別開生面的婚禮是很多人的夢想。還有些人捨得花昂貴的費用，去參加高端養

生旅遊，＿＿③去國外徒步、滑雪、潛水等，以減輕生活和工作的壓力，在新一年有更好的狀態。

除了自己出去旅遊，越來越多的的年輕人會接上父母一起出境過年。有些人是因為不希望回家後被周圍的三姑六婆關心他們的個人問題，比如是否有對象、何時成家、什麼時候要孩子等。有些成了家的年輕人是考慮到每年回家過年買禮物的開支，加上給出的壓歲錢，成本實在太高，＿＿④不如用這些錢帶父母出去觀光旅遊、見見世面，以盡孝心。

A 選詞填空

甚至	而	還
即使	或	卻

1) ＿＿＿

2) ＿＿＿

3) ＿＿＿

4) ＿＿＿

B 選擇

1) "別開生面"的意思是 _____。

   a) 另一種不同的風格   b) 費用昂貴

   c) 有異國情調

2) "三姑六婆"是指 _____。

   a) 家人、朋友   b) 家裏的長輩

   c) 愛搬弄是非的婦女

C 判斷正誤，並説明理由

1) 參加出國購物團的年輕人喜歡買物美價廉的商品。   對   錯

   _____

2) 很多年輕人都嚮往在海邊的沙灘上舉行婚禮。

   _____

3) 有的年輕人去國外做各種運動來減壓，迎接新年的到來。

   _____

D 配對

☐ 1) 一些年輕人願意花很多錢

☐ 2) 現在很多年輕人選擇不回家，

☐ 3) 年輕人不希望回家過年是因為

☐ 4) 過年回家買禮物和給壓歲錢

☐ 5) 帶父母觀光旅遊

a) 不想被問起私人生活狀況。

b) 把錢花在觀光旅遊上，能讓他們開開眼界。

c) 而是把父母從老家接出來過年。

d) 是年輕人盡孝心的好方式。

e) 都是不小的開支。

f) 參加高端養生旅遊。

g) 或者加入海外購物團。

E 回答問題

1) 按照傳統，中國人過春節要做什麼？

2) 除了回鄉，現在的年輕人還會怎麼過春節？

F 學習反思

1) 你是否覺得一定要跟家人一起慶祝重要的節日？為什麼？

2) 你想不想過一個不一樣的傳統節日？你有什麼計劃？

G 學習要求

學會表達一種觀點，掌握三個句子、五個詞語。

自助遊與隨團旅遊的利弊

現代人大多喜歡旅行。有的人喜歡自助遊，有的人喜歡隨團旅遊。俗話說，每個硬幣都有兩面。這兩種旅遊方式都各有利弊。以下是自助遊和隨團旅遊的優點與缺點。

自助遊就是吃、住、行、遊一切都由自己安排、自己搞定。自助遊的主要優點是自由度大、行程靈活。什麼時候走、去什麼地方都可以。

自助遊的缺點是什麼都得事先想好、事先安排好，否則可能會遇到麻煩、問題。特別是節假日去著名的景點，景區門票和酒店可能早就被旅行社買光、訂光了。個人當場買票、訂房間比較難。

隨團旅遊一切都是由旅行社安排的：包吃、包住，還負責行程安排。遊客什麼都不用操心，只要養好精神一路吃喝玩樂就可以了。在行程安排方面，旅行社會選擇最佳路線和最有代表性的景點，給遊客最好的體驗。另外，因為是團體消費，隨團旅遊的費用一般也不太高。

隨團旅遊的弊端是行程安排不靈活。有些安排即使不喜歡也不能做調整，只能硬著頭皮跟著走。飯菜還可能會不合胃口，只能不吃或者自己再去買別的東西吃。

A 翻譯

1) 每個硬幣都有兩面。

2) 這兩種旅遊方式都各有利弊。

3) 只能硬著頭皮跟著走。

B 配對

□ 1) 第一段 ┊ a) 自助遊的不便之處。

□ 2) 第二段 ┊ b) 隨團旅遊的缺點。

□ 3) 第三段 ┊ c) 隨團旅遊的優點。

□ 4) 第四段 ┊ d) 自助遊的好處。

□ 5) 第五段 ┊ e) 自助遊與隨團旅遊都有優缺點。

C 判斷正誤

□ 1) 大部分現代人都經常去旅行。

□ 2) 自助遊和跟團遊各有優點和缺點。

□ 3) 如果自助遊不事先安排好，有可能沒有地方住或買不到票。

□ 4) 旅行社安排的線路、酒店和飯店都是最好的。

□ 5) 在費用方面，隨團旅遊比自助遊貴多了。

D 配對

□ 1) 自助遊在行程方面， ┊ a) 什麼事都要提前安排、親力親為。

□ 2) 如果選擇自助遊， ┊ b) 只管盡情遊玩。

□ 3) 選擇跟團遊的好處是旅行社 ┊ c) 有很大的主動權。

□ 4) 跟團遊，遊客不用操心任何事， ┊ d) 訂不到機票、酒店。

□ 5) 在旅遊旺季，自助遊可能 ┊ e) 幫忙搞定一切。

E 回答問題

1) 隨團旅遊在行程和景點安排方面有哪些優勢？

2) 為什麼隨團旅遊的費用往往不太高？

F 學習反思

你覺得自助遊與隨團旅遊哪種方式更適合你？為什麼？

G 學習要求

學會表達一種觀點，掌握三個句子、五個詞語。

1) 你們一家人喜歡旅遊嗎？你們經常去哪裏旅遊？

2) 你們一般什麼時候去旅遊？

3) 你們一般跟團遊還是自助遊？你更喜歡哪種方式？為什麼？

4) 你們最近一次旅遊去了哪裏？為什麼去那裏？

5) 你們去過東南亞的哪些國家？你最喜歡哪裏？為什麼？

6) 你最喜歡哪個城市？那裏跟你所居住的城市或地區有什麼相同之處？有什麼不同之處？

7) 介紹一下你去過的多種文化融合的城市或地區。多種文化的交融表現在哪些方面？

8) 旅遊有哪些好處？請講一講你最開心或收穫最大的一次旅行。

9) 你旅遊的時候遇到過不開心的事情嗎？請講一講你的經歷。

10) 你會説什麼語言？什麼方言？你父母呢？

10 成語諺語

A 成語配對

□ 1) 束手無策 (shù shǒu wú cè) a) 形容人的眼睛發亮，很有精神。

□ 2) 胸無大志 (xiōng) b) 比喻繼續努力，再加一把勁。

□ 3) 聞所未聞 c) 面對問題時，沒有辦法解決。

□ 4) 再接再屬 (lì) d) 心中沒有遠大的志向與抱負。(bào fù)

□ 5) 炯炯有神 (jiǒng jiǒng yǒu shén) e) 聽到從來沒有聽過的事。形容事物新奇罕見。(xīn qí hǎn jiàn)

B 中英諺語同步

1) 百聞不如一見。 Seeing is believing.

2) 一分價錢一分貨。 You get what you pay off.

3) 三百六十行，行行出狀元。(háng háng zhuàng yuan) Every trade has its master.

11 文體

記敘文格式

標題

• 記敘文的六要素是所寫事情的時間、地點、人物、起因、經過、結果。

• 記敘文的人稱較多使用第一人稱和第三人稱。

• 記敘文的表達方式主要是敘述和描寫，也常穿插一些抒情和議論。

12 寫作

題目1 請講一講你最難忘的一次旅遊。

你可以寫：

• 你什麼時候、跟誰、去了哪裏旅遊

• 為什麼去那裏旅遊

• 你們乘搭的是什麼交通工具

• 那裏有哪些旅遊景點

• 你最喜歡哪個景點

• 你們做了哪些活動

• 你們品嚐了哪些當地的美食

• 你對那裏的印象怎麼樣

• 你有哪些收穫

題目2 請比較自助遊與跟團遊，並表達你的傾向。

以下是一些人的觀點：

• 自助遊靈活性大，行程的安排非常自由。

• 自助遊可以根據自己的喜好選擇酒店和飯店。

• 跟團遊才是真正的旅遊，什麼都不用操心，只要享受就可以了。

• 跟團遊價錢便宜，還可以認識很多新朋友。

宗祠

祠堂又叫宗祠，是家族供奉祖先神靈的場所，是家族最神聖的地方。家族中的各種祭祀、家規的實施、婚葬嫁娶壽喜等重要事務都安排在祠堂裏。

祠堂的選址和建造都非常講究。從風水的角度來看，好的祠堂一般是背靠山，面對水的。祠堂門前要有水塘或者河流，大路或者橋樑，因為河流、道路主管財源。供奉神靈牌位的祭堂一定要寬敞高大、光線充足，建材質地一定要很好。有了這樣的祠堂，家族才能財運好、官運強、人丁興旺。

在江南、廣東一帶，幾乎村村都有祠堂，而且祠堂一定是村中最莊嚴、富麗的建築，因為它集聚了整個家族的財富，同時也顯現出整個家族的實力。有些祠堂還有祠徽、祠歌、祠旗等。有的祠堂中還記載着祖訓和族規，時時告誡族人如何做人處事，違規者將受到什麼樣的懲罰。

祠堂作為家族的象徵、宗親教育的場所，至今仍然發揮着積極的作用。

A 配對

□ 1) 第一段 | a) 祠堂選址和建造方面的講究。
□ 2) 第二段 | b) 祠堂是家族中最重要、最神聖的場所。
□ 3) 第三段 | c) 祠堂的作用延續至今。
□ 4) 第四段 | d) 南方各地的祠堂及其功能。

B 配對

□ 1) 風水好的祠堂 | a) 從祠堂就能看出這個家族的實力。
□ 2) 祠堂門前的大道與河流 | b) 要後面有山，前面有水。
□ 3) 在江南一帶，村子裏的祠堂 | c) 告誡族人該怎麼做人做事。
□ 4) 祠堂聚集了整個家族的財富， | d) 一定是那裏最莊嚴、豪華的建築。
□ 5) 祠堂是宗親教育的場所， | e) 主管財源，能給家族帶來財富。

C 判斷正誤，並説明理由

	對	錯
1) 從風水的角度看，好的祠堂一般在山裏。	___	___
2) 人們認為寬敞、明亮、建材質地好的祭堂能給家族帶來官運和財運。	___	___

D 回答問題

1) 為什麼祠堂是家族中最神聖的場所？

2) 家族裏的哪些事務在祠堂裏舉行？

E 學習反思

祠堂一般建在村子裏。如果村子沒了，祠堂也可能會消失。

你贊同以後在城市裏建祠堂嗎？

F 學習要求

學會表達一種觀點，掌握三個句子、五個詞語。

生詞 23

1 負責 fù zé be responsible

2 救 jiù save

3 地球 dì qiú the earth

4 存 cún exist 生存 shēng cún live; exist

5 製造 zhì zào make; manufacture

6 污 wū dirty; filthy

7 染 rǎn pollute 污染 wū rǎn pollute

8 光 guāng light

人類在生存、發展的同時製造了各種
污染：空氣污染、水污染、光污染等。

9 飛快 fēi kuài very fast

10 改造 gǎi zào reform

11 遭 zāo suffer 遭受 zāo shòu suffer

12 嚴重 yán zhòng serious

13 破 pò break 破壞 pò huài destroy

人類飛快地改造着大自然，我們的生
存環境也遭受到了嚴重的破壞。

14 宣 xuān announce; proclaim 宣傳 xuānchuán publicize

15 加強 jiā qiáng strengthen

我們要宣傳環保的重要性，加強環保
意識。

16 減少 jiǎnshǎo reduce

17 氧 yǎng oxygen 二氧化碳 èr yǎnghuà tàn carbon dioxide

18 排放 pái fàng emit

19 耗 hào consume 消耗 xiāo hào consume; consumption

20 支 zhī pay or draw (money) 開支 kāi zhī expenses

低碳生活就是要減少二氧化碳的排放，以
低能量、低消耗和低開支的方式生活。

21 駕 (驾) jià drive 22 搭 dā take 搭乘 dā chéng take

23 以 yǐ so as to

要少駕車，多搭乘公共交通工具，以減少
對空氣的污染。

24 能 néng energy

25 源 yuán source 能源 néngyuán energy resources 資源 zī yuán resources

26 天然氣 tiān rán qì natural gas

27 石油 shí yóu petroleum; oil

28 尤其 yóu qí especially 29 糧食 liáng shi grain

要減少資源消耗，尤其不能浪費水，不能
浪費糧食。

30 物品 wù pǐn article; goods

31 家園 jiā yuán homeland

地球是我們共同的家園。

32 公民 gōng mín citizen

33 態 (态) tài condition 態度 tài dù attitude

34 經濟 jīng jì economical

低碳是一種經濟、健康的生活方式。過低
碳生活，從我做起，從現在做起！

▲

Grammar: a) Pattern: 從 ... 起

　　　　b) This pattern is used to indicate the start of an action.

1 完成句子

1) 人類<u>在</u>生存、發展<u>的同時</u>製造了各種污染。

____ 在 ____ 的同時 ____。

2) 低碳生活<u>就是要</u>減少二氧化碳的排放，以低能量、低消耗和低開支的方式生活。

____ 就是要 ____。

3) 怎麼樣<u>才</u>是過低碳生活<u>呢</u>？

____ 才是 ____ 呢？

4) 我們要<u>少</u>駕車，<u>多</u>搭乘公共交通工具，<u>以</u>減少對空氣的污染。

____ 少 ____，多 ____，以 ____。

5) 要減少資源消耗，<u>尤其</u>不能浪費水。

____，尤其 ____。

6) 過低碳生活，<u>從</u>我做起，<u>從</u>現在做起！

____，從 ____ 起，從 ____ 起！

2 聽課文錄音，做練習

A 回答問題

1) 這篇演講的題目是什麼？

2) 人類在生存、發展的同時製造了哪些污染？

3) 保護地球是誰的責任？

B 選擇（答案不只一個）

1) 人類 ____。

a) 飛快地改造着大自然

b) 把所有的水都污染了

c) 破壞了自然環境

d) 製造了各種污染

2) 為了保護地球，我們應該 ____。

a) 加強環保意識

b) 只做宣傳工作

c) 馬上行動起來

d) 過低碳生活

3) 過低碳生活就是要 ____。

a) 少開車，多坐公共交通

b) 節約用電和天然氣

c) 節約糧食　　d) 不買東西

各位老師、各位同學：

大家好！

我是學校環保小組的負責人。今天
我演講的題目是"低碳生活救地球"。

人類在生存、發展的同時製造了各
種污染：空氣污染、水污染、光污染等。
人類飛快地改造着大自然，我們的生存環境也遭受到了嚴重的破壞。為
了救地球、救人類，我們要宣傳環保的重要性，加強環保意識，過低碳
生活。

什麼是低碳生活？低碳生活就是要減少二氧化碳的排放，以低能量、
低消耗和低開支的方式生活。怎麼樣才是過低碳生活呢？第一，要過低排
放的生活，少駕車，多搭乘公共交通工具，以減少對空氣的污染。第二，
要減少能源消耗，也就是說要節約用電，節約用天然氣和石油。第三，
要減少資源消耗，尤其不能浪費水，不能浪費糧食。第四，要減少開支，
不買或少買不必要的物品。

地球是我們共同的家園，保護地球是每個公民的責任。低碳是一種
生活態度，是一種經濟、健康的生活方式。讓我們大家行動起來！過低碳
生活，從我做起，從現在做起！

謝謝大家！

3 完成句子

1) 今天我演講的題目是 _____。

2) 人類在生存、發展的同時製造了各種污染：_____。

3) 低碳生活就是要 _____。

4) 地球是我們共同的家園，保護地球是 _____。

5) 過低碳生活，從 _____。

4 角色扮演

情景 你跟媽媽討論你們家應該怎樣以低能量、低消耗和低開支的方式生活。

例子：

你： 最近，我們學校的環保小組在宣傳低碳生活，也就是說要以低能量、低消耗和低開支的方式生活。

媽媽： 有道理。我們在家裏可以做些什麼呢？

你： 首先，我們應該少開車，多搭乘公共交通工具。這樣可以減少對空氣的污染。

媽媽： 那怎麼行呢？我們公司離家那麼遠，搭乘公共交通工具上下班要花很多時間。

你： 您可以早點兒起牀，去坐公共汽車。我們還要減少能源消耗，也就是說要節約用電和天然氣。

媽媽： 這點我同意。如果房間裏沒有人，就要把燈、電扇和空調都關掉。我每天都煲(bāo)湯。這樣會用掉很多天然氣。那麼我們家以後就不喝湯了吧？

……

你 可以用

a) 你洗手、洗臉時水龍頭一直開着。這樣會浪費很多水。

b) 我們家每天都燒太多菜了，每次都吃不完。

c) 我們家不太珍惜食物。每次去超市都買很多零食，比如餅乾、堅果、糖果等，吃不完過期了就直接扔了。這樣太浪費了。

d) 我們的衣櫃裏有很多不穿的衣服。我們可以把它們捐出去，幫助有需要的人。

要求　你們小組建議學校舉辦 "環保週" 。

討論內容包括：

• 學校有哪些不環保的現象

• "環保週" 的活動計劃

例子：

同學 1：在我們學校有不少浪費能源和資源、不環保的現象。同學們沒有節約的習慣，環保意識很差。

同學 2：我同意。同學們很少隨手關燈、關空調，習慣用一次性餐具，還總是買瓶裝水喝。

同學 3：除此之外，同學們還沒有再用和回收的習慣。大部分人都把廢紙、塑料袋、塑料餐具、玻璃瓶等直接扔進垃圾箱。

同學 1：我們可以向校長提議舉辦 "環保週" 活動。

同學 2：我贊成。我們可以在全校開展這個活動，讓所有老師和同學都參加。

同學 3：我們先制訂一個活動計劃吧！想想每天開展什麼環保活動。

同學 1：好主意。週一可以讓餐廳跟我們配合，只賣素食。週二可以是 "無電日" ，讓同學們體驗沒有電的生活。週三要做什麼呢？

同學 2：週三可以是 "無塑料日" ，請餐廳當天不提供一次性塑料餐具。週四和週五可以是 "垃圾分類回收日" ，讓老師和同學把廢品分類扔進回收箱裏。

……

你 可以用

a) 我們的目的是讓同學們真正認識到環保的重要性。

b) 地球是我們共同的家園，保護地球是每個人的責任。

c) 幾次 "環保週" 活動後，希望垃圾量會慢慢減少，自備水瓶的同學會多起來。

d) 我們爭取每個月都舉辦一次 "環保週" 活動，讓同學們慢慢養成節約、再用、回收的好習慣。

e) 在校園裏，同學們要互相提醒，將飲料罐、廢紙、塑料袋、玻璃瓶等分類放進回收箱。

f) 我們可以設計一個宣傳廣告，貼在各個教室裏。

g) 讓我們大家行動起來！從我做起，從今天做起！

6 閱讀理解

社區通訊

警惕室內污染
（jǐng tì）

　　如今人們都十分清楚室外污染的危害（wēi hài）。除了室外污染，室內污染也應受到關注。人們每天大約有百分之八十以上的時間都是在室內度過的。

　　室內污染的源頭（yuán tóu）有來自室外的廢氣，建築材料、裝修（zhuāng xiū）材料和家具散發（sàn fā）出來的有毒氣體，還有家庭使用的化學清潔劑（qīng jié jì）、空氣清新劑以及香薰（xiāng xūn）蠟燭，甚至家中飼養的寵物等等。

　　室內污染不僅是空氣污染，還有生物污染。在環境溫暖潮濕的地區室內污染會造成更嚴重的影響。花粉（huā fěn）、蟑螂（zhāng láng）、其他昆蟲（kūn chóng）以及霉變（méi biàn）的牆壁（qiáng bì）或地毯（dì lǎn）上的細菌（xì jūn）等都可能引發傳染（chuán rǎn）病。

　　室內污染可能引發（yǐn fā）頭痛、氣短等症狀（zhèng zhuàng），會使人感到極度疲勞（pí láo），產生（chǎn shēng）亞健康反應，嚴重的還會致病（zhì bìng）。希望社區的每個家庭都能警惕室內污染。注意不把室外的病菌（bìng jūn）帶到室內，經常通風換氣，不在室內吸煙，裝修時挑選環保材料。

A 寫意思

1) 警惕：＿＿＿＿＿＿＿

2) 危害：＿＿＿＿＿＿＿

3) 裝修：＿＿＿＿＿＿＿

4) 散發：＿＿＿＿＿＿＿

5) 傳染：＿＿＿＿＿＿＿

6) 反應：＿＿＿＿＿＿＿

B 選擇

1) 人們可能在＿＿＿＿看到這篇短文。

　　a) 報紙上　b) 社區裏　c) 校園裏

2) "亞健康"的意思是＿＿＿＿。

　　a) 生病與健康之間的狀態

　　b) 生病了　　　c) 身強力壯

C 判斷正誤

□　1) 建築材料也可能造成污染。

□　2) 化學清潔劑也可能污染環境。

□　3) 家裏的寵物也可能是污染的源頭。

□　4) 地毯上的細菌不會使人得傳染病。

□　5) 每個家庭都最好不要裝修。

D 回答問題

1) 為什麼室內污染應該受到人們的關注？

2) 室內污染可能造成什麼影響？

全球變暖

如今氣溫升高成了全球性的熱門話題。經常聽人們提到"暖冬"和"酷暑（kù shǔ）"。

我媽媽是東北人。她常説她小時候的冬天滴水成冰（dī shuǐ chéng bīng）。氣溫零下幾十度是家常便飯。那時，河面會結厚厚（hòu）的冰，小孩子可以在冰上玩耍（wán shuǎ）。我爸爸是南方人。他常説他小時候的夏天沒有那麼熱。人們在樹蔭（shù yīn）下乘涼（chéngliáng），一把扇子就夠了。

我們的地球真的中暑（zhòng shǔ）了嗎？那誰是氣溫上升的"元兇（yuán xiōng）"呢？有些科學家認為二氧化碳排放量的快速增加是導致全球變暖的重要因素（yīn sù）。最近幾十年，大量的廢氣，特別是二氧化碳，被排入大氣層。它們就像被子一樣，在高空中遮（zhē）住大地，吸收了本應該反射出去的熱量，使地球的溫度不斷升高。

全球變暖會導致（dǎo zhì）兩極的冰雪融化（róng huà），令海平面上升。企鵝（qǐ é）、北極熊等居住在兩極的動物會失去居所，沿海（yán hǎi）、低窪（dī wā）地區會被淹沒（yān mò），人類的生存也會受到影響。除此之外，很多地方的氣候會發生變化，強降雨、高溫熱浪、非尋常（xún cháng）的降雪等極端（jí duān）天氣可能越來越多。

地球生病了。我們該怎麼辦？在面臨生（miàn lín shēng）態災難（tài zāi nàn）、家園失守（shī shǒu）的時刻，難道我們就這樣坐以待斃（zuò yǐ dài bì）嗎？

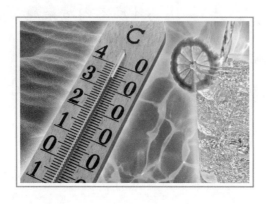

A 翻譯

1) 氣溫零下幾十度是家常便飯。

2) 一把扇子就夠了。

3) 我們的地球真的中暑了嗎？

4) 難道我們就這樣坐以待斃嗎？

B 判斷正誤

☐ 1) 二氧化碳是廢氣的一種。

☐ 2) 大氣層中的二氧化碳像被子一樣遮住了大地，保護着地球。

☐ 3) 由於北極的冰雪融化了，那裏的動物都已經移居到其他地方了。

☐ 4) 如果海平面上升，沿海地區的人將失去居住的地方。

☐ 5) 氣溫一直上升會引起生態災難。

C 配對

☐ 1) 氣溫上升的一個重要原因是　　　a) 吸收了熱量，使氣溫不斷上升。

☐ 2) 聚集在高空中的二氧化碳　　　　b) 二氧化碳排放量的快速增加。

☐ 3) 全球氣溫上升會使　　　　　　　c) 很多沿海和低窪地區將被淹沒。

☐ 4) 如果海平面上升，　　　　　　　d) 強降雨、高溫熱浪等會越來越頻繁。

☐ 5) 氣溫變化會導致極端天氣，　　　e) 南極和北極的冰雪融化。

D 判斷正誤，並説明理由

1) 現在很多人關心全球的氣溫問題。　　　　　　　　　　　對　　錯

　　_____

2) 現在的夏天比以前熱了，冬天也不那麼冷了。

　　_____

3) 以前的冬天非常冷，河水會結厚厚的冰，小孩子能在冰上玩。

　　_____

E 回答問題

1) 爸爸小時候的夏天跟現在的有什麼不同？

2) 造成全球變暖的重要因素是什麼？

F 學習反思

你覺得應該採取什麼方法控制全球變暖？

G 學習要求

學會表達一種觀點，掌握三個句子、五個詞語。

環 境 污 染

　　隨着工業的迅速發展，人類一方面創造着文明，另一方面以驚人的速度破壞着大自然的生態平衡、污染着環境。

　　為了保持工業的高速發展，人類瘋狂地利用自然資源。過度開採石油、亂砍濫伐森林樹木等行為，對地質和生態環境造成了嚴重的破壞，使自然災害頻頻發生。

　　工業的快速發展還帶來了各種環境污染，比如大氣污染、水污染、垃圾污染、噪音污染等。大氣污染主要是由工廠、機動車排出的廢氣造成的。這些廢氣嚴重破壞了"地球的保護傘"臭氧層，產生溫室效應，使氣溫不斷上升。水污染主要是由生活廢水、工業廢水以及農田裏使用的化肥和農藥造成的。垃圾污染是工業、商業和日常生活中丟棄的數量驚人的垃圾引起的。由於目前人們回收、利用和再造的意識和技術還不夠好，垃圾對土地和水資源都造成了嚴重的污染。工廠、建築工地和交通工具產生的噪音也使我們的生活失去了以往的寧靜。

　　保護地球是每個公民的責任。我們應該趕快行動起來，加強環保意識，採取有效措施，保護人類共同的家園。

A 填空

1) 人類以 _____ 的速度破壞着大自然的生態平衡。

2) _____ 開採石油對地質環境造成了嚴重的破壞。

3) 工業的 _____ 發展帶來了各種環境污染。

4) 廢氣 _____ 破壞了"地球的保護傘"臭氧層。

5) 我們的生活失去了以往的 _____ 。

B 判斷正誤

□ 1) 為了保持工業的高速發展，人類瘋狂地向自然界要資源。

□ 2) 由於地質和生態環境遭受到嚴重的破壞，自然災害時常發生。

□ 3) 大量開採石油和天然氣不會對地質環境造成破壞。

□ 4) 工業廢水和農田中用的化肥會污染水資源。

□ 5) 垃圾多得驚人，對環境造成了嚴重的污染。

□ 6) 工廠裏排放出來的廢氣、機器發出的噪音都對環境造成了污染。

C 配對

□ 1) 第一段 ┊ a) 工業的發展造成了各種污染。

□ 2) 第二段 ┊ b) 工業的發展創造着文明，也帶來了災難。

□ 3) 第三段 ┊ c) 人類應馬上採取措施保護地球。

□ 4) 第四段 ┊ d) 工業的發展對地質和生態環境造成了破壞。

D 判斷正誤，並説明理由

	對	錯
1) 廢氣破壞了臭氧層，產生了温室效應。		
2) 人們回收、利用垃圾的意識比較強，但技術還不夠好。		
3) 車輛產生的噪音也對生活環境造成了影響。		

E 回答問題

1) 工業的迅速發展帶來了什麼影響？

2) 我們怎樣做才能保護地球？

F 學習反思

作為地球公民，你可以做哪些宣傳工作來保護地球？

G 學習要求

學會表達一種觀點，掌握三個句子、五個詞語。

1) 你居住的城市或地區有哪些污染？哪種污染最嚴重？

2) 這些污染影響你的日常生活嗎？請舉例説明。

3) 你居住的社區有哪些不環保的現象？

4) 你們學校的環保工作做得好嗎？怎樣可以做得更好？

5) 在學校如果見到同學不環保的行為，你會提醒他／她嗎？

6) 你每天自己帶水去學校還是買瓶裝水？喝完瓶裝水你會回收塑料瓶嗎？

7) 你的環保意識強嗎？你平時在家裏和學校怎樣節約用電？怎樣節約用水？

8) 你會浪費食物嗎？去飯店吃飯如果有的菜吃不完，你會打包帶回家嗎？

9) 你經常乘私家車嗎？你平時搭乘哪些公共交通工具？

10) 你喜歡購物嗎？你是不是會買一些不必要的東西？請舉例説明。

11) 你會把不用的物品或不穿的衣物捐出去嗎？會捐給誰？

12) 你覺得自己在哪些方面可以更環保、更低碳？

10 成語諺語

A 成語配對

□ 1) 風和日麗　　　a) 清清楚楚地呈現在眼前。 *chéng xiàn*

□ 2) 千變萬化　　　b) 比喻做事情不能堅持到底，有始無終。 *jiān chí dào dǐ　yǒu shǐ wú zhōng*

□ 3) 古往今來　　　c) 形容變化無窮。

□ 4) 歷歷在目　　　d) 形容晴朗暖和的天氣。 *qíng lǎng*

□ 5) 半途而廢　　　e) 泛指很長一段時間。 *fàn zhǐ*

B 中英諺語同步

1) 知足者常樂。　　　Content is better than riches.

2) 情人眼裏出西施。 *xī shī*　　　Beauty exists in lover's eyes.

3) 留得青山在，不怕沒柴燒。 *chái*　　　Where there is life, there is hope.

11 用所給詞語填空

A 動詞配名詞

> 計劃　空氣　能源　地鐵　糧食　眼界　大自然　興趣　歷史　環境

1) 破壞 ＿＿＿＿
2) 消耗 ＿＿＿＿
3) 浪費 ＿＿＿＿
4) 瞭解 ＿＿＿＿
5) 改造 ＿＿＿＿

6) 搭乘 ＿＿＿＿
7) 制訂 ＿＿＿＿
8) 開闊 ＿＿＿＿
9) 提升 ＿＿＿＿
10) 污染 ＿＿＿＿

B 名詞配形容詞

> 嘈雜　清新　美麗　共同　豐富　高明　健康　獨特

1) ＿＿＿＿ 的風景
2) ＿＿＿＿ 的資料
3) ＿＿＿＿ 的環境
4) ＿＿＿＿ 的風土人情

5) ＿＿＿＿ 的空氣
6) ＿＿＿＿ 的醫術
7) ＿＿＿＿ 的家園
8) ＿＿＿＿ 的生活方式

12 寫作

題目 假設你是學校環保小組的負責人，將在學校集會上發表演講。演講的題目是 "保護環境，人人有責"。請寫一篇演講稿。

你可以寫：

- 環境污染的情況
- 為什麼要保護環境
- 學校不環保的現象
- 如何把環保落實到行動上

你可以用

a) 同學們的環保意識還不夠強，學校裏有很多不環保的現象，比如午飯後到處都是垃圾。

b) 很多同學用紙的習慣不好，只用一面寫字。這樣非常浪費。

c) 不能隨手扔垃圾，要保持環境的乾淨、整潔。

d) 我們要養成垃圾分類、回收的習慣。紙張、舊電池、玻璃瓶、塑料袋等都該分類放進回收箱。

e) 我們要做到隨手關燈、關空調、關風扇。這些雖然是小事，但可以節約很多能源。

f) 我們要儘量少買或不買不必要的東西。

g) 應該少用或不用一次性物品，比如木筷、塑料餐具、快餐飯盒、紙盤、紙杯等。

h) 我們還要少用或不用塑料袋，減少白色污染。

風 水 文 化

風水是一種文化現象，是認識和解釋自然、環境與人類相互關係的方式。風水跟建築學、城市規劃學（guī huà）和景觀學（jǐng guān）有着密切的關係。雖然風水被看作是一種迷信（mí xìn），但是在民間一直很流行，很多人都講究風水。不少外國的政客（zhèng kè）、商人等也相信中國的風水。

風水追求（zhuī qiú）和諧。在建築學裏經常要用到風水。人生活在天地之間，每時每刻都跟周圍的環境發生關係。風水觀念認為：比較好的、適合人們生活的環境能給人們帶來好運、吉祥、幸福；而危險（wēi xiǎn）、不適合人們居住的地方會給人們的生活帶來不便和困苦，所以很不吉利。比如，中國古人選北京作為首都就有風水的原因。按照風水的理念，無論天文還是地理，北京都是天下的中心。紫禁城的位置（wèi zhì）是北京的中心，而太和殿（tài hé diàn）的位置是紫禁城的中心。這樣，帝王坐在太和殿就能居天下的正中央（zhōng yāng），一統天下。

除了建築學以外，風水在其他方面也扮演着重要的角色。人們買房子、租辦公室、開店前經常會看看風水。房間的格局（gé jú）、家裏的佈置、家具的擺設（bǎi shè）很多也跟風水有關。

A 判斷正誤

☐ 1) 現在風水的理念在中國人的日常生活中已經不重要了。

☐ 2) 好的風水能給人們帶來好運、幸福。

☐ 3) 紫禁城坐落在北京的中心，所以風水很好。

☐ 4) 家具的擺設、房間的佈局都跟風水有關。

B 配對

☐ 1) 人生活在天地之間，

☐ 2) 如果環境比較好、適合生活，

☐ 3) 不適合人居住的地方，

☐ 4) 太和殿是紫禁城的中心，

☐ 5) 中國人買房子和開店以前

a) 帝王坐在太和殿就能一統天下。

b) 可以給人帶來好的運氣。

c) 一般要看一下風水。

d) 會給人們帶來不便和困苦，也就是風水不好。

e) 無時無刻不跟周圍環境發生關係。

C 判斷正誤，並說明理由

　　　　　　　　　　　　　　　　　　　　　　　　　　　　對　　錯

1) 從古到今，風水深深地扎根在民間。

_____　___　___

2) 當今社會，還是有很多人講究風水，甚至一些外國人也相信風水。

_____　___　___

3) 風水強調人與周圍環境的和諧，只用於建造房屋。

_____　___　___

D 回答問題

1) 風水跟哪些學科有密切的關係？

2) 為什麼北京是風水最好的地方？

E 學習反思

你相信風水嗎？在日常生活中，你用到過風水的理念嗎？

F 學習要求

學會表達一種觀點，掌握三個句子、五個詞語。

第四單元複習

生詞

<table>
<tr><td>第十課</td><td>單位
清新
弊
像
醫療
意味着</td><td>郊區
居住
機構
休閒
設備
害怕</td><td>發愁
嘈雜
保健
公立
醫術
假如</td><td>劣勢
優勢
配套
私立
高明
權</td><td>空氣
遠
劇院
大型
優越</td><td>不如
於
博物館
優良
轉學</td></tr>
<tr><td>第十一課</td><td>卷
華人
排
艱苦奮鬥
教堂
娘惹菜
智慧</td><td>里
聚居
古色古香
年代
酒吧
合併
風土人情</td><td>不光
閩南
家具
保留
交織
連
完美</td><td>遊山玩水
潮州
遊客
張燈結綵
美麗
體現
融合</td><td>港口
招牌
剛
非凡
道
魅力
加深</td><td>馬六甲
街道
南洋
宗祠
佳餚
以及</td></tr>
<tr><td>第十二課</td><td>負責
光
宣傳
開支
天然氣
公民</td><td>救
飛快
加強
駕
石油
態度</td><td>地球
改造
減少
搭乘
尤其
經濟</td><td>生存
遭受
二氧化碳
以
糧食</td><td>製造
嚴重
排放
能源
物品</td><td>污染
破壞
消耗
資源
家園</td></tr>
</table>

- 父母新的工作單位都在郊區　●打算全家搬到郊區去住

- 這讓我很發愁　●生活在城市是有一些劣勢　●城市的空氣不如郊區的清新

- 我認為居住在城市的優勢遠遠多於劣勢，利大於弊　●城市的公共設施比郊區的好得多

- 城市裏有齊全的配套公共設施，像圖書館、劇院、博物館等　●享受休閒生活

- 城市里有各種公立、私立學校和補習機構　●城市裏的交通四通八達

- 醫院裏有優良的醫療設備和醫術高明的醫生　●不難看出

- 城市的生活條件比郊區的優越得多　●搬到郊區意味着我得轉學

- 我擔心可能交不到新朋友　●假如我有決定權，一定不搬家

- 讀萬卷書，行萬里路　●旅遊不光是遊山玩水，還能讓我們有所收穫

- 那裏的華人有的說普通話，有的說閩南話，還有的說潮州話

- 馬六甲的街道上有一排排的中式建築　●房子裏有古色古香的中式家具

- 馬六甲還保留着很多中國傳統的文化和習俗　●春節期間的馬六甲張燈結綵，熱鬧非凡

- 中式的宗祠和餐廳加上西式的教堂、咖啡館和酒吧，交織成了一道美麗的風景線

- 連娘惹菜也是由中國菜和馬來菜合併形成的

- 體現了中國文化的影響和魅力，以及華人的聰明和智慧　●馬六甲之行

- 我體驗到了馬來西亞獨特的風土人情　●加深了我對華人在南洋發展史的瞭解

- 我是學校環保小組的負責人　●人類在生存、發展的同時製造了各種污染

- 人類飛快地改造着大自然　●我們的生存環境遭受到了嚴重的破壞

- 我們要宣傳環保的重要性　●加強環保意識　●過低碳生活

- 低碳生活就是要減少二氧化碳的排放　●以低能量、低消耗和低開支的方式生活

- 怎麼樣才是過低碳生活呢　●少駕車，多搭乘公共交通工具，以減少對空氣的污染

- 不買或少買不必要的物品　●地球是我們共同的家園　●保護地球是每個公民的責任

- 低碳是一種生活態度，是一種經濟、健康的生活方式

- 讓我們大家行動起來　●從我做起，從現在做起

生詞 25

本 běn one's (own)

廣播 guǎng bō broadcast

聖（圣）誕（诞）節 shèng dàn jié Christmas (Day)

異（异） yì different **異同** yì tóng differences and similarities

今天我們請張德老師來講一講春節與聖誕節的異同。

商 shāng quotient **智商** zhì shāng IQ (intelligence quotient)

指 zhǐ mean

敏 mǐn quick **敏感** mǐn gǎn sensitive

度 dù extent **敏感度** mǐn gǎn dù sensitivity

文化智商是指人們對不同文化的敏感度。

高低 gāo dī level

直接 zhí jiē direct

文化智商的高低直接影響人與人之間的相處。

桃樹 táo shù peach (tree)

表達 biǎo dá express

好運 hǎo yùn good luck

願望 yuàn wàng wish

桃樹表達新年裏行好運的願望。

裝 zhuāng decorate **裝飾** zhuāng shì decorate

聖誕樹 shèng dàn shù Christmas tree

恩 ēn kindness; favour **感恩** gǎn ēn feel grateful

基督 jī dū Christ **基督教** jī dū jiào Christianity

財（财） cái wealth **神** shén god **財神** cái shén god of wealth

賀（贺） hè congratulate

卡 kǎ card **賀卡** hè kǎ greeting card

盼 pàn long for **盼望** pàn wàng long for **到來** dào lái arrival

過聖誕節人們互相送禮物和賀卡，盼望聖誕老人的到來。

喜慶 xǐ qìng joyous

吉 jí lucky **吉利** jí lì lucky

平安 píng ān safe and sound

驅（驱） qū drive out

邪 xié disasters that evil spirits bring

驅邪 qū xié drive out evil spirits

春節期間的慶祝活動主要是為了求吉利、保平安、驅邪。

浪漫 làngmàn romantic

聖誕節不僅是一個團圓的節日，還是一個浪漫的節日。

滿 mǎn full **充滿** chōngmǎn be full of

人們心中充滿了感恩與希望。

1 完成句子

1) 今天我們請張德老師來講一講春節與聖誕節的異同。

今天我們請 ＿＿＿ 來講一講 ＿＿＿ 。

2) 請您給我們講一講春節與聖誕節的相同和不同之處。

＿＿＿ 的相同和不同之處。

3) 節前人們都會做很多準備。

＿＿＿ 做很多準備。

4) 聖誕節不僅是一個團圓的節日，還是一個浪漫的節日。

＿＿＿ 不僅 ＿＿＿ ，還 ＿＿＿ 。

5) 謝謝您為我們做介紹！

謝謝您 ＿＿＿ ！

6) 時間到了。我們今天就談到這裏吧！

時間到了。＿＿＿ ！

2 聽課文錄音，做練習

A 回答問題

1) 李顏是以什麼身份採訪張老師的？

2) 這次採訪的主題是什麼？

3) 春節前，中國人會做哪些準備？

B 選擇（答案不只一個）

1) 文化智商 ＿＿＿ 。

a) 指的是人們對不同文化的敏感度

b) 直接影響到人與人之間的相處

c) 高的人不能理解中西方文化的異同

2) 春節 ＿＿＿ 。

a) 是與家人團聚的節日

b) 是中國的新年

c) 的活動是為了求吉利、保平安、驅邪

3) 聖誕節 ＿＿＿ 。

a) 是基督教的傳統節日

b) 人們互送禮物、賀卡

c) 是浪漫的節日，跟情人節一樣

訪張德老師

李　顏：我是本校廣播站的記者李顏。今天我們請張德老師
來講一講春節與聖誕節的異同。張老師，您好！我
們都知道文化智商是指人們對不同文化的敏感度。
文化智商的高低直接影響人與人之間的相處。為了
更好地瞭解中西方文化，請您給我們講一講春節與
聖誕節的相同和不同之處。

張老師：好的。春節和聖誕節都在冬天，都是與家人團聚的節日，節前人們都會
做很多準備。春節前人們會大掃除，南方一些地方的人還會買桃樹。
桃樹表達新年裏行好運的願望。聖誕節前人們會
買禮物，還會裝飾聖誕樹。聖誕樹代表感恩和
希望。

李　顏：那這兩個節日有什麼不同之處呢？

張老師：首先，春節是中國人的新年。聖誕節是基督教的
傳統節日。第二，過春節人們一起吃年夜飯、給親戚拜年、給孩子壓歲
錢、迎財神求好運。過聖誕節人們互相送禮物和賀卡，盼望聖誕老人的
到來。第三，春節是一個喜慶、團圓的節日。春節期間的慶祝活動主要
是為了求吉利、保平安、驅
邪。聖誕節不僅是一個團圓的
節日，還是一個浪漫的節日。
人們心中充滿了感恩與希望。

李　顏：謝謝您為我們做介紹！時間到
了。我們今天就談到這裏吧！

3 用所給結構及詞語寫句子

1) 春節期間的慶祝活動主要是為了求吉利、保平安、驅邪。　→ 主要　保護

2) 文化智商是指人們對不同文化的敏感度。　→ 指　低碳生活

3) 文化智商的高低直接影響人與人之間的相處。　→ 高低　理解

4) 桃樹表達新年裏行好運的願望。　→ 表達　希望

5) 我是本校廣播站的記者李顏。今天我們請張德老師來講　→ 本　環保
一講春節與聖誕節的異同。

4 角色扮演

情景 你是中國人，你的同學是美國人。你們各自介紹本國的傳統節日。

例子：

你： 我父母是中國人，我們慶祝中國的傳統節日，比如春節、元宵節、清明節、端午節、中秋節、重陽節等。

同學：我的爸爸媽媽都是美國人。我們家慶祝聖誕節，還有復活節、萬聖節、感恩節等。中國人哪天過春節？

你： 春節是中國人的新年。農曆正月初一過春節，一般在公曆一月底或者二月初。

同學：過春節你們一般吃哪些傳統食品？

你： 每年春節我們都吃魚，還有年糕。吃魚是希望"年年有餘"，吃年糕是希望"年年高升"。

同學：春節期間都有哪些慶祝活動？

你： 有舞龍、舞獅等慶祝活動。我們還會放煙花、爆竹。可熱鬧了！

你 可以用

a) 元宵節在農曆正月十五。這一天人們吃元宵、猜燈謎。

b) 端午節每家每戶都會吃粽子、看龍舟比賽。

c) 中秋節那天的月亮又圓又亮。家家戶戶都一邊賞月一邊吃月餅。

d) 重陽節在農曆九月初九。這天人們會登高望遠。現在這一天也是中國的老人節。

e) 在美國過感恩節十分熱鬧。親朋好友會聚在一起吃火雞、火腿等傳統食品。

f) 復活節也是基督教的傳統節日。復活節在四月的前後。節日期間人們會外出旅遊。

g) 孩子們最喜歡萬聖節了，因為他們可以要到很多糖果。

......

要求　小組討論中國的春節跟你們國家最重要的節日有什麼異同。

例子：

同學1：我是中國人。在中國人心中，春節是最重要的節日。春節也叫農曆新年，一般在一月底或二月初。

同學2：我是英國人。對英國人來說，聖誕節是最重要的節日。聖誕節是基督教的傳統節日，在每年的十二月二十五日。

同學3：我是印度人。排燈節是印度人最重要的節日。排燈節象徵着光明和幸福，一般在十一月前後。

同學1：春節是與家人團聚的節日。春節期間的慶祝活動主要是為了求吉利、保平安、驅邪。

同學2：聖誕節也是一個與家人團圓的節日。過聖誕節時，人們心中充滿了感恩和希望。

同學3：燈在印度文化中代表着光明和希望。排燈節期間的晚上，煙花和各種燈光、蠟燭會照亮夜空。我們認為這樣可以驅邪。

同學1：看來，春節和聖誕節、排燈節都有一些相同之處。春節和聖誕節都是團圓的節日。春節和排燈節的慶祝活動都有驅邪的目的。

……

你可以用

a) 中國人很重視家庭。過春節時一定要一家人團聚在一起，迎接新年的到來。

b) 春節前，家家戶戶都為過年做準備。人們把屋子打掃得乾乾淨淨的，還在門前、客廳裏掛上紅燈籠，在門上貼上春聯，在桌子上擺上開心果、糖果等零食。

c) 春節前，人們會逛花市買年花。很多人都喜歡買百合花、盆橘和桃花。這些花表示花開富貴的意思，十分吉利、喜慶。

d) 中國人有吃年夜飯的習俗。年夜飯一般吃餃子、魚、年糕、湯圓、春卷等。午夜十二點一到，人們就放煙花、爆竹，慶祝新年的到來。

e) 年初一，人們會穿着新衣服給親戚朋友拜年，互相祝福。

f) 春節的慶祝活動多種多樣，有舞龍、舞獅等。

6 閱讀理解

北京廟會 (miào huì)

在北京過年，逛廟會是很有特色的民俗活動。大家一定不能錯過。

今年的地壇廟會將突出傳統文化特色，推出的活動包括仿清祭地表演(fǎng qīng jì dì)、民間花卉展、綜藝(zōng yì)舞台演出、圖片展覽(tú piàn zhǎn lǎn)、文化創意(chuàng yì)和科技互動體驗、愛心公益活動。廟會上還有各類傳統小吃。遊客們可以逛廟會、賞民俗、看表演、品小吃。

龍潭(lóng tán)廟會除了保持往年的傳統特色外，還將增加大量文體互動活動，有棋類比賽、雜技表演、太極表演，以及冰雪嘉年華(jiā nián huá)活動。當然，龍潭廟會上也少不了美食和傳統小吃供遊客們品嚐。

北京大觀園廟會將繼續展現精美(zhǎn xiàn jīng měi)的紅樓文化。春節期間，大舞台將有傳統的戲曲演出，而小舞台將上演木偶(mù ǒu)劇、雜技等精彩節目，絕對讓老人和小朋友都過足癮。展示區將展示版畫(zhǎn shì bǎn huà)、臉譜(liǎn pǔ)、皮影(pí yǐng)、剪紙等傳統藝術品。此外，大觀園廟會上還有各種風味小吃，絕不會讓您空着肚子觀賞節目的。

A 選擇（答案不只一個）

1) 在地壇廟會上，遊客可以 ＿＿＿＿。
   a) 觀賞花展　　b) 參與公益活動
   c) 參加競技比賽

2) 在龍潭廟會上，遊客可以 ＿＿＿＿。
   a) 參與文化娛樂和體育活動
   b) 觀看雜技和太極表演
   c) 吃到不少美食

3) 在北京大觀園廟會上，＿＿＿＿。
   a) 遊客能觀看多種舞台劇表演
   b) 小朋友能畫京劇臉譜
   c) 剪紙展覽能讓遊客一飽眼福

B 回答問題

1) 在北京過年一定不能錯過什麼民俗活動？

2) 地壇廟會、龍潭廟會和大觀園廟會的共同點是什麼？

C 學習反思

1) 你對哪個廟會最感興趣？為什麼？
2) 在你們國家過節有類似的活動嗎？

聖 誕 節

在西方，一年中最重要的節日要數聖誕節了。聖誕節最初是一個宗教（zōng jiào）節日，如今宗教色彩已經淡化（dàn huà）了。

提起聖誕節，很多孩子都會想起那位穿着紅衣服、留着白鬍子、挨家挨户送禮物的聖誕老人。關於聖誕老人的由來，有幾種說法。其中一種說法是聖誕老人的原型（yuánxíng）是聖（shèng）·尼古拉斯（ní gǔ lā sī），生活在公元四世紀的小亞細亞（xiǎo yà xì yà）地區。尼古拉斯是一位神父（shén fù）。他性格善良，樂於助人，做過很多慈善工作，幫助了很多窮人。

為了迎接聖誕節的到來，人們會將街道兩旁的建築物裝飾得漂漂亮亮的。各家商店都會在櫥窗（chú chuāng）設計上費盡心思（fèi jìn xīn si）。到處都可以聽到聖誕音樂，讓人覺得輕鬆、愉快。幾乎每家每户都會買聖誕樹。人們會在聖誕樹上掛各種裝飾物。如今，寄聖誕卡的人少了，人們大多通過網絡、手機互相傳遞（chuán dì）聖誕祝福，但是依然（yī rán）有不少孩子給聖誕老人寫信，希望得到特別的聖誕禮物。

聖誕節一早，一家人會互相祝福，迫不及待地打開各自的聖誕禮物。禮物總能給人們帶來意想不到的驚喜和快樂。聖誕節的午餐非常豐富，會有火雞、餡兒餅、布丁、土豆泥等。

A 填動詞

1) 聖誕老人挨家挨户 _____ 禮物。

2) 為了 _____ 聖誕節的到來，人們會將街道兩旁的建築物裝飾得漂漂亮亮的。

3) 幾乎每家每户都會 _____ 聖誕樹。

4) 人們會在聖誕樹上 _____ 各種裝飾物。

5) 如今，_____ 聖誕卡的人少了。

6) 人們大多通過網絡、手機互相 _____ 聖誕祝福。

B 選擇

1) "要數" 的意思是 _____。

    a) 只有   b) 不僅

    c) 要算

2) "費盡心思" 的意思是 _____。

    a) 想了很多辦法   b) 沒想出辦法

    c) 想不出辦法

C 配對

☐ 1) 第一段   a) 迎接聖誕節所做的準備。

☐ 2) 第二段   b) 聖誕節當天的活動。

☐ 3) 第三段   c) 聖誕節的簡單介紹。

☐ 4) 第四段   d) 聖誕老人的由來。

D 判斷正誤

☐ 1) 聖誕老人就是聖·尼古拉斯。

☐ 2) 各個商家都想盡辦法把聖誕櫥窗佈置得漂漂亮亮的。

☐ 3) 聽着聖誕音樂，人們會感到十分歡快。

☐ 4) 現在人們可以通過互聯網表達對親朋好友的聖誕祝福。

☐ 5) 聖誕禮物讓人們心中充滿了喜悦和快樂。

E 判斷正誤，並説明理由

1) 聖·尼古拉斯是一位熱心做慈善工作的神父。   對   錯

_____   ____   ____

2) 家家户户的聖誕樹上都掛着各種裝飾物。

_____   ____   ____

F 回答問題

1) 為什麼現在寄聖誕卡的人少了？

2) 是否還有孩子相信世界上真的有聖誕老人？

G 查一查

火雞、餡兒餅、布丁、土豆泥等聖誕節的傳統食物有什麼特殊的意義？

H 學習要求

學會表達一種觀點，掌握三個句子、五個詞語。

"年"的傳説

相傳在中國古代，有一隻十分兇猛的怪獸叫"年"。"年"一般深居海底，但是每年的除夕夜都會上岸傷害百姓，吞食牲畜。每到除夕，村民們都會收拾行裝，鎖好門窗，拖兒帶女，牽着牛羊進大山躲避災難。

有一年的年三十，一位乞討的老人來到了村裏的一位老婆婆家。婆婆勸他趕快進大山躲一躲。乞討的老人卻堅持留下，要把怪獸趕走。晚上，"年"又來到了村寨。它一進村寨就聽到了爆炸聲，看到了紅色的火光和貼在門窗上的紅紙。"年"嚇得渾身發抖，轉身逃跑了。原來"年"最怕響聲、火光和紅色。

第二天早上，也就是正月初一。村民看到村子安然無恙，非常吃驚。老婆婆把乞討老人趕走"年"的事告訴了大家。村民們聽後紛紛穿上新衣服，歡天喜地地跟左鄰右舍道喜問好、相互祝賀。

這個傳統就這樣流傳了下來。每年新年到來時，家家戶戶都燈火通明，在門兩旁貼上紅色的春聯，燃放煙花、爆竹。這就是中國民間傳統的過年習俗。

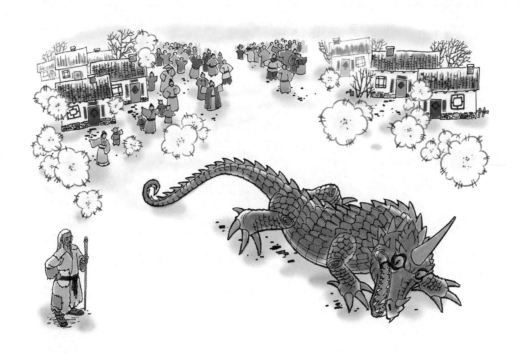

A 判斷正誤

□ 1) "年"是一隻兇猛的怪獸,每年都傷害村民,吞食牲畜。

□ 2) "年"看到紅屋子和火光,嚇得跑回了海裏。

□ 3) "年"逃走之後,村民們趕做新衣服去參加慶祝活動。

□ 4) 年初一早上,村民們看到村子沒被破壞,非常高興。

□ 5) 婆婆知道是那位乞討的老人趕走了"年"。

B 配對

□ 1) 每年的除夕夜,村民們

□ 2) 有一年的除夕夜,

□ 3) 婆婆勸要飯的老伯離開村子,

□ 4) 第二天是年初一,村民們

□ 5) 聽了乞討老人趕走"年"的事,

a) 一個要飯的老伯來到了村裏。

b) 看到村子還是好好的,感到很驚訝。

c) 都帶着一家老小和家畜進大山避難。

d) 村民們互相道喜、慶賀。

e) 但是老伯沒聽婆婆的勸告。

C 判斷正誤,並説明理由

		對	錯
1) 每年大年三十的晚上"年"都會上岸。			

_____

2) 村民們來不及鎖門就逃進山裏避難去了。

_____

3) 討飯的老人沒有進大山躲避災難。

_____

D 回答問題

1) 中國古代真有"年"這種怪獸嗎?

2) 中國過年的傳統習俗是怎麼來的?

E 學習反思

你們國家有沒有跟節日有關的傳説?
請介紹一下。

F 學習要求

學會表達一種觀點,掌握三個句子、五個詞語。

9 根據實際情況回答問題

1) 在你們國家最重要的節日是什麼？這個節日在什麼時候？

2) 這個節日跟歷史人物有關係嗎？跟傳說有關係嗎？請介紹一下。

3) 你們家一般在哪兒過這個節日？去年是在哪兒過的？

4) 節日前，你們要做哪些準備？為什麼？

5) 節日當天，你們要穿什麼傳統服裝？大人的傳統服裝什麼樣？孩子的呢？

6) 節日當天，你們會吃大餐嗎？會吃哪些食物？為什麼？

7) 除了吃大餐，你們還有哪些慶祝活動？這些慶祝活動有什麼特殊的意義？

8) 你們的傳統節日與中國的春節有什麼異同？

9) 除了春節，你還瞭解哪些中國的傳統節日？

10) 你對不同的文化敏感嗎？請舉例說明。

11) 你與來自其他國家的同學相處得怎麼樣？在哪些方面你要特別注意？

12) 你認為怎樣做可以提高文化智商？

10 成語諺語

A 成語配對

☐ 1) 物極必反   a) 勤奮學習，不懂就問。比喻善於學習。

☐ 2) 不約而同   b) 事物發展到極點，會向相反方向轉化。

☐ 3) 勤學好問   c) 事先沒有約定，意見或行為卻相同。

☐ 4) 全力以赴（fù）   d) 把全部力量都投入（tóu rù）進去。

☐ 5) 優勝劣（liè）汰（tài）   e) 指生物在生存競爭中適應力強的保存下來，適應力差的被淘汰（táo tài）。

B 中英諺語同步

1) 貪（tān）小便宜吃大虧（kuī）。   Penny wise, pound foolish.

2) 拿了手短，吃了嘴軟。   Gifts blind the eyes.

3) 病從口入，禍（huò）從口出。   A close mouth catches no flies.

11 完成句子

1) 文化智商是指人們 _____ 。

2) 文化智商的高低直接影響 _____ 。

3) 春節和聖誕節都在冬天，都是 _____ 。

4) 桃樹表達 _____ 。

5) 過聖誕節人們互相送禮物和賀卡，_____ 。

6) 春節期間的慶祝活動主要是為了 _____ 。

12 寫作

題目 你們學校剛剛舉辦了一年一度的文化節。假設你是校報記者，採訪參與組織文化節的學生會主席，寫一篇採訪稿。

你可以寫：

- 文化節的時間和地點
- 文化節的活動
- 文化節的目的及意義

你 可以用

a) 文化節的活動豐富多彩，有攝影比賽、烹飪比賽（pēng rèn），還有各種歌舞表演。中國民族舞、西班牙弗拉明哥（fú lā míng gē）、印度舞、韓國扇舞等表演吸引了很多人。

b) 同學們還可以嘗試畫國畫、剪紙、穿日本和服、體驗日本茶道（chá dào）等等。大家對這些活動表現出了極大的興趣。

c) 除了這些活動，同學們還可以在學校禮堂品嚐各國美食。那裏有中國、日本、韓國、印度、菲律賓（fēi lù bīn）、馬來西亞、意大利等國家的美食。

d) 這次活動的目的是讓同學們瞭解、感受、欣賞各種文化的傳統習俗，增長文化知識，擴大國際視野。更重要的是提高同學對不同文化的敏感度，以便將來更好地跟來自不同國家的同學相處。

中國的婚俗

中國的婚俗是中國傳統文化的一個重要組成部分。中國人結婚有很多講究。

首先，中國人結婚喜歡用紅色，如貼紅雙喜字"囍"、給新娘遮上紅蓋頭、讓新娘穿上大紅襖等。紅色不但給婚禮帶來喜慶的氣氛，而且表達了新婚夫婦婚後的日子紅紅火火的希望。

其次，中國人結婚典禮的裝飾都體現着吉祥的寓意。新房的牀上要有龍鳳枕頭和龍鳳被。龍和鳳都是吉祥的象徵，代表高貴以及夫妻和諧美滿。新房的門外要貼紅雙喜字，有的門外還要貼結婚對聯。婚宴的場地也會貼上龍鳳圖案和紅雙

喜字。雙喜代表喜事加倍、不同一般的喜慶，也表達給新人帶來好運和幸福生活的希望。接新娘的花車一般用絲帶或鮮花裝飾。結婚典禮上也有很多鮮花。中國人喜歡用牡丹花、蘭花等來作裝飾。它們分別代表富貴和愛情。

婚宴上會有很多活動，比如新郎、新娘要喝交杯酒，要向在座的親朋好友敬酒，有的還要講他們當初戀愛的故事等。中國人贈予新人的祝賀語通常有"白頭偕老""夫妻恩愛"等。

A 選擇

1) "日子紅紅火火的" 的意思是生活 ＿＿＿＿。

　　a) 並不美滿　　b) 十分艱苦　　c) 十分幸福

2) "白頭偕老" 的意思是夫妻 ＿＿＿＿。

　　a) 共同生活到老　　b) 兩個人都老了　　c) 兩個人的頭髮都白了

B 配對

☐ 1) 中國人認為紅色很喜慶，　　　　a) 夫妻恩愛、白頭到老。

☐ 2) 婚禮的裝飾物很有講究，　　　　b) "囍"字，有時候還貼結婚對聯。

☐ 3) 新房的門上一般會貼　　　　c) 紅雙喜字和龍鳳圖案都有吉祥的寓意。

☐ 4) 新郎、新娘可能會在婚宴上　　　　d) 還可以表達新人婚後生活紅火的希望。

☐ 5) 親朋好友祝願新人　　　　e) 講一講他們談戀愛的經過。

C 判斷正誤，並説明理由

1) 在中國的婚禮儀式上，新娘蓋着紅蓋頭，穿着大紅襖，現場貼着　　　對　　錯
紅雙喜字。

＿＿＿＿＿＿＿＿＿＿＿＿＿＿＿＿＿＿＿＿＿＿＿＿＿＿＿＿＿＿＿

2) 婚禮上用的鮮花代表富貴與愛情。

＿＿＿＿＿＿＿＿＿＿＿＿＿＿＿＿＿＿＿＿＿＿＿＿＿＿＿＿＿＿＿

3) 在婚宴上，新郎和新娘要喝交杯酒，還要向各位來賓敬酒。

＿＿＿＿＿＿＿＿＿＿＿＿＿＿＿＿＿＿＿＿＿＿＿＿＿＿＿＿＿＿＿

D 回答問題

1) 為什麼新房的牀上要有龍鳳枕頭和龍鳳被？

2) 為什麼新房的門上要貼紅雙喜字？

E 學習反思

中國的婚俗跟你們國家的有什麼區別？請介紹一下。

F 學習要求

學會表達一種觀點，掌握三個句子、五個詞語。

生詞 27

① sú 俗 popular sú yǔ 俗語 popular saying

② zuò wéi 作為 regard as **③** dà shì 大事 major event

"民以食為天"是中國的一句俗語，意思是人們把飲食作為日常生活中的頭等大事。

④ zūn 遵 abide by **⑤** shǒu 守 abide by zūn shǒu 遵守 abide by

⑥ yí 儀 （仪） ceremony; protocol lǐ yí 禮儀 protocol

⑦ zhǔ rén 主人 host **⑧** mén kǒu 門口 entrance

⑨ yāng 央 centre zhōng yāng 中央 centre; middle

⑩ zuò 座 seat zuò wèi 座位 seat shàng zuò 上座 seat of honour

⑪ bèi 背 back **⑫** xià 下 inferior

離門最近、背對着門的座位是下座。

⑬ zhǎng zhě 長者 senior **⑭** rù 入 enter rù zuò 入座 take one's seat

如果有長者一起吃飯，要請長者先入座。

⑮ kè rén 客人 guest; visitor **⑯** dòng 動 use

⑰ kuài 筷 chopsticks kuài zi 筷子 chopsticks

⑱ bì 閉 （闭） close **⑲** jiáo 嚼 chew

⑳ fā chū 發出 produce (a sound) **㉑** shēng xiǎng 聲響 sound; noise

要閉着嘴嚼食物，不可以發出聲響。

㉒ jiāo tán 交談 talk **㉓** shù 豎 （竖） vertical **㉔** chā 插 insert

不要把筷子豎着插在食物上。

㉕ jì 祭 hold a memorial ceremony for

㉖ diàn 奠 make offerings to the spirits of the dead

jì diàn 祭奠 hold a memorial ceremony for

㉗ sǐ 死 die

㉘ bì 避 prevent bì miǎn 避免 avoid **㉙** pèng 碰 touch

㉚ fàn wǎn 飯碗 rice bowl

㉛ xiǎn 顯 （显） obvious

xiǎn de 顯得 seem 那樣會顯得不禮貌。

㉜ jiā 夾 clamp **㉝** gōng kuài 公筷 chopsticks for serving food

㉞ chōu kòng 抽空 manage to find time

要抽空跟旁邊的人聊聊天兒。

㉟ lì 粒 a measure word (used for granular objects)

㊱ guāng 光 nothing left

要吃光碗中的每一粒飯。

㊲ jìng 敬 offer politely

㊳ zhàn 站 stand

㊴ jiǔ bēi 酒杯 wine cup; wine glass

㊵ gé 隔 at a distance

㊶ tā rén 他人 another person; other people

不要隔着他人敬酒。

㊷ dào 倒 pour

㊸ qiǎn 淺 （浅） shallow

倒茶要淺，倒酒要滿。

㊹ zé 則 regulation guī zé 規則 regulation

1 完成句子

1) 人們把飲食作為日常生活中的頭等大事。

＿＿＿把＿＿＿作為＿＿＿。

2) 如果有長者一起吃飯，要請長者先入座。

如果＿＿＿，要＿＿＿。

3) 最好不要一邊吃一邊與別人交談。

最好＿＿＿。

4) 不要把筷子豎着插在食物上。

不要＿＿＿。

5) 這種插法只有祭奠死者時才用。

＿＿＿只有＿＿＿才＿＿＿。

6) 那樣會顯得不禮貌。

＿＿＿顯得＿＿＿。

2 聽課文錄音，做練習

A 回答問題

1) 關於飲食，中國有句什麼俗語？

2) 什麼是中國人日常生活中的頭等大事？

3) 這篇文章的主題是什麼？

B 選擇（答案不只一個）

1) 入座時，＿＿＿。

a) 主人坐在離門最遠的正中央的座位

b) 買單的人坐在離門最近的座位

c) 長輩一般最後才坐下

d) 如果有爺爺、奶奶，先請他們入座

2) 進餐時，＿＿＿。

a) 要讓孩子先吃

b) 要閉着嘴吃，不能發出聲響

c) 給別人敬酒，要從長輩開始敬

d) 給別人敬茶，要把茶杯倒滿

3) 吃飯時，＿＿＿。

a) 要慢慢地吃

b) 不可以把筷子豎着插在食物上

c) 要避免飯碗跟筷子碰撞發出聲響

d) 不能給別人夾菜

中餐的餐桌禮儀

"民以食為天"是中國的一句俗語，意思是人們把飲食作為日常生活中的頭等大事。中國人吃飯時要遵守哪些餐桌禮儀呢？

第一，主人要坐在離門口最遠的正中央的座位。那裏是上座，也叫主座。坐上座的人一般是買單的人。上座的右邊是二號位，左邊是三號位。離門最近、背對着門的座位是下座。如果有長者一起吃飯，要請長者先入座。

第二，進餐時，要請長者、客人先動筷子。要閉着嘴嚼食物，不可以發出聲響。最好不要一邊吃一邊與別人交談。

第三，不要把筷子豎着插在食物上。這種插法只有祭奠死者時才用。要避免筷子碰飯碗發出聲響，那樣會顯得不禮貌。給別人夾菜時要用公筷。

第四，不要大口大口地吃飯，要慢慢地吃，而且要抽空跟旁邊的人聊聊天兒。不要浪費糧食，要吃光碗中的每一粒飯。

第五，敬酒時，要站起來，酒杯要比別人的低。如果有長者，要先給長者敬酒。不要同時給幾個人敬酒。不要隔着他人敬酒。

第六，為別人倒茶、倒酒時，要記住"倒茶要淺，倒酒要滿"的禮儀規則。

在重視飲食的中國，這些餐桌禮儀非常重要。

3 用所給結構及詞語寫句子

1) 給別人夾菜時要用公筷。 → 給……慶祝生日　禮物

2) 吃飯時，要抽空跟旁邊的人聊聊天兒。 → 抽空　運動

3) 敬酒時，酒杯要比別人的低。 → 比　社交網

4) 如果有長者，要先給長者敬酒。 → 如果……要……　溝通

5) 為別人倒茶時要記住"倒茶要淺"的禮儀規則。 → 為……做準備　中秋節

4 角色扮演

情景　你和媽媽商量如何給爺爺做壽。

你們的對話包括：

- 在家裏還是在飯店做壽
- 請哪些客人
- 怎樣安排座位
- 吃些什麼

例子：

你：　下個月五號是爺爺七十歲的生日。我們怎麼給爺爺做壽呢？

媽媽：爺爺吃得比較健康，不喜歡吃大魚大肉。另外，他也不喜歡吵鬧。我們最好在家慶祝，我們可以請大伯一家和爺爺的兩個老朋友一起過來。

你：　好啊。最重要的是讓爺爺高興。

……

你可以用

a) 我們可以在家裏開生日派對。我來負責裝飾房間。

b) 我們買一個水果蛋糕吧！爺爺最喜歡吃水果了。

c) 我們家附近新開了一家自助餐廳。那裏的自助下午茶特別有名。今年的生日派對我們可以去那裏換換口味。您覺得怎麼樣？

d) 我們可以坐在一桌一起吃飯。爺爺坐在主座。左、右兩邊是他的兩位好朋友。我們小輩坐在下座。

要求　小組討論中、西方文化中慶祝生日的習俗及禮儀。

例子：

同學1：我發現中國人和西方人過生日的習俗有很大的差別，同時也有不少相同之處。

同學2：我覺得中、西方在過生日時最大的相同之處是都有生日大餐。

同學1：我是上海人。我每年都在外婆家過生日。外婆會做一桌豐盛的飯菜，還會煮長壽麵。長壽麵上有一個煎蛋、一塊排骨和幾片菠菜。外婆說吃菠菜是希望身體健康。

同學2：西方人過生日吃生日蛋糕，不吃長壽麵。

同學1：現在越來越多的中國人過生日時也吃蛋糕了。在飲食方面，中、西方越來越像了。

同學3：我是英國人。我每年過生日都會在家裏開生日派對。我會請同學和朋友來家裏玩。媽媽會給我們準備很多好吃的。大家會送我生日禮物。

同學1：在生日禮物方面，中、西方送給孩子的禮物都差不多，大多是玩具之類的。給老人送禮物時，中、西方就不同了。中國人會送老人保健品、補品等，而西方人會送葡萄酒、鮮花、巧克力等。

……

你 可以用

a) 在中國，六十歲以上的人過生日叫"做壽"。

b) 以前壽宴的傳統食物是壽麵和壽桃。麵條很長，代表長壽。桃子是長壽果，也代表長壽。

c) 西方人過生日喜歡開派對。我爸爸過生日時會開生日派對，還請很多朋友和同事來我家。

d) 英國人認為真正的生活從四十歲開始，因此會非常隆重地慶祝四十歲生日。

e) 中國人收到禮物一般不當面打開，否則會顯得沒有禮貌。西方人則要馬上打開禮物，表示喜愛和感謝。

6 閱讀理解

親愛的天明和雷雷：

　　我將於五月八日晚上舉行十六歲的生日派對。時間是晚上七點，地點是黃金海岸酒店十樓的靜園廳。我邀請你們來參加。屆時(jiè shí)會有自助餐和化裝舞會。衷心(zhōng xīn)期待與大家相聚(xiāng jù)，一起度過歡樂的時光，留下美好的記憶！

　　　　　　　周小青

　　　　　　　四月十日

小青：

　　謝謝你的邀請。人生只有一次十六歲。我一定會去參加派對的。我還可以幫你和同學們拍照、錄像，留住那天的美好時光。很巧，我父母最近給我買了一部數碼相機和一個長鏡頭，拍照效果(xiào guǒ)非常不錯。

　　我們五月八日見！

　　　　　　　天明

　　　　　　　四月十一日

親愛的小青：

　　謝謝你邀請我參加你的生日派對。非常遺憾(yí hàn)，我那天不能去。我表姐從澳大利亞飛回美國，那天要在香港轉機。她只在香港待一個晚上，所以我得陪陪她。實在抱歉(bào qiàn)，請你原諒(yuán liàng)。我會給你準備一份禮物，希望可以給你一個驚喜。

　　祝你生日快樂，玩得愉快！

　　　　　　　鍾雷

　　　　　　　四月二十日

A 用所給結構完成句子

1) <u>屆時</u>會有自助餐和化裝舞會。
　　屆時 _____ _____ 。

2) <u>衷心期待</u>與大家相聚，一起度過歡樂的時光。
　　衷心期待 _____ _____ 。

B 選擇（答案不只一個）

張天明 _____ 。

a) 覺得十六歲生日非常重要

b) 會去參加小青的生日派對

c) 會帶數碼相機去拍照、錄像

d) 會買一部新相機去錄像

e) 的新相機不太好用

C 選擇（答案不只一個）

鍾雷 _____ 。

a) 找到了不想參加生日派對的理由

b) 的表姐五月八日會來香港

c) 要跟表姐見面

d) 會給小青準備禮物

e) 希望小青過一個快樂的生日

中西飲食文化的差異

中西飲食文化上的差異主要表現在以下幾個方面。

一、飲食觀念：中餐對食材和烹飪步驟（bù zhòu）極為重視。除此之外，中餐講究食療、進補（jìn bǔ）及養生。西餐注重食物的營養成分及營養搭配（dā pèi），比如食物的熱量、蛋白質的含量等。

二、飲食結構：中國傳統飲食以五穀（gǔ）為主，加上蔬菜及少量的肉食。西餐以肉食為主，進食的蔬菜相對較少。

三、烹飪方式：中餐的烹飪技術十分發達，烹飪方法多種多樣，做出的菜講究色、香、味、形俱全。常見的中餐烹飪方法有煎、炒、炸、燉（dùn）、蒸等。西餐烹飪方法主要有烤、炸、煎、煮等。西餐中蔬菜經常做成沙拉生吃。

四、用餐方式：中國人進餐時圍坐在圓桌旁，共享佳餚，還經常互相夾菜、敬酒，氣氛比較熱鬧。西方人進餐時坐在長桌旁，進餐方式大多為自助式。

五、餐具：中餐用碗、筷子、湯匙（tāng chí）等餐具進食。西餐用盤子裝食物，用刀叉即切即食。西餐喝湯時，有專門的湯碗和湯匙。

A 根據實際情況寫菜名

中餐的烹飪方式及菜餚

1) 炒：＿＿＿＿＿＿ ＿＿＿＿＿＿

2) 燉：＿＿＿＿＿＿ ＿＿＿＿＿＿

3) 蒸：＿＿＿＿＿＿ ＿＿＿＿＿＿

西餐的烹飪方式及菜餚

1) 烤：＿＿＿＿＿＿ ＿＿＿＿＿＿

2) 炸：＿＿＿＿＿＿ ＿＿＿＿＿＿

3) 煎：＿＿＿＿＿＿ ＿＿＿＿＿＿

B 配對

☐ 1) 中餐對食材以及

☐ 2) 西方人比較注重食物的營養，

☐ 3) 中餐的烹飪方法主要有炒、燉等，

☐ 4) 中國人吃飯時互相夾菜、敬酒，

☐ 5) 中式餐具主要是碗和筷子，

a) 所以氣氛比較熱鬧。

b) 而西餐的烹飪方式主要有烤、炸等。

c) 比如維生素、蛋白質的含量。

d) 而西式餐具主要是盤子和刀叉。

e) 烹飪步驟有很高的要求。

C 判斷正誤，並説明理由

1) 食物對中國人來説除了能填飽肚子，還有進補和養生的作用。　　　對　　錯

＿＿＿＿＿＿＿＿＿＿＿＿＿＿＿＿＿＿＿＿＿＿＿＿＿＿＿＿＿＿＿＿　＿＿＿＿

2) 中國的傳統飲食以大米、小麥、大豆等五穀為主，加上蔬菜和一些肉。

＿＿＿＿＿＿＿＿＿＿＿＿＿＿＿＿＿＿＿＿＿＿＿＿＿＿＿＿＿＿＿＿　＿＿＿＿

3) 西方人習慣吃較多肉，蔬菜吃得比較少。

＿＿＿＿＿＿＿＿＿＿＿＿＿＿＿＿＿＿＿＿＿＿＿＿＿＿＿＿＿＿＿＿　＿＿＿＿

D 回答問題

1) 文章從哪幾個方面探討了中西飲食文化的差異？

2) 在用餐方式上，中餐和西餐有哪些差異？

E 學習反思

你的國家有哪些色、香、味、形俱全的佳餚？請介紹一下。

F 學習要求

學會表達一種觀點，掌握三個句子、五個詞語。

一 場 難 忘 的 婚 禮

我表姐今年年初在上海結婚了。因為表姐夫有四分之一的法國血統(xuè tǒng)，而表姐是上海人，所以他們舉辦了一場中西方習俗相結合的、與眾不同的婚禮。

大喜的日子定在表姐和表姐夫研究生畢業典禮那天。參加婚禮的只有雙方父母和在上海的親戚，一共二十個人。婚禮分為中式和西式兩個部分，畢業典禮前是中式婚禮，畢業典禮後是西式婚禮。

中式婚禮是在姨媽家舉行的。在客廳裏，新郎和新娘先給雙方父母敬茶，感謝他們的養育之恩。在座的每個人都被他們的話感動得熱淚盈眶(rè lèi yíngkuàng)。敬茶儀式後姨媽端出了她精心製作的中式點心請大家品嚐。西式婚禮是在上海豫園(yù yuán)的一個中式亭子(tíng zi)裏進行的。新郎和新娘的衣服也是中西結合的，新郎穿的是西裝，新娘穿的是旗袍(qí páo)。這場婚禮的安排和在教堂裏舉行的婚禮一樣，只是沒有牧師，是新郎和新娘自己主持的婚禮。出席婚禮的嘉賓(jiā bīn)都致了辭(zhì cí)，給這對新人送上了祝福。最後新郎、新娘為對方戴上了戒指(jiè zhi)。晚宴是在一家西餐廳舉行的。晚宴的菜式十分豐富，但也不鋪張浪費(pū zhānglàng fèi)。

這場婚禮兼顧(jiān gù)了兩種不同的文化，又十分有意義，令我非常難忘。

A 選擇

1) "與眾不同" 的意思是 ＿＿＿＿。

a) 跟大家不同　　b) 大眾化

c) 相同

2) "熱淚盈眶" 的意思是 ＿＿＿＿。

a) 激動得說不出話

b) 流了很多眼淚

c) 激動得眼中充滿了淚水

3) "鋪張浪費" 的意思是 ＿＿＿＿。

a) 懂得節約　　b) 經常亂花錢

c) 為了場面好看而浪費

B 配對

□ 1) 第一段 ┆ a) 婚禮的時間、參加婚禮的人及婚禮的形式。

□ 2) 第二段 ┆ b) "我" 對婚禮的看法。

□ 3) 第三段 ┆ c) 表姐與眾不同的婚禮的背景。

□ 4) 第四段 ┆ d) 中式婚禮和西式婚禮的過程。

C 配對

□ 1) 這場婚禮考慮到了新郎和新娘 ┆ a) 新郎和新娘交換了戒指。

□ 2) 那天參加婚禮的有二十個人， ┆ b) 不同的背景及文化習俗。

□ 3) 中式婚禮上，新郎和新娘的發言 ┆ c) 是新人的父母和親戚。

□ 4) 西式婚禮的最後， ┆ d) 感動了在座的每個人。

□ 5) 晚宴是在一家西餐廳舉行的， ┆ e) 很有意義，令人難忘。

□ 6) 這場婚禮中西結合， ┆ f) 菜式豐富，但並不浪費。

D 判斷正誤，並說明理由

1) 姨媽為表姐的婚禮精心準備了中式點心。　　　　　　　　　　對　　錯

＿＿＿＿＿＿＿＿＿＿＿＿＿＿＿＿＿＿＿＿＿＿＿＿＿＿＿　＿＿　＿＿

2) 西式婚禮是在教堂舉行的，新郎和新娘自己當婚禮的主持人。

＿＿＿＿＿＿＿＿＿＿＿＿＿＿＿＿＿＿＿＿＿＿＿＿＿＿＿　＿＿　＿＿

E 回答問題

1) 表姐的婚禮為什麼要兼顧中西方的習俗？

2) 為什麼說表姐的婚禮與眾不同？

F 學習反思

1) 你們國家傳統的婚禮什麼樣？請介紹一下。

2) 你參加過兩種不同文化相結合的婚禮嗎？請介紹一下。

G 學習要求

學會表達一種觀點，掌握三個句子、五個詞語。

1) 你認為什麼是日常生活中的頭等大事？

2) 你們家的餐桌是圓的還是方的？

3) 你平時吃飯用筷子還是用刀叉？你更喜歡用哪種餐具？

4) 你平時吃飯時會剩飯嗎？

5) 你們家請客人吃飯時，會讓長者先動筷子／刀叉嗎？

6) 如果小孩子比大人先吃完飯可以先離開座位嗎？

7) 在你們國家的文化裏，進餐時人們會互相夾菜嗎？

8) 你喜歡喝茶還是咖啡？你進餐時一般喝什麼飲料？

9) 你聽説過"淺茶滿酒"的禮儀規則嗎？請解釋一下它的意思。

10) 在你們國家的文化裏，進餐時一般喝什麼酒？進餐時人們會互相敬酒嗎？

11) 在你們國家，多大年紀可以開始喝酒？

12) 在你們國家的文化裏，人們如何祭奠死者？

10 成語諺語

A 成語配對

□ 1) 輕而易舉　　　　a) 形容文思敏捷（mǐn jié），口才好。

□ 2) 出口成章　　　　b) 形容非常輕鬆，毫不費力。

□ 3) 井井有條　　　　c) 形容充分利用時間。

□ 4) 爭分奪秒（zhēng fēn duó miǎo）　　d) 比喻對事情瞭解得非常清楚。

□ 5) 瞭如指掌（liǎo rú zhǐ zhǎng）　　e) 形容説話辦事有條有理。

B 中英諺語同步

1) 欲速則不達（yù zé dá）。　　More haste, less speed.

2) 入國問禁，入鄉隨俗（rù xiāng suí sú）。　　Do in Rome as the Romans do.

3) 人不可貌相（mào xiàng），海不可斗量（dǒu liáng）。　　Judge not from appearances.

11 文體

介紹性文章格式

標題

- 開段引出所介紹的事物。

- 正文詳細介紹事物。

- 結尾總結所介紹的事物。

12 寫作

題目 請比較中餐與西餐或者與其他國家飲食習俗的異同。

你可以寫：

- 餐廳的佈置
- 餐具
- 食物
- 餐桌禮儀
- 用餐時的衣着

你 可以用

a) 吃中餐用圓桌，而吃西餐用長桌。

b) 吃西餐時，男女主人坐在餐桌的兩頭。男主賓和女主賓分別坐在女主人和男主人的右邊。

c) 吃中餐用筷子和碗，而吃西餐用刀、叉和盤子。

d) 吃中餐講究熱鬧。人們喜歡邊吃邊聊，還相互夾菜、敬酒。吃西餐比較安靜。每個人都專心享用自己盤子裏的食物。人們一般只與左右的人交談，不會高聲談笑。

e) 中國人在餐館用餐時穿着可以隨意一些，而西方人吃西餐要求穿着得體。

f) 中餐的上菜次序是先冷後熱，也就是說先上冷盤，再上熱炒。西餐的上菜次序是麵包、涼菜、主菜、甜點、咖啡、水果。

g) 吃西餐時右手拿刀，左手拿叉。

祝　壽

祝壽，也叫做壽、賀壽^{hè shòu}、慶壽。年輕人慶祝生辰^{shēngchén}，只能稱為過生日，不能稱為做壽。只有年齡到了六十歲或六十歲以上的人慶祝生辰，才可以稱為做壽。一般逢^{féng}十之年做壽。六十歲和八十歲的生日慶賀儀式特別重要，稱為做大壽。

中國各地都有祝壽的習俗。每逢老人的大壽之日，親朋好友都要為老人祝壽。祝壽要吃長壽麵。長壽麵的麵條一般都做得很長，因為“長”有“長壽”的意思。大壽這天，親朋好友都會送禮物。禮物上都有“壽”字，表示吉祥、長壽。常見的壽禮有壽桃、壽糖、壽糕等。桃子、松樹^{sōng shù}、柏樹^{bǎi shù}、鹿^{lù}、鶴^{hè}、壽星等都是長壽的代表。祝壽的吉祥語有“福如東海，壽比南山”“年年有今日，歲歲有今朝”等。

給老人祝壽時，有幾點要切記：禮物的數量不能是四個，因為“四”和“死”的發音很接近，中國人很忌諱^{jì huì}。另外，不能送鐘錶，因為“鐘”跟“終”是諧音^{xié yīn}，送終^{sòngzhōng}是舉行葬禮^{zàng lǐ}的意思。

A 配對

☐ 1) 年輕人慶祝生辰   a) 的生日特別重要,要做大壽。

☐ 2) 六十歲和八十歲   b) 柏樹、鹿、鶴、桃子等。

☐ 3) 長壽麵的麵條十分長,   c) 因為"長"有"長壽"的意思。

☐ 4) 表示長壽的事物有   d) 只能說過生日,不能說祝壽。

☐ 5) 給老人祝壽   e) 一定不能送鐘錶,因為"鐘"跟"終" 是諧音。

B 判斷正誤,並説明理由

                                                               對   錯

1) 老人生日當天,親戚朋友們都會來送祝福。

_____

2) 大壽當天,人們送的禮物一般是穿的和用的。

_____

3) 來祝壽的親朋好友會對老壽星説"福如東海,壽比南山"。

_____

4) 給老人祝壽,送禮物的數量一定不能是四個。

_____

C 回答問題

1) 祝壽有哪幾個別稱?

2) 老人多大歲數時做大壽?

3) 為什麼做壽這天要吃長壽麵?

D 學習反思

在你們國家怎樣給老人祝壽?一般吃什麼?送什麼禮物?説什麼吉利的話?有什麼忌諱?

E 學習要求

學會表達一種觀點,掌握三個句子、五個詞語。

生詞 29

❶ 全球 ^{quán qiú} whole world　全球化 ^{quán qiú huà} globalization

❷ 隨着 ^{suí zhe} along with; in pace with　**❸** 國門 ^{guó mén} border

隨着全球化的發展，各國飲食也在走出國門、走向世界。

❹ 享用 ^{xiǎngyòng} enjoy the use of　**❺** 異國 ^{yì guó} foreign country

如今，在中國不僅可以享用中式美食，還可以品嚐到異國佳餚。

❻ 煎鵝（鵝）肝 ^{jiān é gān} Seared Foie Gras

❼ 鐵板燒 ^{tiě bǎnshāo} teppanyaki　**❽** 韓（韓）國 ^{hán guó} Republic of Korea

❾ 石鍋（鍋）拌飯 ^{shí guō bàn fàn} Bibimbap

❿ 元素 ^{yuán sù} element　**⓫** 以便 ^{yǐ biàn} so as to

⓬ 迎合 ^{yíng hé} cater to

這些外國美食會融入一些中國元素，以便迎合中國人的口味。

⓭ 流動 ^{liú dòng} floating

飲食全球化的原因之一是人口的流動。

⓮ 移 ^{yí} move　移民 ^{yí mín} emigrant; immigrant

⓯ 料理 ^{liào lǐ} cuisine

大量的移民將自己國家的料理及飲食習慣帶到了世界各地。

⓰ 旺 ^{wàng} flourishing　興旺 ^{xīngwàng} flourishing

⓱ 發達 ^{fā dá} developed; flourishing

⓲ 業 ^{yè} trade　旅遊業 ^{lǚ yóu yè} tourism　**⓳** 一定 ^{yí dìng} certain

⓴ 程度 ^{chéng dù} extent; degree

㉑ 促 ^{cù} urge; promote　促進 ^{cù jìn} promote

興旺發達的旅遊業也在一定程度上促進了飲食全球化。

㉒ 互聯網 ^{hù lián wǎng} Internet

㉓ 捷 ^{jié} quick　便捷 ^{biàn jié} fast and convenient

㉔ 訊（讯）^{xùn} message　通訊 ^{tōng xùn} communication

㉕ 傳播 ^{chuán bō} spread

互聯網的發展及便捷的通訊使各國飲食文化迅速傳播。

㉖ 餐飲 ^{cān yǐn} food and drink; catering　**㉗** 設立 ^{shè lì} establish

㉘ 分 ^{fēn} branch　**㉙** 忽 ^{hū} neglect　忽視 ^{hū shì} neglect

餐飲公司在全球設立分公司對飲食全球化產生了不可忽視的影響。

㉚ 必然 ^{bì rán} inevitable

㉛ 趨（趋）^{qū} tend towards　趨勢 ^{qū shì} trend

飲食全球化是未來發展的必然趨勢。

㉜ 外來 ^{wài lái} outside; foreign

㉝ 國民 ^{guó mín} people of a nation

㉞ 狀 ^{zhuàng} condition　狀況 ^{zhuàngkuàng} state

一些外來的飲食習慣不適合國民的身體狀況，帶來了健康問題。

㉟ 率 ^{lǜ} ratio

西式快餐令很多國家的兒童肥胖率增加了

㊱ 臨（临）^{lín} face; confront　面臨 ^{miàn lín} be faced with

㊲ 保持 ^{bǎo chí} keep; maintain

每個國家都面臨着保持本國傳統飲食文化的挑戰。

1 完成句子

1) 隨着全球化的發展,各國飲食也在走出國門、走向世界。

隨着＿＿＿＿,＿＿＿＿。

2) 飲食全球化的原因之一是人口的流動。

＿＿＿＿原因之一＿＿＿＿。

3) 興旺發達的旅遊業也在一定程度上促進了飲食全球化。

＿＿＿＿在一定程度上＿＿＿＿。

4) 互聯網的發展及便捷的通訊使各國飲食文化迅速傳播。

＿＿＿＿使＿＿＿＿。

5) 餐飲公司在全球設立分公司對飲食全球化產生了不可忽視的影響。

＿＿＿＿對＿＿＿＿產生＿＿＿＿影響。

6) 每個國家都面臨着保持本國傳統飲食文化的挑戰。

＿＿＿＿着＿＿＿＿。

2 聽課文錄音,做練習

A 回答問題

1) 在中國可以品嚐到哪些異國佳餚?

2) 為什麼人們不出國門也能吃到世界各地的美食?

3) 飲食全球化使每個國家都面臨什麼樣的挑戰?

B 選擇 (答案不只一個)

1) 飲食全球化的原因是＿＿＿＿。

a) 移民把自己國家的菜餚帶到了其他國家

b) 互聯網使各國的飲食文化傳播開來

c) 很多餐飲公司都去外國開餐館

2) 飲食全球化的好處是＿＿＿＿。

a) 使食物的種類更加豐富了

b) 讓人們有了更多的選擇

c) 令食物的價錢便宜了很多

3) 飲食全球化＿＿＿＿。

a) 是世界的發展趨勢

b) 帶來了一些問題

c) 對公民的身體健康不利

飲 食 的 全 球 化

　　隨着全球化的發展，各國飲食也在走出國門、走向世界。如今，在中國不僅可以享用中式美食，還可以品嚐到異國佳餚，如法國煎鵝肝、日式鐵板燒、韓國石鍋拌飯等。來到中國後，這些外國美食還會融入一些中國元素，以便迎合中國人的口味。

　　飲食全球化的原因之一是人口的流動。大量的移民將自己國家的料理及飲食習慣帶到了世界各地。興旺發達的旅遊業也在一定程度上促進了飲食全球化。第二，互聯網的發展及便捷的通訊使各國飲食文化迅速傳播。第三，餐飲公司為了獲得更大的市場，在全球設立了很多分公司。這對飲食全球化產生了不可忽視的影響。

　　飲食全球化是未來發展的必然趨勢。所有事情都有利也有弊。一方面，飲食全球化使食物的種類更加豐富了，人們的選擇更多了，還促進了各國文化的交流。另一方面，一些外來的飲食習慣不適合國民的身體狀況，帶來了健康問題，比如西式快餐令很多國家的兒童肥胖率增加了。除此之外，每個國家都面臨着保持本國傳統飲食文化的挑戰。

（白雲，香山大學教授）

3 用所給結構及詞語寫句子

1) 如今，在中國可以品嚐到異國佳餚。 → 如今　互聯網

2) 這些外國美食會融入一些中國元素，以便迎合中國 → 以便　電子書包
人的口味。

3) 餐飲公司為了獲得更大的市場，在全球設立了很多 → 為了　文化智商
分公司。

4) 飲食全球化促進了各國文化的交流。 → 促進　發展

5) 西式快餐令很多國家的兒童肥胖率增加了。 → 令　提高

4 小組討論

要求　小組討論各自的飲食習慣。

討論內容包括：

• 喜歡吃的美食

• 如何吃得更健康

例子：

同學1：我喜歡吃上海菜。上海菜的特
點是鹹淡適中、保持原味。我
覺得上海菜比較健康。

同學2：我喜歡吃日本料理，特別是壽
司和生魚片。日本料理美味、
精緻。吃日本料理不但可以飽
口福，而且可以飽眼福。多吃
魚對身體健康也有好處。

同學3：我喜歡吃熱狗、漢堡包等快
餐。我知道經常吃快餐對身體
健康不利，但是我管不住自己
的嘴。父母規^{guī dìng}定我一個月只能
吃一次快餐。

……

你 可以用

a) 我喜歡吃中式早餐。我早上一般喝粥，吃
包子和雞蛋。我認為這樣的早餐比較健康。

b) 中國傳統的飲食習慣是多菜少肉，豆製品
吃得比較多。中國人還習慣將食物做熟了
再吃。我覺得中餐比較健康。

c) 合理的飲食就是要吃營養豐富、均衡的食
物。青少年應該多吃蛋白質、維生素和礦
物質豐富的食物，以保證身體獲得充足的
能量。

d) 三低一高的飲食原^{yuán zé}則是：低鹽、低糖、低
脂肪、高纖維。

要求 小組討論飲食全球化產生的影響。

討論內容包括：

- 飲食全球化的利弊
- 人們應該怎樣保持本國傳統的飲食文化

例子：

同學1：飲食全球化的好處是食物的種類更加豐富了，人們可以有更多的選擇。不出國門就能吃到各種風味的美食，多好啊！

同學2：以前要出國才能吃到外國美食，現在確實方便多了。然而飲食全球化也帶來了一些問題。比如，外來的飲食習慣可能不適合國民的身體狀況。因為吃西式快餐，我們國家兒童的肥胖率增加了不少。

同學3：這確實是個問題。另外，外來食品的宣傳工作一般都做得很好，本國的傳統飲食文化會受到衝擊。我認為傳統飲食是國家、民族文化的重要組成部分，應該要好好保護。
chōng jī

同學1：我同意。在飲食全球化的今天，保護和發展本國傳統飲食文化是每個國家都面臨的挑戰。

同學2：我認為對傳統食品進行改良是保護傳統飲食文化的好方法。改良後的傳統食品可以迎合現代人的口味，贏得青年一代的喜愛。香港的冰皮月餅就是一種改良的月餅。冰皮月餅少糖、少油，比傳統月餅更健康。口味上，冰皮月餅很像冰淇淋，很受歡迎。

……

你 可以用

a) 飲食全球化不僅給各國的飲食業帶來了衝擊，對人們的身體健康也產生了不小的影響。

b) 很多人對外國的認識都是從異國美食開始的。飲食全球化擴大了人們的文化視野，促進了各國文化的交流。

c) 很多年輕人都喜歡吃高糖、高鹽、高脂肪的食物。經常吃這樣的食物，年輕人很可能得現代疾病。

d) 要保持本國傳統飲食，一方面應保持老傳統和老味道，一方面應與時俱進，不斷改進。

6 閱讀理解

粵式點心單

營業時間：

10:00-16:30

價目表：

中點 ¥7

大點 ¥11

特點 ¥13

蒸製點心

蝦餃 (中)

叉燒包 (中)

XO醬蒸鳳zhǎo爪 (中)

xiè fěn shāo mài蟹粉燒賣 (中)

hēi jiāo黑椒牛仔骨 (中)

九味牛百葉 (大)

醬汁蒸排骨 (中)

cháozhōu潮州蒸粉guǒ粿 (大)

粥、麵、飯類

皮蛋瘦肉粥 (大)

生滾牛肉粥 (大)

明火白粥 (大)

魚片粥 (大)

yún tūn鮮蝦雲吞麵 (大)

xīngzhōu星洲炒米 (大)

乾炒牛河 (特)

yángzhōu揚州炒飯 (大)

時蔬類

zhuó白灼菜心 (大)

háo yóu táng蠔油唐生菜 (大)

suànróng蒜蓉空心菜 (大)

甜品

lián zǐ蓮子紅豆沙 (中)

xiāng cǎo香草綠豆沙 (中)

shēng mò zhī ma hù生磨芝麻糊 (中)

hé tao lù養生核桃露 (中)

A 寫意思

1) 鳳爪：＿＿＿＿＿

2) 蟹粉：＿＿＿＿＿

3) 黑椒：＿＿＿＿＿

4) 雲吞：＿＿＿＿＿

5) 星洲：＿＿＿＿＿

6) 白灼：＿＿＿＿＿

B 判斷正誤

☐ 1) 這家飯店的點心價格都一樣。

☐ 2) 點心分三種：中點、大點和特點。

☐ 3) 九味牛百葉是蒸製點心。

☐ 4) 蒸粉粿是潮州的點心。

☐ 5) 明火白粥十三塊錢一份。

☐ 6) 紅豆沙是一種甜品。

C 回答問題

1) 這家飯店什麼時間供應點心？

2) 如果不想吃肉，可以點什麼點心？

3) 如果想吃麵條，可以點什麼？

D 學習反思

1) 你吃過粵式點心嗎？你最喜歡哪種點心？

2) 在你居住的地方能吃到粵菜嗎？你喜歡那家飯店嗎？為什麼？

牛肉拉麵早茶

邊喝茶邊吃點心是典型的廣州早茶文化。大家可能不 ＿＿＿① ，在離牛肉拉麵的故鄉蘭州不遠的吳忠也有早茶文化。和廣州不同，吳忠的早茶吃的是拉麵。

吳忠的牛肉拉麵早茶一般早上八九點就開始 ＿＿＿② 了。一套牛肉拉麵早茶有一碗牛肉拉麵和一壺八寶茶。客人 ＿＿＿③ 後，服務員會端上一大壺八寶茶，還有一個熱水瓶。八寶茶以茶葉為底，加上枸杞、紅棗、葡萄乾、蘋果片等，喝起來香甜可口，味道獨特。客人可以一邊 ＿＿＿④ 一邊等拉麵。吃完牛肉拉麵後，服務員會把碗碟撤走，留下八寶茶。客人可以慢慢品茶、 ＿＿＿⑤ ，消磨時光。

和廣州早茶一樣，吳忠的早茶也是一種社交方式。早茶時刻，吳忠人喜歡到飯店言商、會友、與家人團聚。只要花二三十塊錢就能在飯店裏待一個上午，不但填飽了肚子，還 ＿＿＿⑥ 了休閒時光，十分合算。

雖然吳忠的牛肉拉麵早茶只有二三十年的歷史，但如今牛肉拉麵早茶已經 ＿＿＿⑦ 吳忠古城一道獨特的餐飲文化風景了。周邊的小城也開始 ＿＿＿⑧ 牛肉拉麵早茶了。

A 選詞填空

供應	知道	入座	流行
享受	成為	品茶	聊天兒

1) ＿＿＿　　2) ＿＿＿　　3) ＿＿＿

4) ＿＿＿　　5) ＿＿＿　　6) ＿＿＿

7) ＿＿＿　　8) ＿＿＿

B 判斷正誤

□ 1) 吳忠離蘭州不遠。

□ 2) 牛肉拉麵的發源地是吳忠。

□ 3) 廣州早茶吃的是點心，而吳忠早茶吃的是牛肉拉麵。

□ 4) 在吳忠的拉麵店，每天二十四小時供應早茶。

□ 5) 八寶茶裏其實沒有茶，而是用枸杞、紅棗、蘋果片等食材泡成的。

□ 6) 吳忠的早茶文化是最近幾十年才興起的。

C 配對

□ 1) 八寶茶香甜可口，

□ 2) 食客吃完拉麵，服務員

□ 3) 牛肉拉麵早茶是一種社交方式，

□ 4) 每位食客只需花二三十塊

□ 5) 牛肉拉麵早茶的歷史不長，

a) 卻已經是一道餐飲文化風景了。

b) 味道獨特，很受食客的喜愛。

c) 人們一邊吃早茶一邊會友、談生意。

d) 就把碗碟拿走，只留下八寶茶。

e) 便能在飯店裏待一個上午。真是合算！

D 判斷正誤，並説明理由

1) 食客們吃完拉麵後可以邊品茶邊聊天兒，享受美好時光。　　　　對　　錯

_____

2) 吳忠周邊的小城也開始流行牛肉拉麵早茶了。

_____

E 回答問題

1) 廣州和吳忠都有早茶文化。這兩個地方的早茶有什麼不同？

2) 牛肉拉麵早茶包括什麼？

F 學習反思

你吃過英式下午茶嗎？英式下午茶跟粵式點心有什麼區別？

G 學習要求

學會表達一種觀點，掌握三個句子、五個詞語。

新 加 坡 的 飲 食 文 化

新加坡是名副其實的"美食天堂"。在新加坡可以吃到世界各地的佳餚，有中國菜、印度菜、馬來菜、泰國菜（tài guó）、印尼菜、西餐等等。

新加坡的海南雞飯是一道色香味俱全的海南特色菜。海南雞飯的雞肉鮮美嫩滑（nèn）。因為煮海南雞飯時會放雞油，所以米飯吃起來也香噴噴（xiāng pēn pēn）的。新加坡的另一道有名的中餐是肉骨茶。相傳華人剛到南洋時不適應濕熱的氣候，不少人患上了風濕病。為了治風濕病，人們用當歸（dāng guī）、枸杞和黨參（dǎngshēn）來煮藥。華人比較忌諱喝藥，所以在中藥裏放進肉骨頭一起煮。就這樣煮出了香濃美味的肉骨茶。

除了中餐以外，在新加坡還可以吃到印度的美食。咖喱（gā lí）魚頭是印度人在新加坡本土自創的佳餚。這道菜最初是印度人給愛吃魚頭的華人做的，後來馬來人、印度人也喜歡上了咖喱魚頭。這道菜的特點是咖喱味濃，魚肉鮮美爽口（shuǎng）。

在新家坡的眾多美食中，馬來菜別具一格。最具代表性的是沙爹（shā diē）。沙爹是將醃（yān）好的牛肉、羊肉或者雞肉串刷上沙爹醬，放在炭火（tàn huǒ）上烤製的，吃起來軟嫩可口，回味無窮。馬來炒飯也很獨特。馬來炒飯裏有多種蔬菜和蝦仁，不僅味道好，營養價值也很高。

A 判斷正誤

☐ 1) 在新加坡，能吃到印度菜。

☐ 2) 海南雞飯很好吃，但是不太好看。

☐ 3) 肉骨茶是用肉骨頭和中藥一起煮製的。

☐ 4) 咖喱魚頭是一道印尼菜。

☐ 5) 沙爹吃起來軟軟的、嫩嫩的，很好吃。

B 選擇

1) "名副其實" 的意思是 ＿＿＿。

   a) 名稱跟實際不符　　b) 沒有名氣

   c) 名稱跟實際相符

2) "色香味俱全" 的意思是 ＿＿＿。

   a) 好看、好吃，還很香

   b) 好看但不好吃　　c) 中看不中用

3) "別具一格" 的意思是 ＿＿＿。

   a) 風格相同　　b) 有獨特的風格

   c) 跟別的一樣

4) "回味無窮" 的意思是 ＿＿＿。

   a) 沒有味道　　b) 味道很重

   c) 事後越想越覺得意義深長

C 配對

☐ 1) 海南雞飯裏放了雞油，吃起來

☐ 2) 咖喱魚頭的特點是

☐ 3) 在新加坡眾多的美食中，

☐ 4) 沙爹是把醃製好的肉

☐ 5) 馬來炒飯裏面有蔬菜和蝦仁，

a) 刷上沙爹醬，放在火上烤製的。

b) 馬來菜很有特色。

c) 咖喱味道濃厚，魚肉鮮美爽口。

d) 不僅味道好，而且有營養。

e) 香噴噴的，味道好極了！

D 判斷正誤，並說明理由

1) 很多最初來到南洋的華人得了風濕病。　　　　　　對　　錯

＿＿＿＿＿＿＿＿＿＿＿＿＿＿＿＿＿＿＿＿＿＿＿＿　＿＿　＿＿

2) 沙爹是一道典型的馬來菜。

＿＿＿＿＿＿＿＿＿＿＿＿＿＿＿＿＿＿＿＿＿＿＿＿　＿＿　＿＿

E 回答問題

1) 為什麼新加坡有 "美食天堂" 的美譽？

2) 在文中介紹的佳餚中，哪道菜有養生功效？

F 學習反思

1) 你相信中國的食療嗎？為什麼？

2) 你生了病會去看中醫嗎？你覺得中藥能防病、治病嗎？

G 學習要求

學會表達一種觀點，掌握三個句子、五個詞語。

9 根據實際情況回答問題

1) 在你居住的地方，使用互聯網方便嗎？請舉例說明。

2) 在你居住的地方，旅遊業發達嗎？有哪些旅遊景點？

3) 在你居住的地方，可以品嚐到哪些異國佳餚？可以吃到哪些中國菜？

4) 你喜歡吃哪些外國美食？你喜歡吃哪些中國菜？

5) 你經常吃快餐嗎？經常吃西式快餐還是中式快餐？為什麼？

6) 你覺得哪些食物比較健康？你的飲食習慣健康嗎？

7) 你覺得吃素更加環保嗎？你是素食者嗎？你想當素食者嗎？為什麼？

8) 在你居住的地方，有哪些有名的餐飲連鎖店(lián suǒ diàn)？你常去那裏吃飯嗎？

9) 在你居住的地方，兒童肥胖率高嗎？主要原因是什麼？

10) 你們國家有哪些傳統美食？請介紹一下。

11) 全球化產生了哪些影響？請結合你的生活舉例說明。

10 成語諺語

A 成語配對

☐ 1) 山清水秀(xiù)　　　a) 形容數量極多，難以計算。

☐ 2) 美不勝收　　　b) 形容山水秀麗，風景優美。

☐ 3) 心曠(kuàng)神怡(yí)　　　c) 指做事認真細緻(xì zhì)，一點兒也不馬虎。

☐ 4) 數不勝數　　　d) 美好的東西很多，一時看不過來。

☐ 5) 一絲不苟(gǒu)　　　e) 心境開闊，精神愉快。

B 中英諺語同步

1) 趁熱打鐵。　　　Strike while the iron is hot.

2) 溫故知新。　　　Learn the new by restudying the old.

3) 節約時間就是延長(yán cháng)生命。　　　To save time is to lengthen life.

11 文體

發表在報刊上的文章格式

標題

• 作者：作者的真實姓名或筆名。

• 正文：文章的內容。

• 作者信息放在文章最後。

12 寫作

題目 政府計劃在你們學校附近開一家西式快餐店。請為社區報紙寫一篇文章，談談你的觀點。

以下是一些人的觀點：

• 青少年喜歡吃快餐，但是快餐吃多了對健康不利。

• 西式快餐含高糖、高油、高脂肪、高熱量，容易使人發胖。

• 快餐既方便又便宜，很受學生的歡迎。

• 如果學校附近有快餐店，學生買早餐會方便很多。

你 可以用

a) 西式快餐連鎖店的食物品質有保證，也適合青少年的口味，因此在世界各地都越來越流行。

b) 青少年正在長身體，需要合理的飲食，而快餐不能為青少年提供足夠的能量和營養。

c) 學校附近沒必要開快餐店。學校裏有餐廳，可以為師生提供營養豐富、價錢合理的食物。

d) 如果在學校附近開快餐店，學生可以有更多的選擇。

e) 西式快餐通常熱量很高，容易使人發胖，還可能引起一些現代疾病。

f) 我們應該教育青少年，讓他們懂得健康飲食的重要性。

面 子

　　面子的意思是指臉或物體的外表，它的深層意思是指一個人的尊嚴或名聲。

　　中國人非常要面子。中國人愛面子、要面子的心理特點，對他們的做事方式有很大影響。比如，中國人請客一定會準備非常豐盛的飯菜，有冷盤、熱炒、甜品、水果、好酒、好茶，主人也會穿得十分體面。這樣既是對客人表示尊重，主人自己也會覺得很有面子。再如，中國人的結婚典禮往往會辦得很隆重，邀請很多親戚、朋友到場。這樣不僅喜慶、熱鬧，新人和新人的父母也會感覺很有面子。

　　因為中國人愛面子，所以在和中國人交往的時候，要特別注意給面子、留面子，不能傷了面子。比如要是知道別人孩子的學習成績不如自己孩子的好，就不要在別人面前誇獎自己的孩子如何優秀，否則就是不給別人面子。

　　文化智商的高低直接影響人與人之間的相處。瞭解中國的面子文化可以讓我們更好地與中國人交往、合作。

A 寫意思

1) 物體：＿＿＿＿　　4) 尊嚴：＿＿＿＿

2) 外表：＿＿＿＿　　5) 名聲：＿＿＿＿

3) 深層：＿＿＿＿　　6) 誇獎：＿＿＿＿

B 填動詞

1) ＿＿面子　　4) ＿＿面子

2) ＿＿面子　　5) ＿＿面子

3) ＿＿面子　　6) ＿＿面子

C 選擇（答案不只一個）

中國人覺得 _____ 很有面子。

a) 請客吃飯時叫很多菜　　　　　b) 邀請很多人來參加婚禮

c) 請客時穿得非常體面　　　　　d) 生日會辦得隆重、熱鬧

D 配對

□ 1) 中國人　　　　　　　　　　a) 人與人之間的交往。

□ 2) 中國人愛面子的特點　　　　b) 影響到他們的做事方式。

□ 3) 在交際中，說話時要　　　　c) 不能只顧高興，也要注意不傷別人的

□ 4) 文化智商的高低直接影響　　　 面子。

□ 5) 如果自己的孩子考上了名牌　　d) 顧及別人的面子。

　　 大學，　　　　　　　　　　e) 覺得面子很重要。

E 判斷正誤，並說明理由

1) 在跟中國人打交道時，要注意給他們留面子，不能傷了他們的面子。　　對　　錯

　　_____　　___　___

2) 如果自己孩子的成績不好，別人總是誇他們的孩子如何優秀，就是

　　不給面子。

　　_____　　___　___

F 回答問題

1) 面子的原義是什麼意思？

2) 面子的深層意思是什麼？

3) 瞭解中國的面子文化有什麼
　　好處？

G 學習反思

1) 在什麼事情上，你很要面子？

2) 你做過什麼傷別人面子的事？

3) 你今後會注意給別人留面子嗎？為什麼？

H 學習要求

　　學會表達一種觀點，掌握三個句子、五個詞語。

第五單元複習

生詞

220

短語 / 句型

- 請張德老師來講一講春節與聖誕節的異同
- 文化智商是指人們對不同文化的敏感度　·文化智商的高低直接影響人與人之間的相處
- 春節和聖誕節都是與家人團聚的節日　·節前人們都會做很多準備
- 桃樹表達新年裏行好運的願望　·聖誕樹代表感恩和希望
- 聖誕節是基督教的傳統節日　·給親戚拜年　·迎財神求好運
- 互相送禮物和賀卡　·盼望聖誕老人的到來　·春節是一個喜慶、團圓的節日
- 春節期間的慶祝活動主要是為了求吉利、保平安、驅邪
- 聖誕節不僅是一個團圓的節日，還是一個浪漫的節日　·人們心中充滿了感恩與希望

- "民以食為天"是中國的一句俗語　·人們把飲食作為日常生活中的頭等大事
- 中國人吃飯時要遵守哪些餐桌禮儀呢　·主人要坐在離門口最遠的正中央的座位
- 坐上座的人一般是買單的人　·上座的右邊是二號位，左邊是三號位
- 離門最近、背對着門的座位是下座　·如果有長者一起吃飯，要請長者先入座
- 要請長者、客人先動筷子　·要閉着嘴嚼食物　·不要把筷子豎着插在食物上
- 要避免筷子碰飯碗發出聲響　·給別人夾菜時要用公筷
- 要抽空跟旁邊的人聊聊天兒　·要吃光碗中的每一粒飯　·敬酒時，要站起來
- 不要隔着他人敬酒　·要記住"倒茶要淺，倒酒要滿"的禮儀規則

- 隨着全球化的發展　·各國飲食也在走出國門、走向世界
- 在中國不僅可以享用中式美食，還可以品嘗到異國佳餚
- 來到中國後，這些外國美食還會融入一些中國元素，以便迎合中國人的口味
- 飲食全球化的原因之一是人口的流動　·興旺發達的旅遊業
- 在一定程度上　·互聯網的發展　·便捷的通訊　·為了獲得更大的市場
- 飲食全球化是未來發展的必然趨勢　·所有事情都有利也有弊
- 飲食全球化使食物的種類更加豐富了　·不適合國民的身體狀況
- 西式快餐令很多國家的兒童肥胖率增加了　·保持本國傳統飲食文化　·面臨挑戰

詞彙表

生詞	拼音	意思	課號
A			
愛情	ài qíng	love	6
安慰	ān wèi	comfort	6
B			
把握	bǎ wò	hold	6
敗	bài	defeat	7
板	bǎn	board; plank	9
辦法	bàn fǎ	way	4
保持	bǎo chí	keep; maintain	15
保健	bǎo jiàn	health care	10
保留	bǎo liú	keep; retain	11
豹	bào	leopard	7
備課	bèi kè	prepare lessons	5
背	bèi	back	14
倍	bèi	double	1
本	běn	one's (own)	13
本來	běn lái	originally; at first	1
笨	bèn	clumsy	7
笨拙	bèn zhuō	clumsy	7
筆記	bǐ jì	notes	9
必	bì	must	1
必然	bì rán	inevitable	15
必需品	bì xū pǐn	necessities	9
必要	bì yào	necessary	1
閉	bì	close	14
弊	bì	disadvantage	10
避	bì	avoid	7
避	bì	prevent	14
避免	bì miǎn	avoid	14
變化	biàn huà	change	1
便捷	biàn jié	fast and convenient	15
遍	biàn	all over	6
辯	biàn	argue	8
辯論	biàn lùn	debate	8
表達	biǎo dá	express	13
表揚	biǎo yáng	praise; commend	4
併	bìng	combine	11
博	bó	abundant	10
博物館	bó wù guǎn	museum	10

生詞	拼音	意思	課號
不當	bú dàng	inappropriate	4
不勝	bú shèng	extremely	3
不光	bù guāng	not only	11
不如	bù rú	not so good as	10
C			
材	cái	material	9
材料	cái liào	material	9
財	cái	wealth	13
財神	cái shén	god of wealth	13
採	cǎi	collect	4
採	cǎi	select; pick	9
採訪	cǎi fǎng	interview	4
採用	cǎi yòng	adopt	9
參考	cān kǎo	refer to	9
參考書	cān kǎo shū	reference book	9
餐飲	cān yǐn	food and drink; catering	15
藏	cáng	store	6
嘈	cáo	noise	10
嘈雜	cáo zá	noisy	10
冊	cè	pamphlet	9
測試	cè shì	test	1
插	chā	insert	14
差別	chā bié	difference	5
朝	cháo	towards	4
潮州	cháo zhōu	a city in Guangdong province	11
沉	chén	deep	4
沉迷	chén mí	indulge in	4
成熟	chéng shú	mature	2
成為	chéng wéi	become	6
成因	chéng yīn	cause of formation	4
承	chéng	continue	7
程度	chéng dù	extent; degree	15
持	chí	hold	1
充分	chōng fèn	sufficient	2
充滿	chōng mǎn	be full of	13
抽	chōu	draw	4
抽空	chōu kòng	manage to find time	14
抽煙	chōu yān	smoke	4

生詞	拼音	意思	課號
愁	chóu	worry	10
籌	chóu	raise	5
籌款	chóu kuǎn	raise money	5
出發	chū fā	set out	5
出現	chū xiàn	appear; emerge	6
處	chǔ	get along with	2
處理	chǔ lǐ	handle; deal with	6
礎	chǔ	stone base of a pillar	1
觸	chù	contact	2
傳播	chuán bō	spread	15
傳媒	chuán méi	media	4
祠	cí	ancestral temple	11
此	cǐ	now; here	3
此	cǐ	this	5
此致	cǐ zhì	here I wish to convey	3
此致敬禮	cǐ zhì jìng lǐ	with best wishes	3
刺	cì	stimulate	8
刺激	cì jī	stimulate	8
促	cù	urge; promote	15
促進	cù jìn	promote	15
村	cūn	village	5
存	cún	exist	12

		D	
搭	dā	take	12
搭乘	dā chéng	take	12
打敗	dǎ bài	defeat	7
打印	dǎ yìn	print	6
大事	dà shì	major event	14
大型	dà xíng	large-scale	10
大眾	dà zhòng	the masses	4
代	dài	take the place of	3
代表	dài biǎo	represent	3
單位	dān wèi	unit (as an organization, department, division, section, etc.)	10
膽	dǎn	courage	7
膽小	dǎn xiǎo	timid	7
當地	dāng dì	local	2
當	dàng	appropriate	4
導	dǎo	lead	4
倒	dào	pour	14
到來	dào lái	arrival	13

生詞	拼音	意思	課號
道	dào	a measure word (used for rivers and certain long and narrow things)	11
得體	dé tǐ	appropriate	3
德	dé	moral character	5
登錄	dēng lù	log in	5
地球	dì qiú	the earth	12
點	diǎn	a measure word (used for item, point)	9
電子	diàn zǐ	electron	9
奠	diàn	make offerings to the spirits of the dead	14
訂	dìng	work out	9
訂購	dìng gòu	order	9
動	dòng	use	14
動畫片	dòng huà piàn	cartoon	7
動力	dòng lì	driving force	1
鬥	dòu	fight	7
鬥士	dòu shì	warrior	7
毒	dú	narcotic drugs	4
度	dù	extent	13
對於	duì yú	toward(s)	1
多樣	duō yàng	diverse	9

		E	
恩	ēn	kindness; favour	13
而	ér	while	3
二氧化碳	èr yǎng huà tàn	carbon dioxide	12

		F	
發愁	fā chóu	worry	10
發出	fā chū	produce (a sound)	14
發達	fā dá	developed; flourishing	15
發揮	fā huī	bring into play	1
發展	fā zhǎn	develop	4
凡	fán	ordinary	11
反對	fǎn duì	oppose	1
飯碗	fàn wǎn	rice bowl	14
泛	fàn	extensive	9
方	fāng	side; party	1
方式	fāng shì	form	1
方向	fāng xiàng	orientation	1
防止	fáng zhǐ	prevent	3
放棄	fàng qì	give up	7
非凡	fēi fán	extraordinary	11
飛快	fēi kuài	very fast	12

223

生詞	拼音	意思	課號
分	fēn	branch	15
分散	fēn sàn	distract	8
分手	fēn shǒu	break up	6
分心	fēn xīn	distract	3
氛	fēn	atmosphere	9
奮鬥	fèn dòu	fight; struggle	11
風土人情	fēng tǔ rén qíng	local conditions and customs	11
風雨	fēng yǔ	hardship	1
封	fēng	a measure word	2
封	fēng	close down	8
封鎖	fēng suǒ	blockade	8
否	fǒu	no; not	1
否則	fǒu zé	otherwise	1
輔	fǔ	assist	9
輔導	fǔ dǎo	coach	9
輔助	fǔ zhù	assist	9
父親	fù qīn	father	7
負	fù	negative	4
負面	fù miàn	negative	4
負責	fù zé	be responsible	12

G

生詞	拼音	意思	課號
該	gāi	(the) said	5
改造	gǎi zào	reform	12
干擾	gān rǎo	disturb	8
感恩	gǎn ēn	feel grateful	13
感激	gǎn jī	feel grateful	3
感情	gǎn qíng	feeling	6
感謝	gǎn xiè	be thankful	3
剛	gāng	just	11
港	gǎng	harbour	11
港口	gǎng kǒu	harbour	11
高低	gāo dī	level	13
高考	gāo kǎo	university entrance examination	1
高明	gāo míng	brilliant; superb	10
高手	gāo shǒu	expert	7
革	gé	change	9
革命	gé mìng	revolution	9
隔	gé	at a distance	14
個別	gè bié	individual	9
個人	gè rén	personal	1
根本	gēn běn	entirely	3

生詞	拼音	意思	課號
更加	gèng jiā	even more	5
公筷	gōng kuài	chopsticks for serving food	14
公立	gōng lì	public	10
公民	gōng mín	citizen	12
公映	gōng yìng	(film) released to the public	7
功夫	gōng fu	*kongfu*	7
共同	gòng tóng	together	6
構	gòu	construct	10
估	gū	estimate	9
古色古香	gǔ sè gǔ xiāng	of antique taste	11
谷	gǔ	valley	7
故事	gù shi	story	7
顧名思義	gù míng sī yì	as the term suggests	8
觀	guān	view	3
觀點	guān diǎn	viewpoint	3
觀眾	guān zhòng	audience	7
光	guāng	solely	11
光	guāng	light	12
光	guāng	nothing left	14
廣播	guǎng bō	broadcast	13
廣泛	guǎng fàn	wide; extensive	9
歸	guī	belong to	3
歸屬	guī shǔ	belong to	3
規則	guī zé	regulation	14
國門	guó mén	border	15
國民	guó mín	people of a nation	15
過度	guò dù	excessive	2

H

生詞	拼音	意思	課號
害	hài	feel	10
害怕	hài pà	be afraid	10
含義	hán yì	meaning	5
韓國	hán guó	Republic of Korea	15
好運	hǎo yùn	good luck	13
好客	hào kè	be hospitable	5
耗	hào	consume	12
合併	hé bìng	merge	11
合作	hé zuò	cooperate	2
賀	hè	congratulate	13
賀卡	hè kǎ	greeting card	13
忽	hū	neglect	15
忽視	hū shì	neglect	15

生詞	拼音	意思	課號
互動	hù dòng	interact	8
互聯網	hù lián wǎng	Internet	15
花朵	huā duǒ	flower	1
華人	huá rén	Chinese	11
畫面	huà miàn	picturesque presentation	7
揮	huī	give out	1
回	huí	a measure word (used to indicate frequency of occurrence)	6
回憶	huí yì	recall	6
會	huì	gather	1
會考	huì kǎo	unified exams	1
會議	huì yì	meeting	2
慧	huì	intelligent	11
活龍活現	huó lóng huó xiàn	vivid	7

J

生詞	拼音	意思	課號
機構	jī gòu	institution	10
積極	jī jí	positive	4
基	jī	foundation	1
基礎	jī chǔ	foundation	1
基督	jī dū	Christ	13
基督教	jī dū jiào	Christianity	13
激	jī	(feeling) stirred or moved	3
激	jī	stimulate	4
激發	jī fā	stimulate	4
及	jí	and	4
吉	jí	lucky	13
吉利	jí lì	lucky	13
給	jǐ	provide	9
給予	jǐ yǔ	give; offer	9
記者	jì zhě	journalist	4
繼承	jì chéng	inherit; carry on	7
祭	jì	hold a memorial ceremony for	14
祭奠	jì diàn	hold a memorial ceremony for	14
加倍	jiā bèi	doubly	1
加強	jiā qiáng	strengthen	12
加深	jiā shēn	deepen	11
夾	jiā	clamp	14
佳	jiā	good	6
佳餚	jiā yáo	delicacies	11
家境	jiā jìng	family financial circumstance	5

生詞	拼音	意思	課號
家具	jiā jù	furniture	11
家園	jiā yuán	homeland	12
家長	jiā zhǎng	parent	4
假	jiǎ	if; in case	10
假如	jiǎ rú	if; in case	10
駕	jià	drive	12
艱	jiān	difficult	11
艱苦	jiān kǔ	arduous; hard	11
艱苦奮鬥	jiān kǔ fèn dòu	arduous struggle	11
煎鵝肝	jiān é gān	Seared Foie Gras	15
減少	jiǎn shǎo	reduce	12
將	jiāng	will	3
將來	jiāng lái	future	5
講述	jiǎng shù	tell about	7
降	jiàng	fall	8
交談	jiāo tán	talk	14
交往	jiāo wǎng	associate with	2
交織	jiāo zhī	interweave	11
郊區	jiāo qū	suburbs	10
嬌氣	jiāo qì	delicate	1
教授	jiāo shòu	teach	5
嚼	jiáo	chew	14
教堂	jiào táng	church	11
教育	jiào yù	educate; education	4
階	jiē	rank	1
階段	jiē duàn	phase	1
接觸	jiē chù	come into contact with	2
接受	jiē shòu	accept	4
街道	jiē dào	street	11
結	jié	tie	11
捷	jié	quick	15
緊	jǐn	pressing	1
緊張	jǐn zhāng	nervous	1
進度	jìn dù	rate of progress	8
進行	jìn xíng	carry out	8
禁	jìn	prohibit; ban	8
禁止	jìn zhǐ	prohibit; ban	8
經	jīng	stand; withstand	1
經濟	jīng jì	economical	12
經歷	jīng lì	experience	2
經營	jīng yíng	operate; manage	7

生詞	拼音	意思	課號
徑	jìng	way	8
競爭	jìng zhēng	compete	2
敬	jìng	respect	3
敬	jìng	offer politely	14
敬禮	jìng lǐ	salute	3
酒吧	jiǔ bā	bar	11
酒杯	jiǔ bēi	wine cup; wine glass	14
救	jiù	save	12
居	jū	reside	10
居住	jū zhù	reside	10
舉	jǔ	act; deed	3
舉止	jǔ zhǐ	manner	3
劇院	jù yuàn	theatre	10
聚居	jù jū	live in a region (as a compact group)	11
捐	juān	donate	5
捐款	juān kuǎn	donate	5
卷	juàn	volume	11

K

生詞	拼音	意思	課號
卡	kǎ	card	13
開闊	kāi kuò	widen	5
開支	kāi zhī	expenses	12
看	kàn	consider	3
看不起	kàn bu qǐ	look down upon	7
看法	kàn fǎ	view	3
看來	kàn lái	seem	6
抗	kàng	resist	1
考	kǎo	verify	2
考慮	kǎo lǜ	consider	2
克	kè	overcome	7
克服	kè fú	overcome	7
客人	kè rén	guest; visitor	14
課餘	kè yú	after school	6
懇	kěn	sincerely	2
懇求	kěn qiú	beg sincerely	2
空間	kōng jiān	space	3
空氣	kōng qì	air	10
枯	kū	uninteresting	8
枯燥	kū zào	uninteresting	8
苦惱	kǔ nǎo	distressed	6
筷	kuài	chopsticks	14

生詞	拼音	意思	課號
筷子	kuài zi	chopsticks	14
款	kuǎn	fund	5
擴展	kuò zhǎn	expand	9
闊	kuò	wide; broad	5

L

生詞	拼音	意思	課號
來自	lái zì	come from	2
浪漫	làng màn	romantic	13
離開	lí kāi	leave	2
禮貌	lǐ mào	polite	5
禮儀	lǐ yí	protocol	14
里	lǐ	*li*, 1/2 kilometer	11
理由	lǐ yóu	reason	1
麗	lì	beautiful	11
粒	lì	a measure word (used for granular objects)	14
連	lián	even	11
聯繫	lián xì	contact with	7
練習冊	liàn xí cè	workbook	9
戀	liàn	fall in love	6
戀愛	liàn ài	fall in love	6
糧食	liáng shi	grain	12
療	liáo	treat	10
料理	liào lǐ	cuisine	15
劣	liè	bad	10
劣勢	liè shì	unfavourable or disadvantageous situation	10
林	lín	circles	7
臨	lín	face; confront	15
靈	líng	nimble	9
靈活	líng huó	flexible	9
齡	líng	age	9
令	lìng	make; cause	2
留	liú	leave (over)	6
留言	liú yán	leave one's comments	6
留意	liú yì	beware of	3
流動	liú dòng	floating	15
論	lùn	discuss	1
侶	lǚ	companion	6
旅遊業	lǚ yóu yè	tourism	15
律	lǜ	discipline	2
慮	lǜ	consider	2

生詞	拼音	意思	課號
率	lǜ	ratio	15
M			
馬六甲	mǎ liù jiǎ	Malacca, a harbour city in Malaysia	11
滿	mǎn	full	13
貌	mào	looks	5
媒	méi	medium	4
美感	měi gǎn	sense of beauty	7
美好	měi hǎo	beautiful	6
美麗	měi lì	beautiful	11
魅	mèi	attract	11
魅力	mèi lì	charm	11
門口	mén kǒu	entrance	14
面	miàn	surface	7
面對	miàn duì	face; confront	7
面臨	miàn lín	be faced with	15
閩南	mǐn nán	Southern Fujian	11
敏	mǐn	quick	13
敏感	mǐn gǎn	sensitive	13
敏感度	mǐn gǎn dù	sensitivity	13
目的	mù dì	purpose	2
慕	mù	admire; envy	6
N			
南洋	nán yáng	an old name for the Malay Archipelago, the Malay Peninsula and Indonesia or for Southeast Asia	11
能	néng	energy	12
能源	néng yuán	energy resources	12
逆	nì	disobey	4
逆反	nì fǎn	rebellious	4
年代	nián dài	year; time	11
年齡	nián líng	age	9
娘惹菜	niáng rě cài	Nyonya dishes	11
農	nóng	agriculture	5
農村	nóng cūn	countryside; village	5
P			
排	pái	row of; line of; a measure word	11
排放	pái fàng	emit	12
牌	pái	board	11
攀	pān	climb	3
攀比	pān bǐ	compare with and try to follow	3

生詞	拼音	意思	課號
盼	pàn	long for	13
盼望	pàn wàng	long for	13
配套	pèi tào	form a complete set	10
碰	pèng	come across	7
碰	pèng	touch	14
片	piàn	movie; film	7
貧	pín	poor	5
貧困	pín kùn	poor	5
貧窮	pín qióng	poor	5
頻	pín	frequency	9
品	pǐn	character; quality	5
品德	pǐn dé	moral character	5
平安	píng ān	safe and sound	13
平板	píng bǎn	flat	9
平等	píng děng	equal	3
平台	píng tái	platform	8
評	píng	comment	6
評估	píng gū	evaluate	9
評論	píng lùn	comment	6
破	pò	break	12
破壞	pò huài	destroy	12
樸	pǔ	simple; plain	5
樸實	pǔ shí	simple; plain	5
普遍	pǔ biàn	widespread	6
Q			
其	qí	his; her; its; their	4
啟	qǐ	inspire	7
啟示	qǐ shì	inspiration	7
氣氛	qì fēn	atmosphere	9
棄	qì	abandon	7
淺	qiǎn	shallow	14
親	qīn	parent	7
勤奮	qín fèn	diligent	5
清新	qīng xīn	fresh	10
情感	qíng gǎn	emotion; feeling	6
情景	qíng jǐng	scene	6
情侶	qíng lǚ	a pair of lovers	6
窮	qióng	poor	5
驅	qū	drive out	13
驅邪	qū xié	drive out evil spirits	13
趨	qū	tend towards	15

生詞	拼音	意思	課號
趨勢	qū shì	trend	15
取消	qǔ xiāo	cancel	1
權	quán	power	10
全球	quán qiú	whole world	15
全球化	quán qiú huà	globalization	15
卻	què	yet; however	6
確定	què dìng	certain	6

		R	
然而	rán ér	however	8
染	rǎn	pollute	12
擾	rǎo	disturb	8
人生	rén shēng	life	1
忍	rěn	bear	8
日常	rì cháng	daily	9
日益	rì yì	increasingly	4
融	róng	blend	11
融合	róng hé	mix together	11
如何	rú hé	how; what	2
如今	rú jīn	nowadays	9
入	rù	enter	14
入座	rù zuò	take one's seat	14

		S	
山東	shān dōng	Shandong province	5
傷	shāng	hurt	6
傷心	shāng xīn	sad	6
商	shāng	quotient	13
上癮	shàng yǐn	be addicted to	8
上座	shàng zuò	seat of honour	14
捨	shě	give up	2
設	shè	plan	5
設備	shè bèi	equipment	10
設計	shè jì	design	5
設立	shè lì	establish	15
身份	shēn fèn	identity	3
身心	shēn xīn	body and mind	4
深信	shēn xìn	believe strongly	2
神	shén	god	13
審	shěn	comprehend	3
審美	shěn měi	appreciation of beauty	3
甚至	shèn zhì	even	2
生存	shēng cún	live; exist	12

生詞	拼音	意思	課號
生意	shēng yi	business	7
聲響	shēng xiǎng	sound; noise	14
聲音	shēng yīn	sound; voice	1
聖誕節	shèng dàn jié	Christmas (Day)	13
聖誕樹	shèng dàn shù	Christmas tree	13
勝	shèng	bear	3
失	shī	fail to achieve	2
失	shī	lose	7
失去	shī qù	lose	7
失望	shī wàng	disappointed	2
石鍋拌飯	shí guō bàn fàn	Bibimbap	15
石油	shí yóu	petroleum; oil	12
時常	shí cháng	often	6
時光	shí guāng	time	6
實際	shí jì	real; actual	1
實際上	shí jì shang	actually	9
勢	shì	situation	10
視頻	shì pín	video	9
是否	shì fǒu	whether	2
適應	shì yìng	adapt	2
收藏	shōu cáng	collect	6
手	shǒu	a person with a certain skill	7
守	shǒu	abide by	14
束	shù	restrict	3
述	shù	narrate	7
豎	shù	vertical	14
雙方	shuāng fāng	both sides	6
私	sī	private	10
私立	sī lì	privately run	10
死	sǐ	die	14
俗	sú	popular	14
俗語	sú yǔ	popular saying	14
隨着	suí zhe	along with; in pace with	15
鎖	suǒ	lock (up)	8

		T	
他人	tā rén	another person; other people	14
態	tài	condition	12
態度	tài dù	attitude	12
談	tán	talk	3
逃	táo	escape	4
逃避	táo bì	escape	7
逃學	táo xué	play truant; skiving	4

生詞	拼音	意思	課號
桃樹	táo shù	peach (tree)	13
討	tǎo	discuss	1
討論	tǎo lùn	discuss	1
提升	tí shēng	promote	9
題目	tí mù	subject; topic	8
體現	tǐ xiàn	embody	11
天然氣	tiān rán qì	natural gas	12
挑	tiāo	choose	3
挑選	tiāo xuǎn	choose	3
條件	tiáo jiàn	condition	5
挑	tiǎo	stir up	1
挑戰	tiǎo zhàn	challenge	1
鐵板燒	tiě bǎn shāo	teppanyaki	15
聽講	tīng jiǎng	attend a lecture	8
聽取	tīng qǔ	listen to	3
通訊	tōng xùn	communication	15
通知	tōng zhī	notice	5
同輩	tóng bèi	of the same generation; peer	4
同意	tóng yì	agree	2
偷	tōu	steal	4
途徑	tú jìng	way; channel	8

W

生詞	拼音	意思	課號
外來	wài lái	outside; foreign	15
完成	wán chéng	complete	8
完美	wán měi	perfect	11
完全	wán quán	completely	2
網絡	wǎng luò	network	9
網友	wǎng yǒu	net pal	8
網站	wǎng zhàn	website	5
旺	wàng	flourishing	15
危	wēi	danger	6
危機	wēi jī	crisis	6
位	wèi	place	10
慰	wèi	comfort	6
溫室	wēn shì	green house	1
握	wò	grasp	1
污	wū	dirty; filthy	12
污染	wū rǎn	pollute	12
武功	wǔ gōng	martial arts	7
武林	wǔ lín	martial arts circles	7
物品	wù pǐn	article; goods	12

生詞	拼音	意思	課號
誤	wù	accidental	7
誤打誤撞	wù dǎ wù zhuàng	as luck would have it	7

X

生詞	拼音	意思	課號
吸毒	xī dú	take drugs	4
惜	xī	cherish	5
喜慶	xǐ qìng	joyous	13
俠	xiá	chivalrous expert swordsman	7
下	xià	inferior	14
下降	xià jiàng	fall	8
下意識	xià yì shi	subconsciously	3
閒	xián	leisure	10
顯	xiǎn	obvious	14
顯得	xiǎn de	seem	14
縣	xiàn	county	5
現象	xiàn xiàng	phenomenon	6
羨	xiàn	admire; envy	6
羨慕	xiàn mù	admire; envy	6
鄉	xiāng	village; countryside	5
鄉村	xiāng cūn	village; countryside	5
相處	xiāng chǔ	get along with	2
相對	xiāng duì	relative	8
相關	xiāng guān	be related to	8
享受	xiǎng shòu	enjoy	7
享用	xiǎng yòng	enjoy the use of	15
象徵	xiàng zhēng	symbol	3
像	xiàng	such as	10
消	xiāo	remove	1
消	xiāo	disappear; vanish	4
消耗	xiāo hào	consume; consumption	12
消極	xiāo jí	negative	4
邪	xié	disasters that evil spirits bring	13
心理	xīn lǐ	mentality	4
心智	xīn zhì	wisdom	6
信心	xìn xīn	confidence	7
興旺	xīng wàng	flourishing	15
形	xíng	present	4
形成	xíng chéng	form; take shape	4
型	xíng	type	10
休閒	xiū xián	be at leisure	10
秀	xiù	excellent	2

生詞	拼音	意思	課號
宣	xuān	announce; proclaim	12
宣傳	xuān chuán	publicize	12
學業	xué yè	one's studies	6
訊	xùn	message	15
迅	xùn	rapid	4
迅速	xùn sù	rapid	4

生詞	拼音	意思	課號
		Y	
壓力	yā lì	pressure	1
煙	yān	cigarette	4
嚴重	yán zhòng	serious	12
言行	yán xíng	words and deeds	3
研	yán	research	8
研究	yán jiū	research	8
眼界	yǎn jiè	field of vision	5
演講	yǎn jiǎng	deliver a speech	8
央	yāng	centre	14
揚	yáng	spread	4
氧	yǎng	oxygen	12
餚	yáo	meat and fish dishes	11
也許	yě xǔ	probably	2
業	yè	trade	15
醫療	yī liáo	medical treatment	10
醫術	yī shù	medical skill	10
一定	yí dìng	certain	15
一切	yí qiè	all	5
儀	yí	ceremony; protocol	14
移	yí	move	15
移民	yí mín	emigrant; immigrant	15
以	yǐ	so as to	12
以便	yǐ biàn	so as to	15
以及	yǐ jí	as well as	11
以致	yǐ zhì	so that	8
憶	yì	recall	6
議	yì	discuss	2
議題	yì tí	topic for discussion	8
異	yì	different	13
異國	yì guó	foreign country	15
異同	yì tóng	differences and similarities	13
益	yì	increase	4
意識	yì shi	consciousness	3
意味	yì wèi	implication	10

生詞	拼音	意思	課號
意味着	yì wèi zhe	imply	10
意想不到	yì xiǎng bú dào	unexpected	2
音頻	yīn pín	audio	9
引導	yǐn dǎo	lead	4
癮	yǐn	addiction	4
迎合	yíng hé	cater to	15
營	yíng	operate; manage	7
應	yìng	deal with	1
應對	yìng duì	respond	1
映	yìng	project a movie	7
擁	yōng	possess	5
擁有	yōng yǒu	possess	5
勇	yǒng	brave	7
勇氣	yǒng qì	courage	7
優惠	yōu huì	favourable	9
優良	yōu liáng	good	10
優勢	yōu shì	advantage	10
優秀	yōu xiù	excellent	2
優越	yōu yuè	superior	10
幽默	yōu mò	humourous	7
尤其	yóu qí	especially	12
由	yóu	reason	1
遊客	yóu kè	tourist	11
遊山玩水	yóu shān wán shuǐ	tour the scenic spots	11
有益	yǒu yì	beneficial	4
於	yú	to; for	3
於	yú	than	10
與	yǔ	with	2
予	yǔ	give	9
元素	yuán sù	element	15
源	yuán	source	12
遠	yuǎn	(of a difference) far	10
願望	yuàn wàng	wish	13
約	yuē	restrict	3
約束	yuē shù	restrain	3
閱	yuè	experience	2
閱歷	yuè lì	experience	2
		Z	
再說	zài shuō	what is more	6
贊	zàn	praise	6
贊成	zàn chéng	agree with	6

生詞	拼音	意思	課號
遭	zāo	suffer	12
遭受	zāo shòu	suffer	12
造成	zào chéng	cause	4
燥	zào	dry	8
則	zé	then	1
則	zé	regulation	14
展	zhǎn	open up	1
展開	zhǎn kāi	carry out	1
展現	zhǎn xiàn	display	3
戰	zhàn	fight	1
站	zhàn	stand	14
張	zhāng	stretch	1
張	zhāng	display	11
張燈結綵	zhāng dēng jié cǎi	be decorated with lanterns and colourful streamers	11
長者	zhǎng zhě	senior	14
掌	zhǎng	control	1
掌握	zhǎng wò	grasp; master	1
招	zhāo	attract	11
招牌	zhāo pai	signboard	11
者	zhě	indicating a person	4
珍	zhēn	value highly	5
珍惜	zhēn xī	cherish	5
真實	zhēn shí	real	1
真正	zhēn zhèng	true; real	5
爭辯	zhēng biàn	argue	8
徵	zhēng	evidence	3
正	zhèng	straight; upright	5
正面	zhèng miàn	positive	4
支	zhī	pay or draw (money)	12
織	zhī	weave	5
直接	zhí jiē	direct	13
指	zhǐ	give directions	9
指	zhǐ	mean	13
指導	zhǐ dǎo	guide; direct	9
制	zhì	work out	9
制訂	zhì dìng	work out	9
製造	zhì zào	make; manufacture	12
致	zhì	extend	3
致	zhì	result in	8
智慧	zhì huì	intelligence	11
智商	zhì shāng	IQ (intelligence quotient)	13
中央	zhōng yāng	centre; middle	14
終	zhōng	whole	2
終	zhōng	end	7
終生	zhōng shēng	all one's life	2
眾	zhòng	numerous	4
眾所周知	zhòng suǒ zhōu zhī	as everyone knows	8
主人	zhǔ rén	host	14
注意力	zhù yì lì	attention	8
專家	zhuān jiā	expert	4
專門	zhuān mén	special	9
專題	zhuān tí	special subject; special topic	8
專心	zhuān xīn	concentrate one's attention	8
轉學	zhuǎn xué	transfer to another school	10
轉載	zhuǎn zǎi	reprint	6
裝	zhuāng	install	9
裝	zhuāng	decorate	13
裝飾	zhuāng shì	decorate	13
狀	zhuàng	condition	15
狀況	zhuàng kuàng	state	15
撞	zhuàng	meet by chance	7
拙	zhuō	clumsy	7
資源	zī yuán	resources	12
自	zì	from	2
自覺	zì jué	conscious	9
自理	zì lǐ	take care of oneself	2
自律	zì lù	self-discipline	2
自我	zì wǒ	oneself	3
宗	zōng	clan	11
宗祠	zōng cí	ancestral hall or temple	11
總之	zǒng zhī	in a word	6
組織	zǔ zhī	organize	5
最終	zuì zhōng	final	7
尊	zūn	respect	3
尊敬	zūn jìng	honorable	3
遵	zūn	abide by	14
遵守	zūn shǒu	abide by	14
作為	zuò wéi	regard as	14
座	zuò	seat	14
座位	zuò wèi	seat	14